U1013734

中共历史上的红色律师

童洪锡——著

中国文史出版社

知史爱党　知史爱国

知史爱党　以史为镜

中共历史上，活跃着一批红色律师，他们思想进步，始终与中国共产党及其领导的进步力量站在一起，以专业知识和工作技能，为党工作，为革命工作，在参加革命斗争、营救共产党员、开展法学教育、宣传革命思想、推进宪政民主、参加红色法治建设等方面，做了独特而又不可替代的贡献。

在律师行业党史学习教育活动中，浙江嘉瑞成律师事务所主任童洪锡发表了《中共历史上的红色律师》系列文章，收集和挖掘了红色律师鲜为人知的生平和事迹，很有必要，也很有意义。这次结集出版，请我作序，欣然命笔。

本书生动刻画和展现了红色律师群体的艰苦奋斗和卓越贡献，代表了中国律师队伍的红色基因与光荣传统，是“为中国人民谋幸福，为中华民族谋复兴”初心使命的细致体现，是新时代人民律师必须传承的宝贵精神财富。新中国成立后，我们党探索建立新的、为大多数人民服务的人民律师制度，人民律师的宗旨在于为广大人民群众服务，人民律师的担当，在于为“四个全面”、为实现中华民族伟大复兴的中国梦而不懈奋斗。特别是在今天的中国，利益关系深刻复杂、社会矛盾易发多发，迫切需要人民律师以专业之长、以独立之身、以担当之责，在创新社会治理、化解矛盾纠纷、促进社会和谐中建功立业。

党的领导是律师工作之魂，新时代人民律师要高举习近平新时代中国特色社会主义思想伟大旗帜，继承和弘扬红色律师精神，把党的领导落实到律师工作全过程、各方面。广大律师要自觉拥护中国共产党的领导，拥护我国社会主义法治，在创新、奋斗、奉献中继承、学习、实践中国共产党的伟大建党精神。广大律师要深学笃行习近平法治思想，增强“四个意识”、坚定“四个自信”、做到“两个维护”，不断提高政治判断力、政治领悟力、政治执行力，坚持学用结合、知行合一，在思想上政治上行动上同以习近平同志为核心的党中央保持高度一致，确保律师工作始终坚持正确的政治方向。广大律师要胸怀中华民族伟大复兴的战略全局和世界百年未有之大变局，坚持围绕中心，服务大局，为全面建设社会主义现代化国家提供优质法律服务和有力法治保障，不断提高人民群众的获得感、幸福感、安全感。

温州是一片有着优良革命传统的红色热土，温州的律师队伍历来有担当、有作为，温州律师写出了这样一本红色律师的作品，本身也是红色血脉和红色基因的传承，我感到很高兴，也很欣慰。

党的百年征程波澜壮阔，不变的是矢志为民的初心使命。希望广大律师都能够学习党史，铭记党史，以史为镜，以史明志，知史爱党，知史爱国，确保学在前列、悟在前列、用在前列，不断推进、深化习近平新时代中国特色社会主义思想在律师行业的生动实践。

是为序。

温州市司法局党委书记、局长　卢斌

目　录

前　言

中国共产党领导反帝反封建斗争的新民主革命时期，是党领导最广大人民群众追求民主自由、追求公平正义的奋斗历程，同时也是一部丰富生动的红色法治建设历史。律师向往政治昌明、法制健全，坚持公平正义。其中，思想进步的律师信仰共产主义，拥护中国共产党的政治主张，投身中共领导的革命活动和斗争，并以自己的法律专业知识和工作技能，发挥了其他阶层不可替代的作用，做出了独特的贡献。在中共历史上，活跃着红色律师群体。

一

红色律师群体包括中共党员律师，与中共同舟共济、荣辱与共的民主党派律师，和坚持正义、同情革命的无党派律师。

中共党员律师有坚定的共产主义信仰，加入党组织，在党的领导下开展革命工作，如施洋、潘震亚、李木庵、闵刚侯、陈瑾昆、周新民、黄景之、戴树棠等律师，都是共产主义战士；他们中有的为党工作而英勇牺牲，成为革命烈士，目前知道的有施洋、黄景之、戴树棠等律师。政治上追求进步的民主党派律师，拥护中共的政治主张，与中共同舟共济、肝胆相照，代表人物有沈钧儒、史良、查人伟、王造时等人。一些无党派律师不一定能深刻理解中国共产党的宗旨、奋斗目标与政治主张，但出于法律人的正义与良知，政治上同情、倾向中共领导的革命斗争，在执行律师职务时，为党组织、共产党员和革命群众提供帮助与支持，如章士钊、刘崇佑、吴凯声等律师；还有的无党派律师，在党组织引导下，利用合法身份，积极为党工作，如陈志皋律师。

二

在新民主主义革命的各个时期和重大历史事件中，都见到红色律师的身影，听到红色律师的声音。五四运动中，北京律师公会针对“火烧赵家楼”事件做出决议：曹汝霖方面如聘请律师，出任何费用都不接受，学生方面如请律师帮助，则无偿代理，如律师有违此决议，公会以积极方法应对。这个决议，爱憎分明，立场非常明确。刘崇佑律师严格遵守并坚决执行这个决议，多次无偿出庭为爱国学生辩护。施洋律师在武汉救援被捕的学生，并为北京、武汉在五四运动中牺牲的五位学生领袖、骨干分子举行追悼大会。围绕着归还青岛问题，山东学潮推动了群众性的反帝反封建运动，鲁佛民律师毅然参加了学生运动，多次亲临街头讲演、散发传单，有时深夜潜赴各校讲演。

在中国共产党成立这一开天辟地的大事件中，有董必武、刘伯垂、张国恩三位律师参加发起成立武汉共产主义小组，这是继上海之后的全国第二个共产主义小组。

在北伐战争时期，潘震亚律师担任武汉国民政府的司法官员，主持制定《惩治反革命条例》，并依据该条例镇压了反革命分子。李木庵律师受党组织委派到福建从事兵运工作，策反闽军曹万顺部，为北伐军取得福建战场胜利做出了贡献。在济南，鲁佛民律师将自己的事务所作为中共山东省委的联络、接待、会议、印刷场所，为省委有力地领导山东全省的国民革命提供了物质条件与后勤保障。

第二次国内革命战争时期，在上海的党中央为了组织安全、人员安全，设立了中央特科。特科的主要职责之一是营救被捕的共产党员和革命志士，为便于开展工作，成立了党的外围组织“中国革命互济总会”，聘请了潘震亚、张志让、唐豪等律师为法律顾问，开展法庭斗争，营救共产党员和革命志士，保存了革命的有生力量。

在西安事变的前期，党组织派遣李木庵律师赴西安，建立中共西北特别支部，领导西北的抗日救亡运动，后来西北特支经张学良身边的信任人士建议向张学良进言发动兵谏，促成了西安事变，推动了抗日民族统一战线的形成。

抗日战争时期，国共合作建立抗日民族统一战线，政治环境相对宽松，民主力量增长，进步律师非常活跃。周新民等律师担任中共在国统区唯一公开发行的报纸《新华日报》的法律顾问；张志让律师倡导宪政运动，并引导进步青年参加中共领导的八路军、新四军；李木庵律师在家乡湖南桂阳县创办抗日自卫干部培训班和战时中学，为抗日前线培养骨干分子和后备力量；陈志皋律师开辟从香港到内地的运输线，将海外华侨捐赠的物资运送到抗日前线；在抗日战争与世界反法西斯战争胜利前夕，1945 年 4—6 月，董必武代表中共作为中国代表团的重要成员，赴美国旧金山，参加联合国成立大会，并在《联合国宪章》上签字。

在解放战争时期，由于国民党政府实行特种刑事司法制度，对被捕的共产党员和革命群众，以“政治犯”进行法西斯刑讯，不允许律师辩护，因而红色律师没有了法庭斗争的机会，但在其他方面仍发挥积极作用，做出贡献。解放战争后期，章士钊、江庸律师参加了国共和谈的前期探路与联络工作。正式谈判时章士钊律师作为国民党方面的代表参与谈判全过程，谈判失败后，他留在北京，随后赴香港与程潜等人面谈，促成程潜、陈明仁和平起义。闵刚侯律师则在隐蔽战线上发挥作用，策动陈铁将军在遵义起义，对贵州乃至大西南的解放做出贡献。

在中华人民共和国成立前夕，周新民、沙千里、闵刚侯、张志让、李木庵、潘震亚、林仲易、陈瑾昆、章士钊、江庸、沙彦楷等十四位律师参加了第一届全国政治协商会议，为共和国的诞生献计献策，贡献智慧。1949 年 10 月 1 日，这十四位律师登上天安门城楼，见证了中华人民共和国的开国大典。

三

红色律师始终与中国共产党及其领导的进步力量站在一起，在参加革命斗争、营救共产党员、开展法学教育、宣传革命思想、推进宪政民主、参加红色法治建设等多方面做出贡献。

（一）参加革命斗争　营救革命志士

成千上万的先烈参加了中国共产党领导的革命斗争，律师群体中先进分子加入中共，成为共产主义战士，信仰坚定，斗志坚强，不怕牺牲，甚至为国捐躯，成为革命烈士。在第一次工人运动高潮中，施洋律师参加中国劳动组合书记部武汉分部工作，领导了京汉铁路工人大罢工；黄景之律师在抗战时期入党后，律师事务所成为浙江省委的联络处，他带领妻子、女儿一起为革命工作，最后英勇牺牲；戴树棠律师在党组织领导下，矢志不渝，长期参加对敌斗争，三次被捕入狱，壮烈牺牲；闵刚侯律师、李木庵律师则潜伏敌后，传递情报，策反敌人，甘当无名英雄。施洋、黄景之、戴树棠等律师在中华人民共和国成立后，被批准为革命烈士。

职业性质与专业优势决定了律师的主战场在法庭，在党组织的引导下，红色律师为营救共产党员与革命志士，以法律为武器，以法庭为阵地，与国民党反动派的白色恐怖统治开展了殊死搏斗。五四运动中，刘崇佑以“民国第一律师”之尊，不辞劳苦，远赴天津，无偿为周恩来等学生领袖辩护，取得成功；潘震亚律师以“中国革命互济总会”法律顾问的身份，成功营救了任弼时、李井泉、曹荻秋等著名共产党员和一批革命群众，还接受党的指示动员律师、组织力量营救“七君子”；出于正义感与法律人的良知，章士钊律师先后营救过中共的两大主要创始人李大钊、陈独秀；在共产党员的启发、引导下，张志让律师先后在法庭上为郑绍文、黄洛峰、吴亮平、潘梓年等著名共产党人辩护，提供法律帮助，还参加营救共产国际驻沪秘密代表牛兰夫妇；吴凯声律师担任宋庆龄领导的中国民权保障同盟的法律顾问，由于党组织对其坚持正义与业务能力的信任，他营救过陈延年、廖承志、陈赓等共产党的重要人物；查人伟律师营救中共地下党南京市委书记陈修良的母亲陈馥，并让陈馥寄居在他自己在上海的家中，为陈馥的革命活动提供方便；胡显伯律师营救江上青烈士，使江胡两家的世交情谊注入红色因素。

在法庭上开展合法斗争，营救共产党员与革命志士，为革命保存有生力量，其本身就是意义重大的革命工作。

（二）从事法学教育　培养法政人才

红色律师大多早期接受传统教育，甚至取得秀才、举人、进士的科举功名后，出国留学，或在日本，或在欧美，接受法学专业教育和司法技能训练。他们学贯中西，知识渊博，深知人才培养是法治建设的基础性工作。回国后，纷纷创办法政院校，从事法学教育工作。1910 年，沈钧儒、陈敬弟联合浙江咨议局中的开明人士奏请清廷准许，创办了全国第一所私立法政专科学校——浙江私立法政专门学校，沈钧儒曾代理校长兼宪法教师，黄景之、戴树棠律师就是该校毕业生。1927 年，上海法科大学（后改名为上海法学院）当局因对进步学生革命活动的态度不同分成左右两派，校务陷于混乱停顿。校董会推荐沈钧儒接任教务长，沈钧儒忠于职守，认真负责，稳定了学校秩序和师生情绪。上海法学院培养了不少的优秀人才，毕业生中有著名法学家和律师，如沙千里、林亨元等等。1910 年秋冬，刘崇佑律师联合林长民与福建咨议局人员及地方上开明人士，集资创办福建私立法政学堂（后改名福建私立法政专门学校）及附设中学。该法政学堂教育质量上乘，毕业生大多品学兼优，对福建高等教育发展和法政人才培养做了很大的贡献，著名律师、民主人士林仲易就是该校首届毕业生。1912 年，江庸律师与友人在北京集资创办了私立朝阳大学，江庸任校长达十二年之久，数十年坚持不懈地努力，培养了大批法学人才和司法骨干力量，民国司法界有“无朝（阳）不成（法）院，无朝不开庭”“北朝阳，南东吴”的佳话。1922 年，潘震亚律师同著名法学家徐谦的夫人沈仪彬创办上海女子法政讲习所，在中国首开女子学习法政的先河，是很有意义的司法改革和教育改革。著名律师史良就是从该女子法政讲习所第一期毕业后，再入上海法科大学学习的。

（三）从事媒体工作　宣传进步思想

红色律师热爱新闻工作，重视媒体宣传，善于以报纸、杂志宣传进步思潮、革命思想，往往同时又是红色媒体人。

章士钊于 1903 年 5 月任上海《苏报》主笔，《苏报》连续发表章太炎等人的反清文章，鼓吹革命，受到反清人士的欢迎，遭到清廷查封，章太炎、邹容等人被捕入狱。1903年8月，章士钊与陈独秀、张继等人创办《国民日日报》，在《创刊词》和《箴奴隶》一文中，章士钊对“国民”一词做了阐述，指出当时的我国人民大众在实际上处于奴隶地位，提出向欧美学习，走革命道路，推翻专制制度，求得解放，恢复“国民”固有人格。1912年春，应孙中山之邀，章士钊主持同盟会机关报《民立报》，宣扬民主主义革命。同年9月章士钊与王无生另创《独立周报》，提出了民国政制究竟采取法国模式还是美国模式等问题，引起国人关注。1914年5月，章士钊在日本创办《甲寅》月刊，发表《政本》等一系列文章，继续倡导两党理论，主张执政党应借反对党之刺激而维持其进步，执政党与在野党互相监督，统治才有力量；1917年1月，在北京出版《甲寅》周刊，李大钊、陈独秀、高一涵、胡适、易白沙、吴稚晖、杨昌济等为主要撰稿人。

1912年，潘震亚在南昌章贡法政专门学校读书期间，晚上负责《江西民报》校对工作，后担任该报编辑、记者，半工半读。他于1916年开始律师执业的同时，与人创办《新共和报》，并兼任上海《新闻报》《申报》等特约通讯员。他撰写社论，抨击反动军阀。1918年《新共和报》被查封，潘震亚受追捕。潘震亚出逃广州，同林伯渠、王恒创办《革新评论》，支持护法运动。

1916年，袁世凯死后黎元洪出任总统。鲁佛民预感可能面临新的政治转机，就在济南联合同人，创办《公言报》，主持笔政，鼓吹民主政治，评论时政得失。鲁佛民反对新闻稿经警察厅审查后方准付印的做法，并予以抗议，激怒了当局，报社被查封，多人遭拘捕。

1920年，林仲易从日本留学回国后，任北京《晨报》编辑，该报及其副刊《晨报副刊》在当时的社会影响极大。时值新文化运动方兴未艾，林仲易等人迎合潮流，《晨报》及其副刊宣传新思想、倡导新文学。1928年6月《晨报》停刊后，林仲易任《民言日报》社长等职，继续效力传媒业界。

1928年，沙千里入学上海法科大学，参加了青年之友社，任《青年之友》周刊主编；1934年，负责主编《生活知识》月刊，坚持宣传民族团结与党的抗日主张。

1939年黄炎培与张志让共同创办《宪政》月刊，旨在促进民主、宪政、抗战、团结。张志让任主编，在《宪政》上发表多篇文章，主要是针对国民党的反民主与消极抗战，主张实现政治民主、言论集会等自由，发挥抗战力量。《宪政》月刊团结了社会各界代表人物，成为在国统区深入开展宪政民主运动的基地。

1939年5月，王造时在江西吉安创办的《前方日报》，坚持团结抗战，反对分裂投降，大力宣传中共的民族抗日统一战线方针、政策，主导着抗战舆论的正确方向。

参加媒体工作，创办报刊，占领了舆论阵地，向人民大众发出正义、自由、民主的呼声，传播了先进思潮和革命思想，并与反动政府的新闻出版专制制度做斗争，是红色律师又一贡献。

（四）推动实施宪政　追求政治民主

红色律师大多在国外留学回国，眼界开阔，观念新潮，思想进步。他们不满于现状，对国民党的一党专政、独裁统治十分反感、坚决抵制，向往与追求宪政民主、平等自由。

“九一八”事变后，全国人民抗日救亡的要求和愿望更加强烈，呼声日益高涨，国民政府决定于1932年4月初在洛阳召开国难会议，“共定救国大计”，王造时等人被邀请参加会议。他们发现所谓的国难会议与全国人民要求废除国民党一党专政、结束训政、实施宪政的愿望相去甚远，于是拒绝与会。4月5日，王造时、张耀曾、张一磨、史量才等联名致电国民政府，其中说：“同人参与国难会议，方拟开陈所信，化除杜绝合作之党治，实现全民协力之宪政，对此救亡大计，努力解决，以答政府相邀之雅，而副人民望治之殷。”抨击国民党一党独裁统治，呼吁只有尊重民意，实施符合人民共同愿望的宪政，才能救亡图存。

抗日战争时期，全国人民要求民主宪政、反对独裁的呼声更加强烈，1939年国民参政会通过一项决议，设立了宪政实施协会，张志让律师是协会成员，执笔起草了相关文件草案。1939年冬，在张志让积极参与下广西宪政促进会成立，与当时酝酿成立的延安各界宪政促进会遥相呼应。张志让发表一系列文章，坚持动员人民参加抗战与迅速实施宪政，反对国民党一党独裁的政治体制；对少数人认为中国不宜实施宪政的观点进行了驳斥，直接揭穿以蒋介石为首的国民党顽固势力，以抗日之名，行反对实施宪政之实的假宪政的阴谋；主张不论是抗战还是建国，都必须迅速废除国民党一党专政，保障人民的民主权利。史良作为国民参政会的参政员，提出了与妇女相关的提案，推动、主持召开了七次妇女宪政座谈会，讨论妇女与宪政的关系等问题，提出宪政运动的实施是妇女参政的前提与保证。

（五）参与红色立法　着力法治奠基

百年党史，也是中国共产党领导的红色法治建设的历史。中国共产党非常重视建规立制，制定宪法、法律、法规，保护人民群众利益，巩固革命成果，加强政权建设，镇压敌对分子，维护革命秩序。新民主主义革命时期，中共一直在领导着革命根据地、解放区的立法活动，红色律师积极参与。

第二次国内革命战争时期，中央苏区制定、颁布了一百多部法律、法规与规章，包括《中华苏维埃共和国宪法大纲》《惩治反革命条例》及劳动法、婚姻法、土地法、选举法等基本法律法规。红色律师发挥专业优势，积极参与立法工作，其中《关于惩治贪污浪费行为》，被称为中国共产党历史上第一份反腐败的量刑标准。此外，还参与制定了《中华苏维埃共和国中央苏维埃组织法》《中华苏维埃共和国司法程序》《关于没收犯人的财产和物件的手续》等程序性法律法规。这些法律法规，形成了以宪法大纲为核心、以各个部门法为主体的红色中华苏维埃法律体系。

1942 年，李木庵代理陕甘宁边区高等法院院长期间，出于选择与红色政权相适应司法制度的目的，进行边区司法制度改革，完善诉讼审判程序，规范审判方式和过程，适当强调审判独立。虽然这次司法改革“无疾而终”，但李木庵仍不失为党内司法改革的先行人物。1946 年 6 月，中央书记处决定成立法律问题研究委员会，以林伯渠、徐特立、王明、谢觉哉、陈伯达、李木庵等为委员，谢觉哉为主任委员，后陈瑾昆律师加入。法研会负责起草全国性的宪法草案、《中国土地法大纲》。法研会在工作时，发扬民主，自由讨论，各抒己见，争论十分激烈。坚持民主原则，保证了立法质量，也体现了红色立法的工作本质。在此期间，陈瑾昆律师还单独起草了《民法》《民事诉讼法》《刑法》。李木庵、陈瑾昆律师参加的法研会立法工作成果，为新中国建国之初的法治建设奠定了基础。1949 年 9 月，周新民、沙千里、闵刚侯、张志让、李木庵、潘震亚、林仲易、陈瑾昆、章士钊、江庸、沙彦楷等十四位律师出席了第一届全国政治协商会议，他们参与讨论、制定《共同纲领》这一宪法性文件。新中国成立后，他们参加制定了《中华人民共和国宪法》《中华人民共和国婚姻法》等。

四

党史上红色律师群体的业绩，是中国律师队伍的红色基因与光荣传统，是一种红色资源和宝贵的精神财富。党的十八大以来，习近平总书记多次强调要传承好红色基因，赓续共产党人精神血脉。习总书记在建党一百年庆祝大会的重要讲话中再次强调，要继续弘扬光荣传统，赓续红色血脉。红色律师先辈绝不以律师职业为稻粱谋，而是接受、拥护中国共产党的领导，投身新民主主义革命斗争，坚持正义，发挥职业优势和专业优势，为党工作，为革命工作。中国共产党是为人民奋斗的政党，始终把人民的利益放在第一位，坚持以人民为中心的发展理念。我国律师是新时代中国特色社会主义法律工作者，本质上是人民律师。党史上律师的红色基因与光荣传统是新时代律师人民性的源头，新时代律师的人民性与党史上律师的红色基因及光荣传统一脉相承。我们要坚持党的领导，牢牢把握律师的人民性，站稳人民立场，恪守为民执业的初心，履行社会责任，切实增强人民群众在法治中的获得感、幸福感、安全感，以高度负责的精神和强烈的历史担当，发挥专业特长，努力开拓创新，为开启全面建设社会主义现代化国家新征程做出新的更大贡献。

一、为建党做出贡献的律师刘伯垂和张国恩

武汉建党三律师

在1921年7月中国共产党成立之前，各地建立了共产主义小组，这是建党的组织条件。继上海之后，全国第二个共产主义小组——武汉共产主义小组的发起人是三位律师，他们是董必武、刘伯垂、张国恩。

1914年1月，张国恩与董必武一起留学日本，在东京日本大学法律系学习，并加入孙中山领导的中华革命党。1917年回国，两人在武汉合办律师事务所。刘伯垂在日本留学期间，结识孙中山后，加入同盟会，回国后也在武汉当律师。

1920年夏，在上海的李汉俊建议董必武、张国恩在武汉成立共产主义组织。同时，陈独秀委托刘伯垂筹建武汉共产主义小组，并交给了刘伯垂他写给包惠僧的信、建党经费以及进步书籍，其中有一份手抄的中国共产党党纲。回到武汉，刘伯垂与包惠僧、董必武、陈潭秋、张国恩等人联络，商讨建党。1920年8月，刘伯垂、董必武、张国恩、包惠僧等7人，在武昌抚院街董必武的寓所，也就是董、张合办的律师事务所聚合，召开会议，在刘伯垂主持下，与会

者经认真讨论，一致赞同成立武汉的共产党早期组织，当时取名“共产党武汉支部”，推选了陈潭秋负责组织，张国恩负责财务，赞同刘伯垂提议，推选包惠僧任书记。会后，刘伯垂租用武昌多公祠5号，挂着“刘芬律师事务所”的招牌，并以张国恩的别名“梅轩”为组织代号。武汉共产主义小组每周一次会议，会议地点就在这两个律师事务所。小组成立之初，即把学习马克思主义作为一项重要活动，组建了马克思主义研究会，作为公开活动的团体，小组成员在武汉中学、武昌高师、省立一师、省立女师组织进步学生参加研究会，宣传马克思主义。为扩大组织力量，小组先后发展失业工人赵子俊，进步教员刘子通、黄负生入党。同时，小组积极从事工人运动，包惠僧提出了“通过劳工教育、劳工组合、劳工俱乐部来提高工人的觉悟”的主张。董必武等把平民夜校识字班办进了纱厂、烟厂、兵工厂，哪里有工人，哪里就有共产主义小组活动的身影。中共中央党史研究室编撰的《中国共产党历史》记载，武汉共产主义小组成员有：刘伯垂、董必武、张国恩、陈潭秋、郑凯卿、包惠僧、赵子健、黄负生、刘子通、赵子俊。至1921年，全国已有6个共产主义小组，正式成立中国共产党的条件成熟了。7月，董必武、陈潭秋代表武汉赴上海参加中共一大，包惠僧以陈独秀私人代表的身份从广州到上海参加会议，中国共产党诞生了。8月，董、陈返回武汉，董必武向武汉共产主义小组全体成员传达了“一大”召开的情况，建立了中共武汉地方委员会，武汉从此有了党的正式组织。在中共武汉区执委会委员和湖北区执委会委员组织领导下，武汉成为近代工人运动的策源地之一，爆发了著名的京汉铁路工人大罢工；湖北农民运动也蓬勃发展起来，同湖南农民运动交相辉映，形成强大的革命声势，对推动北伐战争胜利进军、促进大革命迅速向长江流域发展起了重要作用。

从历史事实不难看出，在武汉共产主义小组成立和开展革命活动，以及中国共产党的成立这一开天辟地的大事件中，刘伯垂、张国恩与董必武都起到了推动作用，做出了巨大贡献。然而，武汉共产主义小组这三位发起人虽在同一起点，却有着迥然不同的人生道路、截然相反的政治生涯、天壤之别的命运归宿：董必武终生对共产主义信仰无比坚定、无比忠贞，从武汉共产主义小组发起人、中国共产党创始人成为伟大的共产主义战士和无产阶级革命家，一代伟人，举世景仰；刘伯垂在革命处于低潮时，意志消沉，悲观失望，改弦更张，最终走上歧途；张国恩仅凭一时的革命热情，参与组建武汉共产主义小组，缺乏坚定的信念，退党后，虽然也做过一些有益的工作，但最后担任伪职，丧失了民族立场，背叛了初心，走向反面。

刘伯垂生平简介

刘伯垂（1887—1936），湖北武昌（今鄂州）人，出生在一个诗书世家，祖父刘德福，前清例授宣德郎，诰封奉政大夫。父刘弼亟，日本政法大学毕业。1909 年，刘伯垂东渡日本，就读于明治大学法科。在日本留学期间，刘伯垂接受了民主革命思想后，加入了同盟会，从事反清革命活动。经同乡李汉俊介绍，认识了陈独秀，拜他为师，研习文字学，同时开始接受马克思主义学说。1916 年，刘伯垂学成回国，从事律师工作。1918 年，在孙中山成立的广州护法军政府司法部工作，并在广州编辑《惟民周刊》，介绍俄国十月革命，宣传新思想。当时，广东军政府还不能摆脱军阀的控制，为此，刘伯垂深为不满。

1920 年夏秋之交，他辞官北返武汉，途经上海，拜访了陈独秀，多次交谈后，陈独秀介绍刘伯垂加入了上海共产主义小组。很快，刘伯垂接到了第一个任务，去武汉筹建湖北的组织。因为，在几个月前，陈独秀曾到武汉讲学时发现，经过五四运动的洗礼，新思潮和马克思主义已开始传播，武汉有条件组建共产主义小组，而刚刚入党的刘伯垂则是创建武汉共产主义小组的最佳人选。就这样肩负使命的刘伯垂回到武汉，参与成立了武汉共产主义小组。1921 年 3 月，刘伯垂直接领导了汉口人力车工人反对增加车租的罢工，取得了武汉建党后首次斗争的胜利。1923 年，他参加组织领导了武汉地区的“二七”大罢工，大罢工失败后，刘伯垂一度被捕，在各界人士的共同营救下，获得释放。

刘伯垂

1923 年 11 月 24 日至 25 日，中国共产党在上海召开三届一中全会，全会按照共产国际执行委员会的指示精神和当时国共两党的实际状况，决定进一步促进国民党改组，在全国扩大国民党组织，凡有国民党组织的地方，中国共产党党员、社会主义青年团团员一并加入；凡国民党无组织的地方，中共则为之建立。根据中共三届一中全会精神，刘伯垂与项英一起，于 1923 年底成立了“国民党汉口特别市党部筹备处”，刘伯垂担任筹备处主任，负责组建市党部。

1924年1月，刘伯垂以国民党湖北代表的身份出席国民党一大。2月，林伯渠受国民党中央之命，由粤来汉，刘伯垂与之一起建立了国民党汉口市执行部，林伯渠任常委兼组织部长，刘伯垂任工人农民部长。3月，国民党中央委任刘伯垂为国民党湖北省政府党部筹备委员，与董必武等人负责筹建省党部的工作。

1926年1月，刘伯垂等人以国民党汉口特别市党部代表身份出席国民党"二大"，并受我党指派，提前赴粤参加大会筹备工作，任大会秘书处文版主任、"工人运动报告"审查委员会委员。会议期间，刘伯垂与国民党左派共同与"西山会议派"进行了坚决斗争，并在会上做了《国民党汉口特别市党部党务报告》。随后，在国民党二届一中全会上，刘伯垂还被推选为国民党中央秘书处书记长。"中山舰事件"后，蒋介石抛出"整理党务案"，国民党右派为限制共产党人在国民党内的正当活动，破坏国共合作，清理在国民党组织中的共产党员。1926年5月15日，国民党员叶楚伧取替了刘伯垂的职务。1926年7月，北伐战争爆发。刘伯垂与董必武等省市党部成员一起，积极发展工人组织，宣传北伐意义，发动工人罢工，有力地支持了北伐战争。9月，北伐军取汉阳，克汉口，兵临武昌，刘伯垂和董必武与攻城别动队司令梁瑞堂联系，利用各种统战关系，策动了守军宋大霈部6个营起义，为北伐军攻克武昌做出了重大贡献。

1927年，蒋介石、汪精卫相继背叛革命，第一次国共合作彻底破裂。按照中共中央的决定，刘伯垂与董必武等一批在国民党省、市党部和政府工作的共产党人，于7月18日登报申明，辞去国民党内的一切职务，转入地下工作。刘伯垂、董必武等人遭到通缉，刘伯垂便带着董必武、陈潭秋、熊晋槐连夜赶到他家乡华容刘弄湾的家中，隐避一个多月，刘伯垂家人悉心照料，严格保密。"八七"会议后，刘伯垂调中共中央组织部工作。

1934年，刘伯垂在上海代表党组织促成了革命党人黄慕兰与著名律师陈志皋的婚姻，为营救共产党人提供了更好的掩护条件。《黄慕兰自传》写道："刘伯垂和赵畹华同志极力玉成这桩特殊的婚姻"，"刘伯垂同志的这番话，当然绝不仅是他的个人意见，而是代表党组织做出的保证和决定"。1936年，刘伯垂因患肝病逝世，终年50岁。刘伯垂的侄子刘若曾受刘伯垂影响，思想进步，于1938年去武汉八路军办事处找到董必武，要求参加革命工作。董必武介绍他到了延安，进入陕北公学分校学习，同年入党。新中国成立后，在多个教育单位任职，后在华中师范学院院长、顾问任上离休。

令人唏嘘的是，大革命失败后，刘伯垂为躲避汪精卫在武汉的大搜捕，潜往日本，翌年回国，隐居上海。其间，对革命丧失信心，受陈独秀影响，参加了托派组织——陈独秀、彭述之等人为首的"无产者社"。

张国恩生平简介

张国恩（1880—1940），亦名眉宣、梅先、梅轩，湖北省黄安县（今红安）杨二乡张家湾人。1897年，中秀才，以乡塾糊口。1902年，入武昌文普通中学堂，结识宋教仁等革命志士，加入日知会。1906年，考入两湖书院，加入共进会，与另5位同学率先剪辫，以示革命决心。1911年10月，武昌首义后，同董必武到汉口军政分府军需处担负革命军粮食、武器供给任务。后任湖北军政府理财部秘书，同时加入同盟会。同年12月，"南北议和"时，参与谈判，言辞激烈，揭露袁世凯假和谈真篡权阴谋。1912年2月，袁世凯任民国临时大总统后，遭忌恨，受排挤，任宜昌税务局长，后回武汉湖北省立第一师范任教。

1914 年 1 月，和董必武东渡日本，入日本大学法律科。7 月 8 日，谒见孙中山，加入中华革命党。1915 年 6 月，与董必武奉孙中山之命回国，秘密谋划反袁军事活动，事泄，潜回故里，因人告密被县衙抓捕，经营救获释。1917 年春，与董必武在武昌合办律师事务所，从事革命活动。1919 年 2 月，和董必武去上海主持湖北善后公会，从李汉俊处接触马克思主义的外文书籍。年底，回湖北办革命报刊和学校。行前，孙中山送 300 元做盘缠。1920 年 7 月，接李汉俊信，嘱在武汉筹建共产党组织。9 月，张国恩与董必武、刘伯垂、陈潭秋、包惠僧等人成立武汉共产主义小组。3 个月后，张国恩声明脱党。

1921 年，张国恩应聘任湖北第一师范教务主任，为工农运动做宣传鼓动工作。第一次国共合作时期，参与组建湖北国民党组织。1925 年 7 月，在国民党湖北省第一次代表大会上当选为执行委员会委员。1926 年 6 月，为策应北伐，湖北省党部成立特种委员会，张国恩曾代理特委委员。参与策动驻守汉口、汉阳的刘佐龙师起义，配合北伐军攻占武汉。1927 年春，任国民党湖北省党部执委兼农民部长、湖北省农协执委兼建设部长、湖北省政府常委兼民政厅厅长、武汉市政府委员、国民党中央农动讲习所教员等职。7 月，汪精卫策划“七一五”事变后，任国民党湖北省党部常委。蒋介石南京国民政府西征军占领武汉后，张国恩遭通缉，化名逃亡。风声过后，回武汉重操律师业务。张国恩对共产党人和家属，以及其他革命者，常解囊相助。1938 年，应董必武邀请，张国恩任《新华日报》常年法律顾问。

1938 年 10 月，武汉沦陷。1939 年，日本策划组织伪华中政府，成立“和平救国联合会”，4 月 12 日，该汉奸团体在武汉公开活动，张国恩任理事。10 月 30 日，任伪武汉特别市政府劳工协会理事兼实业部部长。1940 年 8 月，任汪伪政府社会运动指导委员会湖北省分会主任委员。8 月 17 日，在南京外出活动时“罹疾身亡”，终年 60 岁。

刘伯垂、张国恩与董必武三人的不同归宿，昭示一条真理，共产党人只有永远不忘初心，牢记使命，才能战胜艰难险阻，走向康庄大道！

［参考文献：中共中央党史研究室著《中国共产党历史》第一卷（上册）、中央文献出版社《董必武传》］

二、领导“二七”大罢工的施洋大律师

少年时期，对施洋大律师的印象，来自1959年北京电影制片厂拍摄的革命历史题材故事片《风暴》。施洋大律师为工人请命，控诉魏处长和其父亲魏老太爷视工人生命为草芥，残酷迫害工人的罪行，取得斗争胜利的艺术场景，令人终生不忘。其实，他不仅是业务精湛的大律师，而且是工人运动的领导人，是一心维护工人阶级利益，却被反动军阀杀害的革命烈士。

寒窗苦读

施洋（1889—1923），湖北省竹山县人。施洋出生于竹山县西乡杨家河桂树村（现为麻家渡镇桂花树村施家湾）一个世代具有读书传统的家庭。施洋原名吉超，学号万里。1914年，他到省城武昌求学时，将自己的名由“吉超”改为“洋”，字伯高，后以此闻世。

施洋祖先由江苏常州迁至竹山，以贸易起家，置田产颇厚，继而加入竹山籍，后来世代读书，习举业，均取得科名。施洋的祖父施廷瑾为补廪膳生员，施洋的叔祖父施廷壁，也是一个有学问的人。施洋的父辈共弟兄三人都好学，读书多年。伯父施永亮，文武举业兼习，惜英年早逝，殁年仅35岁，无后，以施洋为嗣。施洋的父亲施永贞，毕业于湖北郧阳府立简易师范学校。施永贞教书为业，是一位有爱国思想的知识分子，对施洋的生平行动多有赞赏。

施洋（青年时期）

施洋的家庭非常重视对他的早期教育。施洋幼年时，祖父施廷瑾就抱膝教自己的孙子读《三字经》《百家姓》，父亲施永贞就教施洋读书写字，并常给他讲古典名著中的故事，和屈原、岳飞、文天祥以及洪秀全的事迹，在他幼小的心灵中打下正直、正义、反抗、无畏的烙印。

由于家道中落，施洋度过了衣食不继的贫苦童年，1898 年，9 岁的施洋有幸跟随父亲读书。施洋格外珍惜这得来不易的学习机会，不到一年的时间，他读完了“四书”和《诗经》。可是好景不长，第二年，父亲施永贞因积劳成疾，染上重病，只好回家治病休养。紧接着，施洋的祖父、祖母、伯父等七人相继离世。接二连三的变故，使本来就贫困的家庭雪上加霜，施洋被迫辍学。一年后，施永贞心想，家里再穷再苦，也得咬紧牙根让儿子读书，便送施洋在离家十余里处的总兵庵走读私塾。此后，施洋每天鸡鸣即起，赶赴私塾。施洋家穷得晚上点不起油灯，他到村子里一座古庙，坐在神像前，借着长明灯的光亮读书。

1907年，施洋筹得一笔钱，在父亲的陪同下，步行90里来到竹山县城，报考县高等小学堂，虽然取得了优异成绩，但是由于施家家族中有势力的人反对施洋入学，校方借口施洋头上长有瘌痢，五官不端正，取消了他的入学资格。施洋被竹山县高等小学堂拒之门外之后，他外出读书的愿望更加强烈了，但苦于无钱，不能成行，就在施洋几乎近于绝望的时候，施洋的未婚妻郭秀兰和未来的岳母伸出援手，拿出自己的积蓄供施洋做学费，施洋就到郧阳求学了。启程前，父母做主施洋与未婚妻郭秀兰结婚。

施洋到郧阳后，考入府立农业学堂，习蚕科。郧阳府立农业学堂，学生多为纨绔子弟，习尚浮华之风盛行，学生中的绝大多数以得文凭混资格为目的。施洋却以学问为生命，他把所有的精力都用在学习上了。施洋专心致志于课业，终年不旷一堂课，课暇时间勤于实地实验。施洋初入校时，成绩仅中等，后学业大进，1910年他以最优等第一名毕业。毕业后，施洋转入郧阳农业中学，拟继续深造，将所学的农业知识用来发展农业，以救中国的贫乏。1911年，辛亥革命爆发了，学校停办，施洋回到了家乡。

施　洋

1914年6月下旬，施洋告别故土、亲人，行走一个月，行程一千六百里，历经千辛万苦，来到省城武昌，考入学制一年的湖北警察学校。毕业后，施洋可以当警察了。那时的警察是个肥差，还可以升官发财。然而，施洋并不屑于谋取肥差，他的志向远大，要掌握专门的学问，服务社会。1915 年，施洋考入湖北私立法政专门学校本科，学习法律。在校风差劣的湖北法专，施洋超然独立，拔乎流俗，专心求学。法专管理松弛，教学质量不高，施洋便将课程依主次编为纲目，自己安排作息时间表，严格遵守，按时学完所有课程，还搜集课外参考书认真研读，节假日也不外出游玩。施洋刻苦钻研，成了湖北法专最优等的学生，毕业时，许多同学茫然无得，而施洋对于法学已有很深的造诣了。

1917 年夏季，施洋从湖北法专毕业后，以不谙外语为恨，仍留武昌学习英语。同时，施洋与武汉法学界人士共同发起组织了法政学会，被选为副会长。

援救学生

向司法部呈请获得律师证书后，1918 年春，施洋在湖北高等审判厅登录律师名簿，被指定在武昌、汉口地方审判厅管辖区域内执行律师职务。施洋加入武昌律师公会，被同业选为武昌律师公会副会长。

施洋一入行律师，就为爱国学生维权了。林育南①在《施伯高传》中说："他在律师生活上开始的一幕，就是援救五四运动被军警杀伤的爱国的学生。"

1919 年 5 月 4 日，在北京发生了一次反帝反封建军阀的青年学生爱国政治运动，即五四运动，各地纷纷响应，武汉更是反响强烈。

---

① 林育南（1898—1931），湖北早期杰出的马克思主义者，"二七"大罢工的领导人之一。林彪的堂兄，革命烈士。

5月中旬，武昌各校学生代表连日在中华大学集会，讨论救国大计，草拟宣言，筹建武汉学生联合会。5月17日，武汉学生联合会正式成立。会后赴省署请愿，提出请求武汉学联立案、电告北京政府力争青岛、提倡国货、准许组织游行大会等四项要求，遭到拒绝。18日下午，三千余名学生会集武昌阅马场，举行第一次游行示威。游行队伍打着反帝爱国的标语，游经武昌各主要街道，一路上散发传单、街头演讲。施洋一方面鼓励学生们勇敢地走上街头，以游行、演讲方式声援北京的五四运动，另一方面以自己在武昌律师公会中的地位，提议通电响应学生行动，力争国权。

武汉学生爱国运动引起反动当局的恐慌、阻挠和镇压，督军王占元先面谕各校校长对学生严加管束，违者严惩不贷；后指令军警残酷镇压。6月1日清晨，武装军警密布各校门前和主要街道。下午一时，各校学生冲破武装封锁，手持旗帜，分赴预定地点讲演。王占元竟命令军警驱逐听众，殴打、逮捕演讲的学生，以致十余人被殴伤，数十人被捕，发生了轰动全国的武汉“六一”惨案。当天，施洋为学生奔走呼号，目睹学生被殴打、逮捕，愤恨万分。他一面让学生将受伤的同学送法庭检验，一面在武昌律师公会召集紧急会议，提出救援学生议案，呈请法庭提起公诉，惩办凶手，以保障学生参加反帝爱国运动的自由权利。在施洋的带动下，施洋夫人郭秀兰和幼弟施季高走上武汉街头散发传单，投身到五四运动的斗争洪流中去了。

在五四运动中，北京、武汉的爱国学生郭钦光、徐日哲、周瑞琦、李鸿儒、吴用霖5人壮烈牺牲，献出了年轻的生命。7月3日，武汉学生会等18个团体共一万多人，在汉口大智门外联合举行追悼大会，施洋肃立在大会主席台上，怀着对烈士崇敬的心情，宣读了祭文。

领导罢工

1920年秋，施洋参加了武汉共产主义小组成立的马克思学说研究会，并参加创办了工人夜校和工人子弟学校，宣传“劳工神圣”和社会主义。1921年10月，施洋参加劳动组合书记部武汉分部工作，1922年6月，经许白昊①、项英介绍，加入中国共产党，积极开展工人运动，成为“二七”大罢工的领导人。

1921年12月6日，京汉铁路长辛店工会与汉口租界人力车夫会同时成立。1922年，京汉铁路工人运动发展很快，16个站先后建立了工会。因此，京汉铁路总工会的组建工作提上了议事日程。

1922年7月和8月，京汉铁路总工会筹备会连续召开了两次会议。1923年1月5日，在郑州召开了京汉铁路总工会第三次筹备会。这次筹备会推选杨德甫为京汉铁路总工会委员长，江岸分工会由林祥谦任委员长，施洋被京汉铁路总工会聘请为法律顾问。第三次筹备会认为，全路工会组织已经统一，筹备工作就绪，规章均已制定，总工会成立时机已经成熟，决定于1923年2月1日在郑州召开成立大会。京津沪汉各种报纸上，都登载了京汉铁路总工会成立大会将召开的启事，筹备会函请各地工会及各界人士届期参加成立盛典。

筹备会将总工会成立事宜报告路局，局长赵继贤大玩两面派手法，表面上同意召开成立大会，背地里却密电军阀吴佩孚，要求防范。吴佩孚收到赵继贤的密电后，即命令部下严密监视，禁止京汉铁路总工会召开成立大会。

---

① 许白昊（1899—1928），湖北应城人，中国共产党第二次全国代表大会代表，中国劳动组合书记部长江分部领导，并任中共武汉区执行委员会委员、国民党湖北省党部执行委员、中共中央监察委员和中央工人运动委员会委员。

1月28日，郑州警察局局长黄殿辰到京汉铁路总工会筹备会声称："奉吴大帅命令，禁止开会。"1月31日，吴佩孚会见筹备会派出的杨德甫、凌楚藩、史文彬、李振瀛、李焕章5名交涉代表，阴阳怪气地说："我是宣言保护你们的！岂能和你们为难？这是你们局长来的报告，我已经允许了他，我已经下了命令，要禁止开会；我是军官，岂有收回成命的道理？……你们若是非要开会不可，我可没有办法了。"

《中华民国临时约法》规定，人民有集会结社的自由，代表们据此与吴佩孚力争无果。各地参加成立大会的代表如期赴会，1月30日晚，武汉30余个工会团体的代表130余人、学生及新闻界人士30余人，在武汉中共负责人陈潭秋、林育南、施洋、李求实、李汉俊、许白昊等率领下，在江岸工会集合，施洋发表了演说，然后乘火车北上郑州。

在列车上，传来了吴佩孚禁止召开京汉铁路总工会成立大会的电令，代表们义愤填膺、摩拳擦掌。在信阳、驻马店等车站，施洋发表了慷慨激昂的演说。施洋说：人民有集会、结社的自由，这是民国约法上明文规定的权利。我们工人在人民中占重要的地位，为什么不能享受约法上之自由？军阀吴佩孚等剥夺我们约法上应有的权利！这是何等的无理！号召：大敌在前，有进无退、善自防卫，工友们要努力奋斗！31日晚，京汉铁路总工会召开全路代表紧急会议，一致决定，不顾军阀阻挠，2月1日如期召开京汉铁路总工会成立大会。

2月1日清晨起，郑州紧急戒严，郑州市警察局局长黄殿辰称：我在郑州一日，即一日不准工人开会。上午8时，施洋与林祥谦、项德隆、史文彬、林育南等率领工人代表结队持旗，携匾额对联，冲破军警阻拦，前往成立大会会场花地岗普乐园，大会主席宣布：

“京汉铁路总工会成立了！”群众高呼口号：“劳工万岁！”“打倒军阀！”“京汉铁路总工会万岁！”“劳动阶级革命万岁！”这时，黄殿辰带领武装军警闯入，重重包围会场，强令限五分钟解散，有反抗的以军法从事！形势危急，施洋等大声疾呼，发表演说，代表和群众放声大哭，与军警搏斗数小时，下午4时，会议被迫结束。军警封闭了总工会会所，捣毁会所内一切财物，重兵把守代表所住旅社，严密监视代表言行，勒令各代表离开郑州。

当晚，京汉铁路总工会召开秘密会议，决定于2月4日举行全路总同盟大罢工，总工会由郑州迁往武汉江岸办公，并提出了“为争自由作战，争人权作战”的响亮口号。会议一结束，武汉地区铁路工人代表和其他30多个工会的130余名代表，当晚乘火车离开郑州返回武汉。临行时及途中，施洋与代表们做了诚恳沉痛的谈话，勉励代表们继续为工人阶级的利益而努力奋斗，与同志们就京汉铁路总工会的问题做详细的商议，又在车厢内发表演说，并利用各站点的停车时间向前来迎送的工人群众发表演讲，号召工人团结起来，为自由而战，为人权而战，提出“唯一的争取办法，就是斗争，斗争，再斗争！”

2月3日，京汉铁路总工会由郑州迁移到汉口江岸分工会内。中共武汉区委、中国劳动组合书记部武汉分部、湖北全省工团联合会成员陈潭秋、包惠僧、林育南、许白昊、项英、施洋、杨德甫、陈天、林祥谦等组成罢工指挥中心，以京汉铁路总工会和湖北全省工团联合会的名义，统一指挥江岸和武汉的总罢工。各分工会进行了紧张的罢工前的准备工作，建立了工人纠察团、调查队，以维持罢工期间的治安秩序。工会会员进行编组，届时迅速召集，统一行动。

2月4日，京汉铁路总工会发表《罢工宣言》，揭露了军阀用武力野蛮破坏总工会成立大会的事实真相，郑重宣布：“为保障我们的人格，为争回我们的自由……从本月四日正午起，京汉路全体一律罢工”，提出了5条最低复工条件：撤革京汉铁路局长赵继贤等人职务；赔偿开成立大会之损失；归还总工会成立所送一切牌额礼物；撤退占驻总工会的军队；等等。至12时，1200多公里长的京汉铁路客车、货车一律停驶，全线瘫痪。施洋、林育南等人夜以继日地指挥工人罢工。施洋紧张地进行宣传鼓动工作，联系《真报》等各界报纸，刊出“号外”，营造罢工声势；发动各工会、学校及各界声援罢工斗争；每晚到江岸京汉铁路总工会驻地帮助项德隆、林祥谦等开展工作。施洋坚定地表示：“为劳动阶级的利益，奔走呼号，这是我的职责。”

施洋组织领导工人运动的卓越才能，受到同志们的一致称赞和高度评价，同志们将施洋比作德国工人领袖卡尔·李卜克内西。

2月6日上午，武汉各工团和学生联合会2000多人的慰问队伍，高举“支援京汉铁路工人兄弟”的大旗，汇集在京汉铁路总工会江岸分工会门前，举行了有四五千人参加的慰问大会。在慰问大会上，京汉铁路总工会委员长杨德甫致辞感谢；林育南、法律顾问施洋及各工会代表许白昊、陈云卿等人发表了演说。施洋号召工人群众坚持斗争，不胜利决不上工。会后，举行了声势浩大的游行示威，施洋与林祥谦、林育南等走在最前面。游行队伍不断壮大，沿途加入群众有3000多人，街上巡捕、岗警不敢阻拦。

2月6日下午，英国总领事、美国总领事和湖北督军萧耀南的代表等在汉口英国领事馆开会，密谋镇压罢工运动，屠杀工人代表和工运领袖。形势险恶，许多朋友都劝施洋暂时躲避一下，施洋谢绝了朋友们的劝告，坚持斗争。

2月7日，军阀曹锟、吴佩孚、萧耀南下令屠杀京汉铁路沿线罢工工人，被屠杀的工人代表、罢工运动骨干达52人，其中仅江岸区牺牲39人，受伤300余人，被捕60人，被工厂开除1000多人，制造了“二七”惨案。当晚，施洋被捕入狱。轰轰烈烈的京汉铁路大罢工，在中外反动势力联合反扑和军阀血腥镇压下失败了！

英勇就义

2月8日下午4时，湖北陆军审判处提审施洋，陆军审判处孙处长任审判长。施洋向法庭提出了严正抗议，他说：第一，施洋没有犯法，生平一切行动，都合乎法律。就算犯了法，但不是军人，不是江湖大盗，应当由地方审判厅审理，陆军审判处无权过问。第二，施洋是一个文弱书生，这样重大的脚镣手铐，在世界文明国家里早已废弃不用，况且在这里，外有石墙铁网，内有军队林立，绝无逃脱之可能。面对施洋的抗议，法庭置若罔闻。

审判长照例讯问施洋的姓名、年龄、籍贯、住址、职业等问题后，问施洋从来干了什么事。施洋说：法专毕业后，在武昌夏口充当律师，1919年山东外交危急，曾同学生做过爱国运动。平时执行律师职务，创办平民学校。对于贫苦工人有诉讼或非讼事件来委托者，我不过在法律范围之内，本律师应有之职权，代拟诉状或书状而已，从不敢有不法行动。施洋供毕，审判长又问了几个问题，便要施洋亲笔供词。施洋被捕后，萧耀南咬牙切齿地说：“杀了施洋，湖北可无工潮！”2月14日，湖北陆军审判处再次审讯施洋，虽然仍未举出施洋犯罪的任何证据，却给施洋头上加以煽动罢工的罪名，判处死刑。

1923年2月15日（农历除夕）清晨6时，湖北陆军军法处卫队突然将施洋从湖北陆军看守所中提出，秘密押至武昌城外洪山脚下刑场上。

行刑前，执刑官问施洋有没有书信、遗嘱，施洋厉声回答道："我有什么信可写？我的遗嘱就是不怕人，不怕事，不怕死！堂堂做人，反对强暴！我只希望中国的劳动者早些起来，把军阀、官僚、资本家和你们这班替他们做走狗的人，一起都食肉寝皮！"在一片"开枪"命令声中，施洋仍在怒斥军阀、资本家、官僚及其走狗："你们杀了一个施洋，还有千百万个施洋！"施洋大义凛然，坚贞不屈，振臂高呼："劳工万岁！"当施洋中了第一发子弹时，仍然屹立，并再呼："劳工万岁！"施洋身中两弹，悲壮地倒下去了，时年34岁。

施洋殉难后，其妻郭秀兰领走遗体，当晚，汉口人力车工会的工人冒着生命危险把施洋的遗体收殓在武昌城外的江神庙中。1923年3月22日，北京各团体联合会和学生联合会联合在北京师范大学风雨操场，召开施洋、林祥谦暨"二七"诸烈士追悼大会，施洋夫人到场，她的恸哭感动了所有到会的人。同年7月，中共湖北党组织和湖北全省工团联合会将施洋的灵柩安葬在洪山北麓，墓前碑上刻着6个大字："施洋先生之墓"。

1933年，纪念"二七"斗争十周年时，周恩来在《今年的"二七"纪念与中国工人阶级的中心任务》中，指出"二七"烈士的英勇斗争是"中国大革命前的启蒙运动"，"灿烂了大革命中的光荣历史"。

1939年2月，毛泽东在延安举行的"二七"纪念大会上对施洋烈士给予高度评价，说："施洋同志的牺牲，证明了中国共产党是工人阶级自己的政党，是最保护工人阶级利益的。"

1953年，在武昌洪山修建了施洋烈士陵园，迁入烈士遗体。陵园内，"施洋烈士纪念碑"巍然挺拔，烈士半身塑像供人瞻仰。

1957年1月，董必武题诗："二七工仇血史留，吴萧遗臭万千秋，律师应仗人间义，身殉名存烈士俦。”1993 年 5 月，中共竹山县委、县人民政府在县城中心竖起 5 米高的烈士铜像，大理石座基上镌刻着党和国家领导人题词。同时，组织编写出版了《施洋传》《施洋烈士文集》。

施洋以律师身份参加革命，成为我党早期的工人运动领袖，英勇斗争，献出了年轻的生命。我们为有这么一位律师前辈而自豪，他敢于斗争不怕牺牲的革命精神和光辉的业绩，永远值得我们学习和纪念。

（参考文献：丁际树著《施洋传》、林育南著《施伯高传》、中共中央宣传部党史资料室编《党史资料》1955 年第一期）

三、两度入党的潘震亚律师

在红色律师群体中，有一位律师身为资深国民党员，却两次申请加入中国共产党。不管当时在不在中国共产党党内，他都追求民主法治，反对独裁专制，义无反顾地在法庭上营救共产党员和革命群众。他，就是潘震亚律师。

艰难求学

潘震亚（1889—1978），江西省南城县人。1889 年 6 月 29 日出生于江西余江县曹洪镇一店员之家，原名潘瑞荣，字树庸，笔名髯公、哀囚，化名姜子贤。祖父、父亲辈都是普通平民，家境贫寒。潘震亚幼时随父母迁回原籍南城，14 岁前念私塾，课余经常参加砍柴、挑担等劳动。潘震亚 15 岁时到“元记”南货店当学徒，1908 年，潘震亚在汉口彩票局当司账。1911 年 10 月 10 日，武昌起义爆发，潘震亚毅然剪辫，参加新军，并返回江西，宣传反帝反清，拥护孙中山领导的革命。1912 年，潘震亚考入南昌章贡法政专门学校，白天在校认真攻读，晚上则为《江西民报》校对，后担任该报编辑、记者，半工半读。潘震亚在校三年期间，发生了袁世凯称帝、张勋复辟等重大历史事件，目睹辛亥革命的胜利果实被篡夺，军阀混战，

潘震亚

民不聊生，他痛心疾首，义愤填膺。后来，因北洋军阀查封，章贡法专被迫停办，学生均转到江西法政专门学校继续学习，学校却以“缺课过多”为借口，不准潘震亚等两名进步学生转学。经过一番激烈的抗争，并以毕业后不要学校负责工作为条件，才获转学的同等待遇。后在毕业考试中，潘震亚因学业优异特许毕业。按照1912年9月16日北洋政府颁布的《律师暂行章程》规定，没有法政专门学校的毕业证书，不能取得律师资格。潘震亚如果没有在转学时抗争及毕业考试中成绩优异而取得江西法政专门学校的毕业证书，就严重影响他以后的法律职业生涯了。

司法实践

江西法专毕业后，潘震亚于1916年开始律师执业，同时，与人创办《新共和报》，自任总经理兼总编辑，并兼任上海《新闻报》《申报》等报纸的特约通讯员。他以“髯公”笔名，撰写社论，针砭时弊，抨击反动军阀。1918年《新共和报》因鼓吹革命、支持护法运动，引起吴佩孚、张怀芝等军阀的忌恨和报复，下令查封报馆，追捕潘震亚。潘震亚割须换装，连夜出逃广州。

到穗后，经人推荐，潘震亚任国会众议院秘书，同林伯渠、王恒创办《革新评论》，坚持护法运动。1920 年 4、5 月间，由江西同乡、曾任总统府秘书的彭素民介绍，潘震亚加入中国国民党。1921 年 4 月，非常大总统孙中山任命徐谦为广州政府大理院院长兼管司法行政事务，徐谦系江西南昌人，著名法学家。徐谦遂聘任潘震亚为大理院司法事务主任办事员与推事，协助其进行司法改革，废除、改良北洋政府旧的法律制度。

1922 年，潘震亚同徐谦夫人沈仪彬创办上海女子法政讲习所，首开中国女子学法政的先河。当时北洋政府不允许女子从事法律职业，潘震亚、沈仪彬此举，在司法领域高树男女平等的大旗，是很有意义的司法改革和教育改革。著名律师史良就是从该女子法政讲习所第一期毕业后，再入上海法科大学学习的。

北伐战争时期，潘震亚先后任国民政府惩吏院委员、司法部第一处兼第二处处长、法官训练班主任、军事委员会裁判所庭长等多个职务。其间，废除男女不平等法律，主张女子享有财产继承权，男女结婚、离婚自由，司法制度改革和法制建设成效卓著。潘震亚推行法官招录制度改革，实行三试录用制度：一试中国语文、三民主义；二试法律基本知识；三试为口试，侧重政治立场。三场考试结果，从报名应试的几百人中择优录取 50 余人，为左派革命力量输送了优秀的司法人才。开办训练班，抽调部分在职司法人员参加培训，并请李汉俊、恽代英等著名的进步人士、共产党人讲课。潘震亚还主持制定《惩治反革命条例》，为打击、镇压国民党右派的反革命活动提供法律依据。1927 年 1 月，时任黄埔军校孙文主义学会执行委员杨引之，到武昌策动武汉中央军校学员拥蒋校长并迁校南京，被军校“学生讨蒋筹备委员会”抓获。由潘震亚和另一位名律师戴修瓒主持裁判庭，力排阻力，据《惩治反革命条例》判处死刑。

营救任弼时

当代著名律师王工曾撰文，称潘震亚为中共前辈的“赤色律师”。

大革命时期，潘震亚在黄埔军校任政治教官，结识李合林①、恽代英等中共著名人士，更和老朋友林伯渠等密切往来，深受他们的共产主义世界观的影响，积极向共产党组织靠拢。1925 年，他写信给当时在上海的林伯渠提出加入共产党的愿望。后来，潘震亚不去南京做官，就在上海挂牌执行律师业务，开始了以法律为武器与蒋介石统治下白色恐怖的生死斗争，从而成为民国时期律师的一面红色旗帜。潘震亚律师参加了中共外围组织“中国革命互济总会”，并同史良、张志让、唐豪、陈志皋等律师一道担任该会的法律顾问律师，他经办了许多政治案件，不遗余力地营救共产党员和革命志士。

1929 年 11 月 17 日，初冬的上海，阴雨连绵，寒气逼人。时任中共江苏省委宣传委员会书记的任弼时，冒雨赶到上海公共租界华德路竞业里一幢石库门的两层楼房，准备出席共青团江苏省委扩大会议。这里是新设立的团省委秘密机关，住着郭亮②烈士的遗孀李灿英和他们 4 岁的儿子郭志成。任弼时走进竞业里时见没有异常迹象，便认准门牌，进入石库门，不料被早已埋伏在门后的几个密探扭住，不容分说，就被推上警车，押到汇山路英国巡捕房拘留室。在拘留室里，任弼时见到了上海总工会青工部长周朴农，当周朴农刚要站起来打招呼时，被任弼时按住肩膀，暗示不要说话。后来，任弼时

---

① 李合林（1898—?），四川成都人，黄埔军校政治教官，后任武汉国民政府总政治部宣传科科长。

② 郭亮（1901—1928），湖南长沙人，工人运动领导人，参加过南昌起义，曾任中共湘鄂赣边特委书记。毛泽东赞扬郭亮是“有名的工人运动的组织者”。

找了个机会叮嘱周朴农注意隐蔽，两人要装作互不相识。任弼时和周朴农是怎么被捕的呢？原来，特务在搜查上海反帝大同盟党团书记、华侨青年张永和时，从张的西服口袋里搜到这个竟业里的地址，凭着这个线索，特务抓捕了李灿英母子，并在此埋伏逮捕了先后到达的周朴农、任弼时，但特务并不知道他们的真实身份。当晚10时，任弼时、周朴农被押解到闵行路巡捕房接受审讯。敌人除了从任弼时身上搜到一张电车“派司”外，没有任何材料。审讯中，任弼时一口咬定自己叫彭德生，是失业青年，从江西来沪投亲靠友找工作，因记错了门牌，走错了地方，被误抓了。周朴农也按照任弼时的嘱咐，坚称自己是内山书店的职员。敌人一无所获，不相信他们的口供，很不甘心，两次对他们用刑。任弼时第一次受刑后回到拘留室，对周朴农说：“朴农同志，我们共产党人是用特殊材料制成的，要经得住考验，随时准备用自己的生命去殉我们的事业。”第二次，敌人施用了惨无人道的电刑，任弼时的背上被烙了两个拳头大的窟窿，但他坚贞不屈，始终没有泄露党的秘密。

党组织得知任弼时被捕的消息后，周恩来亲自布置营救工作，中央特科具体负责实施。11月22日，公共租界会审公廨[①]开庭审理，张永和、任弼时、周朴农三人同时受审，特科延请了潘震亚律师出庭辩护。法庭上，任弼时、周朴农坚决咬定原来的口供。周朴农虽然三年前已经离开了内山书店，但店主内山完造是鲁迅先生的至交，在对质时，承认周朴农是书店员工。庭上，潘震亚指出帝国

---

① 会审公廨：又称会审公堂，源于19世纪60年代，名义上是清政府在租界内设立的特殊审判机构，实际上是领事裁判权的延伸。凡涉及洋人的案件，根据不同情况，必须由外国领事裁判，或者外国官员陪审，或者先通过领事馆，或者由领事馆到庭听讼。对于纯属华人之间的诉讼案件，外国领事也来“观审”并操纵判决。会审公廨实际上变成了中国与外国领事共管的机关。会审公廨存续至民国时期，后被取消。

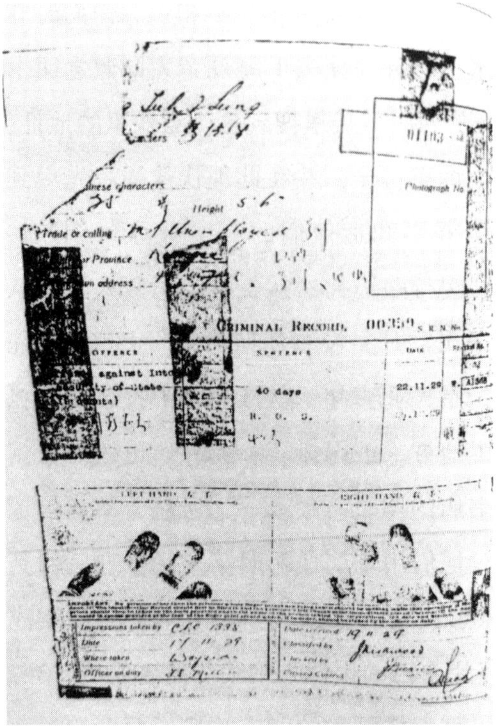

以中英文两种文字写的任弼时的判决书

主义列强在中国领土上滥捕中国公民，是侵犯中国主权，侵犯人权的违法行为，他理直气壮，雄辩滔滔，法官被问得理屈词穷，无言以对，便宣布休庭。合议后，以张、任、周三人构成“危害国家安全”罪名，判处张永和刑期两个月，判处任弼时、周朴农刑期各 40 天，随后将他们三人关押在上海西牢，即有名的提篮桥监狱。12 月 25 日是西方的圣诞节，任弼时提前出狱。任弼时能够判处轻刑，顺利出狱，潘震亚律师功不可没。

原上海公共租界工部局档案至今还存留一份案卷，以中英文两种文字写的任弼时的判决书，页是案情，另一页是任弼时左右两手十个手指的指纹。判决内容：

姓名：彭德生

年龄：25 岁

身高：5 尺 6 寸

职业：无业

籍贯：江西

住址：无固定地址

案情：危害国家安全。1929. 11. 22 判决 40 天

减刑释放：1929. 12. 25

潘震亚律师为排除当局的阻挠和特务的恐吓，顺利开展在法庭上营救共产党人、进步人士的合法斗争，便以资深国民党员，法律界前辈人士，复旦大学、上海法学院、中国公学等大学教授身份，致函上海律师公会转上海卫戍司令部，要求制止特务干涉律师依法履行职务。

除了成功营救任弼时外，潘震亚还营救了许多共产党员和革命群众，择要简介如下：

（一）李井泉、曹荻秋、王翰、郑绍文、徐强、张楚琨、邓曼倩、娄朗怀等，先后都曾获得潘震亚律师的帮助、辩护、营救而脱险。

（二）1928 年，上海人民为纪念 1925 年 6 月 23 日发生的沙基惨案中的死难同胞，举行游行示威，被当局逮捕 23 人，潘震亚律师挺身而出为他们充当辩护律师。

（三）一次，曾宪桢（建国后在全国妇联工作）等两名中学女生夹带传单，乘坐电车时被捕，各被判刑半年，潘震亚律师主动为她们上诉、辩护，结果被撤销原判，宣告无罪，并当庭释放。

（四）还有一次，租界捕房在日资纱厂逮捕两名藏有关于罢工文件和标语的工人，厂方的日本律师，要求对涉案工人判刑。经潘震亚据理力争，获得当庭释放。外籍捕头暴跳如雷，还要将两人带去捕房，在潘震亚严词抗议下，该二人脱险。

（五）上海警备司令部根据“蒋委员长电令”，要求将一名已被租界会审公廨按“危害民国罪”判刑 5 年的中共地下党员“移解”，另行审判。潘震亚律师接受委托担任辩护人，提出抗议：无论该被

告是否另有“不法”行为，只犯一个罪名：“危害民国”。既已经租界法庭审理判刑，根据“一事不再理”的法律原则，不能再“移提”内地军事司法机关另处。法官采纳了潘震亚律师的辩护意见，驳回上海警司的“移提”申请。

潘震亚律师基于坚定信仰，不计钱财，不畏艰难，置个人安危于度外，为陷入囹圄的共产党员和革命志士提供法律帮助，卓有成效，赢得了中共地下组织的信任和“赤色律师”的赞誉。同样在20世纪二三十年代以为中共地下党员及爱国进步人士仗义辩护和竭力营救而著称的张志让律师，曾在《自传》中说：“在执行律师事务方面……我为共产党员被捕辩护的案件，不像潘震亚那样多……”中央特科负责营救工作的原一科科长洪扬生后来回忆说：“在特一科的直接关系下有两位律师，一位是潘震亚，他是法学教授兼办律师事务，十分同情革命，我们有所求，他必应，从不附带任何条件。另一位是费国禧律师，我们请他出面辩护，仍得花点钱。”

营救“七君子”

潘震亚律师虽然身为国民党员，但他保持与中共良好的合作关系，与共产党人密切接触，逐渐接受了共产主义，认识到只有共产党才能救中国。在1927年“四一二”政变后，他痛恨蒋介石叛变革命，就以化名“姜子贤”参加地下党组织的革命活动，1936年，他加入中国共产党。抗战全面爆发后，潘震亚律师被聘为复旦大学法律系专任教授，随校迁往重庆北碚，几经周折，与党组织失去联系，但他仍不忘初心，仍以各种方式积极参加抗日救亡运动，营救爱国进步人士，坚持民主，反对独裁。

九一八事变后，中华民族面临亡国灭种的空前危机，全国各地掀起了抗日救亡的高潮，潘震亚、周新民、沈钧儒与陶行知、张定夫、邹韬奋、章乃器、黄申芗、曹亮、宁伯青等发起成立“上海救国会”，潘震亚任常务委员。1936 年 1 月 9 日，潘震亚又与沈钧儒、周新民律师及章乃器、潘大逵、孙怀仁、曹聚仁、张定夫、吴清友等 60 余人发起成立大学教授救国会，决定：“对于眼下全国学生的爱国救亡运动，尽力加以援助，教授应站在学生的面前，负起领导学生救亡的责任；同时对于破坏学生救亡运动的青年，教授应以道德的力量加以劝诫和制裁。”

1936 年 11 月 23 日凌晨，沈钧儒、王造时、沙千里、史良、邹韬奋、章乃器、李公朴被公共租界巡捕房分别逮捕，即著名的“七君子”事件。由于中共地下党组织通知，潘震亚及时隐蔽而幸免，旋接受地下党组织指示，积极进行营救。当日晨即组织律师俞钟骆、李文杰、鄂森、陈志皋、张耀曾、郭卫、李国珍、蔡六乘等赶赴江苏高等法院二分院进行营救和辩护。李文杰在《为“七君子”案辩护》一文中说：“1936 年 11 月 23 日清晨，在上海执行律师职务的救国会负责人潘震亚来旧法租界辣斐德路 474 号正诚律师事务所找俞钟骆和我，对我们说：‘衡山（沈钧儒字）他们昨夜突然被国民党特务逮捕了，现在已由捕房向江苏高等法院第二分院解案，我不便代表出庭，请你们立即赶往法院出庭营救。’……（我们）当即驱车去江苏高等法院第二分院刑庭出庭。赶到的其他辩护人，记得的还有张志让、蔡六乘、鄂森等律师。”案经审理，法院裁定：“责付律师保释，改期再讯。”后“七君子”再次被捕，潘震亚律师与救国会负责人胡愈之、钱俊瑞等召开辩护律师会议，共商辩护事宜。在营救“七君子”过程中，潘震亚律师虽未出庭辩护，但动员其他律师参加庭辩，四处奔走，多方联络，精心组织，当了无名功臣。

不畏强权

抗战胜利后，重庆各界在较场口召开群众大会，庆祝政治协商会议成功。国民党特务蓄意破坏、制造“血案”，殴打李公朴、施复亮等人致伤。事件发生后，潘震亚、史良、林亨元律师为李公朴、施复亮担任义务辩护人，与国民党政府法西斯统治进行了坚决的斗争。

1946年4月7日，延安《解放日报》发表由胡乔木撰写的社论《驳蒋介石》，揭露蒋介石破坏东北停战协议并企图用武力阻止东北抗联接收东北主权的阴谋，4月8日，重庆《新华日报》转载了这篇社论。蒋介石非常恼怒，国民党中央指使各省、市党部和三青团组织向重庆地方法院起诉《新华日报》，以“侮辱国家领袖罪”控告相关人员，企图阴谋迫害。承办检察官王兆龙收到三十多份控告状，深感棘手，难以处理。王兆龙是大革命时期潘震亚在广州开办司法人员培训班的学员，特向老师潘震亚求教问计。潘对王说：《六法全书》只有一条“公然侮辱罪”，属于“亲告罪”。依照法律规定，“须告诉乃论”，不告不理，姑且不论《新华日报》社论内容怎样，但须“被害人”蒋介石亲自具状呈控。如今蒋委员长不告，而由第三人告诉，法院怎么能非法受理呢？王兆龙听后茅塞顿开，他和首席检察官一致接受潘的意见，于是拟稿《不受理处分书》，对该案所有的控告、起诉一一予以驳回。国民党当局尴尬万分，又无可奈何，不好继续纠缠，只得偃旗息鼓，草草收场。潘震亚律师棋高一着，不战而胜，为中共做了一件大好事。

抗日战争胜利后，潘震亚拥护中国共产党关于成立民主联合政府的主张，反对国民党独裁统治，支持国统区的学生运动。1946年，潘震亚与张志让律师等发起组织了上海各大学教授联谊会（简称“大教联”），实际上是中共外围组织。“大教联”对当时政治局势发表过多次宣言，支援当时“反内战、反迫害”的示威运动。1947年3月，国民党在北平市实行大逮捕，逮捕市民、教师、学生等两千余人，“大教联”发表66位教授签名的《保障人权宣言》，抗议非法捕人，揭露国民党挑起全面内战、出卖民族利益的反动行径。1948年上海各大专院校掀起“反内战、反独裁、反饥饿”学生运动，“大教联”旗帜鲜明地支持进步学生。当年盛夏，复旦大学校园发生一件事：进步学生谷风被双手反绑罚跪在旗杆下面暴晒，围观者众，但无人施以援手，潘震亚律师见状，冲破人群，将谷风解缚释放。潘震亚律师的言行，引起特务的注意和仇恨，曾投寄夹带子弹的匿名恐吓信，潘震亚律师不为所动。

政协发言

新中国成立前夕，潘震亚律师作为自由职业界民主人士的代表，受邀参加中国人民政治协商会议第一届全体会议，当选为主席团成员、中央人民政府组织法草案委员会委员。9月24日，潘震亚律师以自由职业界首席代表身份，在全体会议上发言，发出了他追求法治的心声。作为历史文献，全文照录如下：

主席，诸位代表先生：

我们中国人民已翻身了。我们已在人民解放战争和人民革命伟大胜利的基础上团结起来了。中国人民政治协商会议第一届全体会议已经开会，并准备在中国人民革命的建国大师——毛主席领导下，共同创制巩固我们的团结和保障人民革命胜利成果的新武器，协商今后人民革命和建设的大方针，这是划时代的一件大喜事，值得庆贺。

这些武器和方针是什么呢？就是我们将要讨论和制定的《中国人民政治协商会议组织法》《中华人民共和国中央人民政府组织法》《中国人民政治协商会议共同纲领》三大草案。前面两种组织法就是巩固我们团结和保障人民革命胜利成果的武器，后面的共同纲领就是我们今后革命和建设的方针。这三种文献综合起来就是中国人民的大宪章，就是我们建国的大法典。我们中国人民受帝国主义、封建主义和官僚资本主义三位一体的国民党反动派统治，压迫得不能抬头和透气，现在我们已昂头挺身站立起来了。我们人民革命的旗帜将快要插遍全中国，快要解放全中国人民了。我们更要如毛主席所指示：“以其人之道还治其人之身”。建立人民民主专政的国家，成立中华人民共和国，组织中央人民政府。对反动派实行专政，不许他们乱说、乱动，对人民内部实行民主集中制。中国人民政协商会议，马上就要自己执行全国人民代表大会的职权。我们每个出席代表，现在都是中国主人的一分子，我们应该珍视这个任务，慎重商讨以上三大草案。这三个草案一经全体大会决议，我们自由职业界的同人，来自各行业、各阶层，不仅都应拥护，并当遵守，且愿回去各站在自己的岗位上，团结各阶层的人民共同遵守，各尽所能，分工合作，进行反帝国主义、反封建主义、反官僚资本主义的革命，斗争到底。共同努力建设一个独立、民主、和平、统一和富强的新民主主义的新中国，保证实现共同纲领上的各项任务。

末了，敬祝

中国人民政治协商会议建国成功！

中华人民共和国万岁！

中国人民革命的建国大师毛主席万岁！

这篇发言稿，表明了潘震亚律师与中国共产党同呼吸、共命运，肝胆相照，他为新中国诞生而欢欣鼓舞，提出了以法律巩固人民革命胜利成果并以法律规定今后革命和建设的方针，反映了一位民主人士、资深律师的依法建国、依法治国的良好心愿。1949 年 10 月 1 日，潘震亚律师登上天安门城楼，参加建国大典，见证了中华人民共和国的诞生。

中华人民共和国成立后，潘震亚律师任第一至五届全国人大代表，复旦大学校务委员会常务委员，法学院院长，中国政治法律学会理事，中央人民政府监察委员会副主任、监察部副部长，江西省人民政府副省长，政协第五届全国委员会常务委员，政协江西省副主席等重要职务。他对新中国法治建设极为关切，参与制定《中华人民共和国惩治反革命条例》等法律、法规，并向中央提出健全法制的建议。1962 年，潘震亚再次加入中国共产党。1978 年 5 月 22 日病逝于上海。

（参考文献：《中国律师》1999 年第二期、傅国涌编《追寻律师的传统》、中共中央文献研究室编《任弼时传》）

四、党内司法改革的先驱李木庵律师

法治理想

李木庵（1884—1959），原名李振堃，字典武、典午，又名李清泉，化名何樊木，出生于湖南省桂阳县正和乡八栋新屋村的殷实农家。

李木庵

李木庵小时候过继给叔父光城为子，幼年随嗣父读私塾，后又就学于乡县儒门下，攻读“四书”“五经”。他聪慧过人，勤奋好学。一次，塾师要考察门生智力，要大家在手掌上写上一万个汉字。塾童们面面相觑，不知所措。李木庵稍加思索，将《三字经》中“一而十，十而百，百而千，千而万”的十二个字，写在掌上，以少概多，从一进万。塾师频频点头，赞他别出心裁，智力超群。清末举行童子试，他考中秀才，在当地有“少年才子”之称。

不久他又入长沙岳麓书院、京师国子监太学进修，后考入京师法政专门学堂。京师法政学堂是清末司法改良的产物，官办的法政专门学校，光绪三十二年十二月（1907 年 2 月）学部奏设于北京，校址在原进士馆。以造就完全法政通才为宗旨，师资水平还行，管理也较为规范。良好的学习环境及条件，不仅使李木庵系统地掌握了现代法学知识，也奠定了其一生的法治理想。1909 年，李木庵毕业于该学堂完全科，可以说他是中国最早一批接受过现代法学正规教育的专业人士之一。毕业后留校任讲习，从事法学教育，开始了其艰难曲折的法治人生。受维新思想影响，他笃信“传播教育，开发民智”是重要的革新任务，先后在湘学堂、八旗学堂、政法学堂任教，并充报社笔政，撰写文稿，宣传革新思想。

辛亥革命后，民国建立，李木庵点燃了法治理想，转行做起了法律实务，希望以自己所长而民众所缺的法律知识服务国家与社会，为民众主持正义。民国初年，任广州地方检察厅检察长，不久即受人排挤而卸任，离开广州到京津一带做律师，筹建两地律师公会。1914 年又转道福建，出任闽侯地方检察厅检察长。李木庵的法治实践并不成功，残酷的现实无情地粉碎了他的法治理想。尽管共和国体已经建立，但封建社会人治的传统仍具有强大的生命力，贪官污吏依旧四处横行，司法黑暗有增无减，这一切与他的理想、抱负格格不入，李木庵不愿意同流合污，又一次卸职，回京赋闲。

参加北伐

五四运动后，李木庵在马克思主义思想影响和进步人士帮助下，

李木庵（青年时期）

开始走上革命道路。李木庵参加了北伐战争，到福建从事兵运工作，策反闽军曹万顺部，为北伐军取得福建战场胜利做出了贡献。

福建战场是北伐进军东南五省的重要战场，战略地位仅次于江西。北伐前，统治福建的是闽省督理兼第二师师长周荫人。当北伐军攻入江西的时候，孙传芳就指示周荫人进扰粤边。战役开始，孙传芳命令周荫人出兵牵制赣中北伐军后路，10 月 5 日，周荫人率卫队抵达永定，设立司令部，并下令总攻。永定为闽、粤交通要道，是闽军补给中心和前线指挥首脑机关所在地。10 月 8 日，何应钦命令部队由大埔进攻永定、攻占峰市，切断闽军永定至松口的交通，使永、松之敌首尾不顾。同日，在李木庵等人策动下，闽军李凤翔第 3 师所属的第 5 旅旅长曹万顺、第 6 旅旅长杜起云在广东蕉岭通电起义，毅然率部参加革命，投奔国民政府。旋曹、杜指挥的两个旅被扩编为国民革命军第 17 军，军长由曹万顺代理，下辖曹万顺兼任师长的第 1 师和杜起云任师长的第 2 师，李木庵任第 17 军政治部主任。在关键时刻，曹、杜阵前倒戈，周荫人部的犄角断了一角，使福建战场形势大大有利于北伐军。北伐军占领永定后，回师攻克松口。当松口激战正酣之时，在饶平方向的周荫人的东路军张毅部得知曹、杜起义，永定失守后立即向漳州撤退，后被击溃。驻上杭的李凤翔见手下两旅长曹万顺、杜起云已经起义，只好退往汀州，与孙云峰合兵。12 月 29 日，北伐军第十七军第一师与第十四军第二师会攻汀州，李、孙两部弃城而逃。

北伐军在福建战场迅速取得胜利的重要原因之一是国共合作积极开展对闽军的争取和瓦解。闽战前夕，周恩来派李木庵，北伐军总司令部派孙祥夫等赴上杭，积极开展兵运工作，促成闽军曹、杜两部起义。福建战场的胜利，为北伐军进军苏、浙、皖准备了条件。其中，有李木庵的一份贡献。

“四一二”政变后，李木庵受到蒋介石通缉，隐匿在上海靠卖文字为生，仍同中共组织保持联系。

1931 年李木庵曾回湖南家乡，准备组织农民武装，被反动当局发觉被迫转去南京，以开办律师事务所为职业，1932 年任八卦洲乡乡长，并在八卦洲购买荒地，组织子女垦殖，掩护革命活动。

推动“事变”

“西安事变”是中国近代史、中共党史上的重大事件，其和平解决成为时局转变枢纽，为建立以国共合作为基础的抗日民族统一战线起到了重要作用。而李木庵是“西安事变”的积极促成者、参与者。

1936 年初，工农红军到达陕北后，全国军政中心移向西安。受上海党组织派遣，李木庵与徐彬如、谢华等到西安开展工作。他到达西安后，通过地下党关系，负责西北军宪兵营士兵招收，并担任政治教官。他带来在江苏沛县培养的革命力量，包括他的儿子、侄子、地下党员谢晋生等，安排谢晋生任宪兵营中校副营长并实际负责，谢华任文化教官。李木庵等在宪兵营进行抗日救国教育，吸收党员，掌控了这个宪兵营。在周恩来同志的指示下，1936 年 2 月，中共西北特别支部成立（简称西北特支），谢华任书记，徐彬如、李木庵负责宣传。西北特支以宪兵营为掩护，秘密开展对西北军及杨虎城本人的统战工作。由于“西北特支”做好上层工作，卓有成效，西安的军政界名流纷纷加入“西救会”。东北军、西北军对这些群众运动非但不干涉，反而暗中支持和保护，杨虎城将军还间接给“西救会”经费上的支持。

西北特支先从学生工作着手，开展西北地区的群众救亡活动，很快建立了达二十三个西北抗日救亡分会，在这个基础上成立“西北各界救国联合会”，简称“西救会”。李木庵是“西救会”的总务部长，负责组织和宣传，他亲自到学校、工厂、郊区发动群众，参加各行业的救国会活动，其中的传单、宣言以及与全国各地的联系文稿几乎都出自他一人之手。他还和学生一起参加游行示威，暗中指导群众，在群众中威信很高，以至在西安社会舆论形成了“徐、李、谢”的氛围。李木庵还与东北救亡会（简称东救会）的负责人宋黎接上了头，并保持来往。“东救会”是以旅陕东北同乡和东北军人为基础成立的，受到张学良的保护。“西救”和“东救”联合互动，将西北地区的抗日救亡运动推向纵深发展，掀起高潮。“西北特支”的工作引起了党中央的重视，毛泽东主席派他的秘书长张文彬到西安，负责与西北军的联络工作，领导西安的抗日救亡运动。

北伐时期，“坚守西安”是杨虎城将军的一大军事杰作。1936 年 4 月下旬，西安各界召开纪念“坚守西安”胜利十周年纪念大会。其时，日寇已攻绥远东部，距陕北较近，形势紧张。如果在纪念大会上宣传抗日救国，宣传反对内战，无疑是一个很好的机会。“西救”的徐彬如、李木庵发动群众有备而来，“东救”也参加了，李木庵与“东救”的宋黎请张学良、杨虎城发表讲话。李木庵等安排人员散发传单，与“东救”联合发布宣言，主张国共两党速将内战军队开赴绥远前线，共同御敌。“九一八”五周年纪念日，“西救”“东救”发动群众举行大会，刊发宣言，呼吁停止内战，驳斥国民党顽固派的唯武器论，并游行示威。1936 年 10 月，鲁迅先生逝世，在李木庵提议与推动下，19 日“西救会”发起在民众教育馆召开追悼大会，参会者达八千余人。李木庵邀请当时的名流南汉宸、王炳南来到会场，请出德高望重的开明绅士主持大会，张学良、杨虎城、邵力子送来挽联。企图阻止、破坏的国民党特务慑于场面浩大，灰溜溜地撤走了。

面对日益高涨的抗日救亡运动，蒋介石以张、杨有通共嫌疑，又痛恨学生干涉国事，迁怒于张、杨的纵容，遂生撤换张、杨，削夺兵权之意。西北特别支部闻讯后，急筹对策。特支中在军界任职者提议，要挽救非常时局，可以使用非常举动：捉蒋。徐彬如、李木庵等核心成员就事件成败慎重地进行考虑分析，根据两利相权取其重、两害相权取其轻的原则，李木庵代表“西救会”向“东救会”宋黎等人商议，请“东救会”向张学良的亲信进言，传达于张学良采取非常举动。

12 月 4 日，蒋介石携带军政大员十余人再次来到陕西，驻扎临潼，但张、杨对采取“非常举动”仍举棋不定。12 月 9 日，是“一二・九”运动的周年纪念日，“西救会”“东救会”在西安召开纪念大会，并举行示威游行，学生、群众分别向“西北剿总”、陕西省政府绥靖公署请愿，省主席邵力子接见时的言行反而激怒了学生。于是，在有人提议下，下午四五时，游行队伍转向临潼，要直接向蒋介石请愿。张学良担忧请愿队伍遭到镇压，他赶到灞桥阻止，现场凄惨悲壮的哭喊，不仅唤醒了张学良的天良，也大增了他的勇气，他十分感动和激动，举起拳头说："我没有忘记祖宗的坟墓，没有忘记家乡，一周后，一定有事实给你们看!"请愿的学生、群众相信了他，李木庵等人率队回城。这次请愿大会，最终促成了张、杨对蒋介石的兵谏，12 日，爆发了西安事变。

宪兵营在第一时间成功地接管了国民党陕西省党部，第二天，李木庵书写了一张大标语"西北抗日救国总会"，贴到党部的门牌上，与童陆生等人入驻办公，指导西北抗日救国运动，收集宣言和传单，向各地来访者介绍抗日救亡形势和经验。

西安事变后，徐如彬、谢华等奉命撤退，"西救会"仅李木庵一人在坚持工作，做好善后事宜。顾祝同到西安后，两次传讯李木庵，派人搜走了"西救会"全部文件，李木庵沉着应对，一口咬定"西救会"是民间组织、群众运动。顾祝同查无实据，只好作罢。根据中共中央的指示，"西北特支"撤销，"西救会"停止活动。李木庵回到湖南桂阳，后辗转到了延安。李木庵 1940 年再到西安时，作诗《重抵西安》咏怀：

驰骋长安道，一挥指日戈。
云中笳鼓壮，天半羽书过。
惆怅灞桥月，鞭横渭水波。
西风连夜急，沙石走层坡。

创办"战中"

1937 年 10 月，李木庵由党组织派遣，返回家乡桂阳，奉命培训抗日救亡骨干力量。当时桂阳吏治腐败，文化贫乏，教育落后，中小学寥寥无几，失学青少年遍及城乡；另一方面，抗战全面爆发后，急需各方面的抗日人才。“天下兴亡，匹夫有责”，民众抗日救亡的呼声日益高涨，这一切使李木庵觉得责任重大，时不我待。

李木庵先与湘南特委王涛、卢文取得了联系，于1938年冬在桂阳东镇乡创办了一期抗日自卫干部训练班，招收四十多个青年知识分子、农民，进行为期四个多月的抗日军政教育培训，同时从中发展多名党员，为抗战输送了新生力量。

其时，沦陷区失学失业青年，纷纷流入湘南各地，李木庵打算办一所中学，收留、训练这批青年学生，投身抗战。但李木庵既无万贯家财，又无靠山，要办一所中学，困难重重！如何解决经费、校舍、师资呢？他动员各方力量，筹措办学经费。李氏宗族有大量公田，年收租谷可观，而且有助学兴贤的传统，在李木庵的争取下，全族议定，每年提取公田积谷五百担，以供办学之需，解决了经费问题；限于财力，不可能破土动工新建校舍，只能用“借”和“租”的办法。原来，李木庵回乡后被推为李氏私立元善小学的校长，该校校舍尚有多余，他在校董会提出借房办学。校董们为他热心教育、为家乡培养人才的至诚所感动，欣然同意无偿出借多余的房屋，解决了校舍问题；李木庵资历深、交游广，他凭借个人威信、人缘，向各地的同乡、同学、同事、朋友发出邀请，许多共产党员和有识之士纷纷来校任教，解决了师资问题。李木庵把来校的党员组织起来，成立了党支部，直属湘南特委领导。又物色各方代表，成立了校董委员会，会上将学校正式定名为桂阳县战时中学（简称“战中”），公推李木庵为校长，李次晶为董事长，确定办学宗旨：“招收有志青年，进行文化、政治、军事教育，培养有中等文化、有较高政治觉悟、有初步军事知识的人才，为国家和地方输送抗日骨干，共赴国难。”

1939年春，桂阳县战时中学正式招生开学，初招两个班，计一百多人。由于收费低廉，教学质量高，求学者慕名而来，络绎不绝，人数猛增。李木庵主导党支部、校董会决定克服一切困难，扩大办学规模，满足青年的求学需求，到当年下期，发展到二十个班，学生近千人。李木庵征得元善小学校董会同意和李氏宗亲支持，将元善小学搬迁到农村，腾出全部校舍，又借用城隍庙和李、何、雷三个姓氏宗祠作为扩班之需。

一所以共产党员为主导的战时中学的诞生、发展，国民党顽固派千方百计地阻挠、破坏，欲置“战中”于死地而后快。李木庵与国民党顽固派巧妙周旋，斗智斗勇，使“战中”在夹缝中顽强生存、壮大。桂阳县战时中学在恶劣的政治环境中坚持办学，为我党培养人才和输送抗日骨干力量做出了贡献。

司法改革

李木庵于1940年11月辗转到达延安。初来乍到，他对延安和边区的一切都感到十分新鲜和兴奋，被任命为边区政府法制委员、陕甘宁边区高等法院检察长后，唤醒了沉睡多年的法治理想，跃跃欲试。

陕甘宁边区的司法制度与原苏区根据地司法制度一脉相承，倡导司法革命化、程序简单和人员非专业化等。边区司法工作推崇“马锡五审判方式”①，办案特点是深入群众，调查研究，实事求是；手续简单，不拘形式，方便人民；审判与调解相结合；采用座谈式

① “马锡五审判方式”，是指抗日战争时期陕甘宁边区陇东分区专员兼边区高等法院分庭庭长马锡五首创的，在陕甘宁边区实行的便利人民群众的审判制度。

而非坐堂式审判。这种审判方式，既坚持原则，又方便群众，维护了群众的根本利益，深受人民群众的欢迎。“马锡五审判方式”是中国共产党人在司法领域的创举，在人民司法审判史上产生了重要的影响，迄今仍有现实意义。但在接受过现代法学系统教育的李木庵看来，边区的司法制度过于简陋、随意，与他理想中司法工作的精英化、正规化、程序化根本对不上号。

1942年，陕甘宁边区高等法院院长雷经天到中央党校学习，由李木庵代理院长，他抓住这一时机顶着巨大的压力，大刀阔斧地对边区司法制度进行改革，完善诉讼审判程序，规范审判方式和过程，适当强调审判独立。李木庵在一份报告中讲明了这次司法改革的目的，要“肃清游击主义的残余，建立革命秩序，养成法治习惯”，同时“建立适合边区的司法制度”，“使边区人民获得法律的保障”。现在以历史视角，平心而论，李木庵经过调查研究、观察思考，所提出的意见切中了边区司法制度弊端的要害，改革方案有很强的针对性，有利于完善边区司法制度。始料不及，李木庵的司法改革受到了当时司法工作人员的极力抵制与强烈反对，同时引起了高层的不安。反对者把这次司法改革上升为政治斗争，并在延安整风运动中，从组织上对李木庵进行了彻底的清算，以致这次司法改革尚未全面展开即告失败。1943年底，李木庵只得以健康原因为托词，辞去边区高等法院代理院长职务。1944年1月，陕甘宁边区政府委员会第四次会议上，对这次改革从政治上做了结论，认为是一些旧的法律工作者，“脱离边区实际和边区人民的需要”，维持“旧型司法制度和旧型法律”，核心目的是要“司法独立”，导致“人民的正当权益或有遭到损害，而破坏分子的不法行为或且反获宽容”，并给边区司法工作带来了“坏作风”。

这对李木庵打击实在太大，几乎扑灭了他终生的法治理想。他给当时边区司法工作领导人谢觉哉写信，要求辞去一切与法律有关的工作，谢觉哉却对他十分爱护，专门作诗勉励：

虎虎李夫子，出山才十年；
正宜歌破浪，未许赋归田；
政易法须革，诗成史共编；
待增齿发健，岁艳续魃弦。

1946年冬，国民党军队进犯延安，李木庵随中共中央机关转移至河北平山县西柏坡，任中央法律委员会委员，与谢觉哉共同起草了《中国人民政治协商会议共同纲领》《土地改革法规》等法律文件。新中国成立后，李木庵任中央人民政府司法部党组书记、司法部副部长、最高人民法院顾问等职，他的法治理想又一次被唤醒，参与组建全国各级司法机关和开展司法改革工作，主持起草新中国第一部《刑法（草案）》，参加审定《惩治反革命条例》《惩治贪污条例》《婚姻法》等重要法律法规，为新中国法治建设做出了不懈努力和巨大贡献。

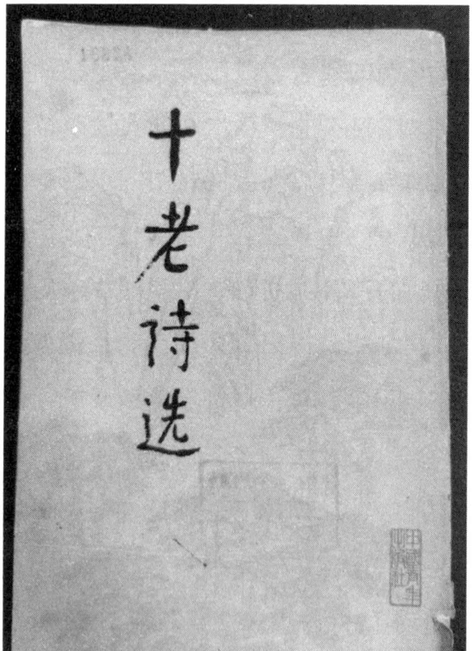

李木庵诗作大多收入在《十老诗选》

李木庵文学功底深厚，有很高的古诗词修养，公余吟咏不辍，著有《延安雅集》《延安新竹枝词》等诗集，主编过《怀安诗刊》，其诗作大多收入在《十老诗选》。“十老”是指朱德、董必武、林伯渠、吴玉章、徐特立、谢觉哉、续范亭、李木庵、熊瑾玎、钱来苏等十位中共党内德高望重的领导人、元老级人物、资深党员，李木庵名列“十老”之一，足见其资历深、地位高、名气大。

1957 年，反右运动中李木庵再次受到冲击，1959 年去世。最高人民法院给李木庵的挽联写道：“法律家，文学家，群推长者；为革命，为人民，功在国家。”谢觉哉的挽联：“仰不愧天，俯不怍人，革命俦侣中允称长者；既痛逝者，行自念也，怀安诗社里顿失主盟。”

李木庵的一生是追求法治的一生，是与一切邪恶势力斗争的一生，谢觉哉评价他“仰不愧天，俯不怍人”，极为中肯。

（参考文献：申伯纯著《西安事变纪实》，张协和、董华主编《杨虎城将军与西安事变补遗》，中国青年出版社《十老诗选》）

五、曾营救中共创始人的章士钊律师

中共党史上“南陈北李，相约建党”的典故流传广泛，影响深远，陈独秀、李大钊不仅是中国共产党的主要创始人，而且是我们党早期声誉卓著的两大领袖。而陈独秀、李大钊先后遭到反动政府的逮捕、迫害时，有位律师却不畏风险，挺身而出，积极营救，慰问遗属，他就是民国大律师章士钊。

章士钊其人

章士钊（1881—1973），字行严，笔名黄中黄、青桐、秋桐，1881 年 3 月 20 日生于湖南省善化县（今长沙市）。其父章锦，曾在乡里为里正，后业中医。章士钊幼读私塾，非常勤奋，16 岁在亲戚家为童子师。1901 年离家赴武昌，寄读于武昌两湖书院，在此结识黄兴，成为莫逆之交。后执教于朱启钤（朱曾任北洋政府代总理）家塾。

1902 年 3 月，入南京陆师学堂学军事，与其弟章士戛一起闹学潮，率四十位同学退学离开南京到上海，并入上海爱国学社，与从日本回国的邹容、张继同学，章太炎为国文老师。1903 年 5 月，任上海《苏报》主笔，《苏报》因连续登载章太炎等人的反清文章被查封，章太炎、邹容等六人被捕，章士钊因得主办此案的江苏候补道、陆师学堂总办俞明震徇情，未予追究，侥幸得脱。1903年8月，他与陈独秀、张继等人创办《国民日日报》。1903年冬，章士钊协助黄兴创立华兴会，从事反清活动。1904年8月，华兴会决定当年11月6日在长沙举行起义。章士钊在上海余庆里密设机关，暗中接济。因行事不密，起义未经发动即遭失败，张继和章士钊等十余人被捕。被人营救出狱后，章士钊急忙东渡日本。

章士钊

流亡日本期间，章士钊回顾过去，认真反思，认为自己“才短力脆”，连累同志，深感内疚惭愧，一改革命救国为求学救国，发愤力学，他坚决不加入同盟会和其他政党。1907年赴英留学，1908年入阿伯丁大学学法律、政治，兼攻逻辑学。1909年4月，他与同盟会员吴弱男在伦敦结婚。留英期间，他常为国内报刊撰稿，介绍西欧的各种政治学说，尤其推崇立宪政治，对当时中国政坛产生了影响力。

1911年10月，武昌起义胜利，12月，章士钊携家眷从英国回国，对孙中山和辛亥革命给予了由衷肯定和热情支持。1913年7月，二次革命爆发时，孙中山任命章士钊为讨袁军秘书长，草拟讨袁宣言。9 月，“二次革命” 失败后，章士钊再度亡命日本。

1915 年冬，袁世凯公开称帝，护国战争爆发。1916 年 5 月 8 日，滇、黔、桂、粤四省联合的护国军军政府在广东肇庆成立，章士钊任秘书长。6 月袁世凯病死，黎元洪就任总统，章士钊留居北京，任国会议员，并应蔡元培之邀请，受聘为北京大学研究所伦理教授。

1917 年 11 月，应陈独秀之邀任北京大学文科研究院教授，讲授逻辑学，兼图书馆主任，并当选为国会众议员。章士钊推荐李大钊、杨昌济到北大任教，又推荐李大钊继任图书馆长。1918 年 5 月，任护法军政府秘书长。次年在上海举行南北和平会议，担任南方代表。

1920 年夏，毛泽东、蔡和森为赴法勤工俭学运动募筹经费，持杨昌济手书到上海拜见章士钊，请求资助，章士钊当即以两万元巨款相赠，毛泽东以一部分做赴法学生的费用，一部分用于湖南革命活动。1921 年春，章士钊赴欧洲游历，考察政治，寻找治国道路。

中国共产党诞生后，章士钊看到了国家的前途和民族的希望，政治倾向发生了深刻的变化，成为中共的朋友。1922 年，受周恩来之托，章士钊将一部印刷机由法国运至德国，支持周恩来在欧洲的革命活动。

1923 年 10 月，曹锟贿选为总统，章士钊时任上海《新闻报》主笔，撰文痛斥。1924 年，段祺瑞上台，章士钊曾任教育总长、司法总长。1926 年，“三一八” 惨案发生，段祺瑞政府彻底丧失民心而下台，章士钊也由此结束了政治舞台上的生涯。

九一八事变后，章士钊辞去原受张学良之聘任沈阳东北大学文学院教授、院长职务，回到上海，杜月笙延之为宾客，不久章士钊正式挂牌当律师。抗日战争全面爆发后，章士钊留居上海租界，后在杜月笙派人迎护下，经香港转赴重庆，国民政府给以“参政员”名义。1938 年 6 月起，历任第一、二、三、四届国民参政会参政员。

1945年抗战胜利后，国共和谈，“双十”协定签字后，毛泽东因事滞留重庆，章士钊为其安全担心，劝毛泽东尽快脱离险境，在手心写一“走”字，耳语：“三十六计，走为上。”

1946年回上海，在同济大学法学院任教，并续任律师；同年11月当选为制宪国民大会代表。1948年行宪后，当选为立法院立法委员。解放战争后期，他作为“上海和平代表团”成员为国共和谈奔走。1949年3月25日，李宗仁决定成立和谈代表团，邵力子、张治中及章士钊等五人为和谈代表到北平，与中共举行和平谈判。4月22日和谈破裂，章士钊与邵、张等乃留居北平，嗣后去香港。留港期间，劝说程潜、陈明仁和平起义。9月，他应中共之邀，出席中国人民政治协商会议第一届全体会议，参加开国大典。此后定居北京。

中华人民共和国成立后，任政务院政治法律委员会委员，并被推选为政治协商会议第一届全国委员会委员和第二、三届全国委员会常委。1951年7月，被聘任为中央文史研究馆副馆长。1955、1958、1960年，三次奉命赴香港，与台湾方面联络，会商两岸统一问题。1959年10月，任中央文史研究馆馆长，晚年以大部分时间从事文史研究工作。1961年，国家困难时期，毛泽东用稿费以“还钱还利”为名，每年正月初二送两千元给章士钊，送满十年。

章士钊晚年一如既往地为海峡两岸的和平统一而奔走，1973年，章士钊不顾92岁高龄，自请第四次赴港，想与台湾方面会谈两岸统一事业，不幸在香港病故。在北京举行追悼会时，邓小平、叶剑英、李先念等到会行礼致哀。

努力营救李大钊

李大钊不仅是中国共产党的创始人，而且是中共在北方的重要领导人。

奉系军阀占据北京后，实行恐怖统治，把镇压国民革命、捕杀共产党人当作头等大事，四处告示："宣传赤化，主张共产，不分首从，一律死刑。"1926年4月、8月，就以"宣传共产赤化"的罪名，先后杀害知名报人邵飘萍、林白水。面对直奉军阀的残暴统治，为了保存和发展革命的力量，1926年3月底，李大钊领导中共北方区委机关及国民党北京特别市党部迁入东交民巷苏联大使馆西院的旧兵营，从此没有公开露面，李大钊的妻子和两个女儿也住在苏联使馆内。不久，国共两党许多领导人相继调离北京，北方革命重任全都落在李大钊一个人身上。环境异常险恶、艰苦，但李大钊毫不畏惧，始终保持着革命乐观主义精神，充满着革命必胜的坚定信念。在李大钊同志领导下，沉寂多年的兵营，一时成了北方革命运动活跃的指挥中心。

李大钊

1926年9月，考虑到北方局势日益恶化，为了李大钊的安全，中共中央写信给北方区委，要求他南下武汉工作，后又再次催促。但李大钊考虑到北伐军即将北上进京，北方区委应做好接应工作，他不能离开，要求留下。此后虽多次得到确切情报获知敌人即将逮捕自己的阴谋，李大钊仍坚守不退，只是让许多同志化装转移。

按照张作霖的密令，1927 年 4 月 6 日上午 11 时半，奉系军阀当局、京师警察厅出动 300 多名军队、警察、宪兵、侦探，全副武装，在吴郁文带领下，进入东交民巷使馆区，冲进苏联大使馆及旧俄兵营内。苏联使馆工作人员甘布克见状，上前阻止，并拔出手枪朝空鸣枪警告，被众军警制服。这天正是清明节，天气温和，赵纫兰带着小女儿炎华在院内散步，大女儿星华坐在外间的长木椅上看报，李大钊在里间伏案办公，宪兵、侦探和警察破门而入，逮捕了李大钊，同时被捕的还有共产党员、国民党左派谭祖尧、路友于等和赵纫兰母女共 33 人，以及苏联使馆工作人员 16 人，当天还从苏联使馆里拉走了 7 车文件。

李大钊的被捕，激起社会各阶层爱国人士愤怒，抗议奉系军阀当局反苏反共的暴行，纷纷进行营救工作。

章士钊夫妇与李大钊及其家属关系非同一般，自然是更为关切。早在奉系军阀动手前，章士钊就让夫人吴弱男去苏联驻华使馆劝李大钊出国躲避风头，李大钊被捕后，章为营救李大钊，四处奔走呼号。章士钊找到杨宇霆时，称李大钊名闻中外，深得人心，言辞恳切地奉劝杨宇霆切不可以一时之意气，杀戮国士，而遗千载恶名。杨宇霆闻之悚然，乃向张作霖进言，认为李大钊为著名学者，建议保李大钊性命，不如判个终身监禁，让他在监狱里继续研究《资本论》。由此，张作霖对杀害李大钊也曾一度动摇迟疑，最终决定组成特别法庭，派参议何丰林就任审判长，进行审理。其时，特别法庭由军方一手控制，是一个法西斯军事法庭。4 月 28 日，特别法庭在警察厅南院大客厅开庭，判处李大钊等 20 人绞决，立即执行。紧接着，将李大钊等同志秘密押送到西交民巷京师看守所，执行死刑。至此，章士钊与杨度以及社会各界的努力营救，都未能成功。

噩耗传来，中国共产党和革命人民以及各界进步人士无不悲愤和痛心！章士钊更加悲痛不已，曾作诗悼念，哀伤之情跃然纸上。诗云：

障尘何微微，朝夕通其辉。
人生各有托，君去独不归。
青林有蝉响，赤日无鸟飞。
裴回东南望，双泪空沾衣。

李大钊牺牲后，章士钊与其夫人吴弱男还去慰问其家属。1927年5月6日《申报》载："李妻回寓（府右街朝阳里三号）后，首先某前总长夫人赶至慰问，目睹惨状，为之泪下。"这位前总长夫人便是吴弱男。后来章士钊夫妇与亲友商拟筹款三千元赡养李大钊遗属，实际募捐到了两千余元。除购买棺木改殓丧葬等费用外，尚存一千余元，由李大钊的同学白眉初等管理，以利息维持赵纫兰与子女的生活。

义务为陈独秀辩护

陈独秀，原名陈庆同、陈乾生，字仲甫，号实庵，安徽怀宁人，新文化运动的倡导者、发起者和主要旗手，"五四运动的总司令"，中国共产党的主要创始人之一和党早期主要领导人。1921年7月在中国共产党第一次全国代表大会上被选为中央局书记，后任中央局执行委员会委员长、中央总书记等职务。在第一次国内革命战争后期，陈独秀犯了右倾机会主义错误，以致大革命失败。

1932年10月15日，陈独秀及其托派成员彭述之、宋逢春、罗世凡等人在上海法租界被捕，旋即被引渡到国民党上海市公安局，转押赴南京，后由江宁地方法院看守。

陈独秀被捕的消息，震惊全国。蔡元培、胡适、丁文江、傅斯年、翁文灏、罗文干等他早年的同事和好友都致电蒋介石，要求将陈案交付司法审判，反对由军法处置。蒋介石考虑到民众呼声与舆论压力，复电“照办”。

陈独秀

章士钊与陈独秀渊源久远，交情匪浅。后来，陈、章二人，因政见不同，早已各行其是了，但对陈独秀几次被捕，章士钊都是很关心的，这次也不例外。他自告奋勇站出来，义务为陈独秀担任辩护律师，完全是出于正义感与律师的天职。章士钊不计前嫌，挺身而出，甘担风险，当时在社会上引起轰动，被称之为“有古义士之风”。

1933 年 4 月 14 日上午，江宁地方法院刑二庭就陈独秀等被指控“危害民国案”第一次开审，陈独秀被带上法庭时，审判长问他何以要打倒国民政府，他回答：

这是事实，理由有三：（一）国民党实行刺刀政治，人民无发言权，即使国民党员恐亦无发言权，不合民主政治原则；（二）人民贫穷至极，军阀官僚只知集中金钱，存放于帝国主义银行，人民则衣食不保，此为高丽亡国时的现象；（三）全国人民主张抗日，政府则步步退让，十九路军在上海抵抗，政府不接济，所谓长期抵抗，仅长期抵抗四个字而已，始终还是不抵抗。据此，人民即有反抗此违背民主主义与无民权实质政府之义务。

4月20日上午，陈独秀等“危害民国案”第三次开庭，旁听者众，有些是从上海、无锡、镇江各地赶来的，法庭内外人头攒动。检察官的控告长篇累牍，至下午一点四十五分才结束，陈独秀当庭抗辩：

检察官论告，谓我危害民国，因为我要推翻国民党和国民政府。但是我只承认反对国民党和国民政府，不承认危害民国。因为政府并非国家，反对政府，并非危害国家。

他的书面辩诉状指出，本国某一党派推翻某一党派的政权而代之，不能说是“亡国”，所以，所谓的“危害民国”罪不成立。民国之所以叫民国，就是民主共和国，以别于专制君主国。何谓“叛国”？《刑法》上有具体说明，即平时外患罪、战时外患罪、泄露机密罪。如果把国家和政府混为一谈，那又何必摒弃法国路易十六的“朕即国家”说。如果说在野党反抗不忠于国家或侵害民权的执政党，而主张推翻其政权，就是“叛国”，则古今中外的革命政党无不曾经“叛国”，国民党也曾“叛国”矣。

他当庭指斥国民党政府“以党部代替议会；以训政代理民权；以《危害民国紧急治罪法》及《出版法》等特别法代替《刑法》；以军法逮捕、审判、枪杀普通人民；以刺刀削去了人民的自由权利，高居人民之上；视自己为诸葛亮与伊尹，斥人民为阿斗与太甲。日本帝国主义挟‘武力征服’政策对待吾国，国民党政府亦挟同样态度以临吾民”。

他表示，自己力争的是人民自由权利、实现普选的国民立宪会议、民主制扩大到历史的最高阶段。无论现在还是将来，他本人都没有篡夺民国为“党国”的企图，试问谁为“危害民国”？

他进一步反驳，如果认为宣传共产主义就是“宣传与三民主义不相容之主义”，就是“危害民国”，欧洲中世纪专横黑暗的宗教法庭迫害异教徒、科学家，以阻塞思想信仰自由的故事，岂不是重见于今日的民国，那不是正好证明日本人所谓的“中国非近代国家”之说不是污蔑吗？

接着，章士钊起立为陈独秀辩护，雄辩滔滔，长达五十三分钟。通过新闻媒体广为流传，影响巨大。章士钊的辩护词洋洋洒洒，旁征博引，文采斐然，堪称经典之作，上海沪东大学、苏州大学选编为法学系教材。

尽管辩护有力，但经过十二天审理后，法庭仍以文字为叛国之宣传，判处陈独秀有期徒刑十三年，上诉后改为八年，押赴南京第一监狱服刑。

章士钊曾多次去狱中看望陈独秀，写下《念故人陈独秀》诗，抒发胸臆：

龙潭血战高天下，一代功名奕代存；
王气只今收六代，世家无碍贯三孙。
廿年浪迹伤重到，此辈清流哪足论？
独有故人陈仲子，聊将糟李款牢门。

（参考文献：白吉庵著《章士钊传》，郭德宏、张明林著《李大钊传》，傅国涌编《追寻律师的传统》）

六、受毛泽东亲自邀请参加新政协的江庸律师

1949年8月25日，一封落款印着“中国人民革命军事委员会”红色铅印的信函，寄达江庸在上海的律师楼，江庸一见缄尾一个苍劲有力的“毛”字，喜出望外，连忙开启，信上写道：

翊云先生：

大示敬悉。时局发展甚快，新政协有迅速召开之必要，拟请先生及颜俊人先生参加，不识可以成行否？许先生事，已嘱法学方面的同志注意延接。

草复。

敬颂道安！

毛泽东

八月十九日

读罢，年逾古稀的江庸律师激动不已，热泪盈眶，这是弥足珍贵的殊荣！其时，中共中央正在紧张有序地筹建新政协，邀请各民主党派、知名的进步人士、社会贤达参加，而只有两位收到毛泽东主席的亲笔邀请函，除了宋庆龄先生，就是江庸律师。江庸何许人也？何来这份殊荣？

因为“七君子”辩护而声名鹊起

江庸（1878—1960），字翊云，号詹翁，祖籍福建长汀县，1878年3月27日出生于四川省璧山县（今重庆市璧山区）。祖父江怀廷，咸丰时进士，以知县分发四川，卒于南充任内。父江瀚，字海叔，曾参赞川督奎俊戎幕，后任重庆致用书院院长，北京大学堂总教习、文科学长，学部参事；辛亥革命后，复任北京大学、山西大学教授等职务。江庸幼承家教，学有渊源，国学基础厚实，善诗，二十一岁时入成都中西学堂学习英文。

1900年，江庸二十三岁，进京应科举考试，适遇义和团反帝运动兴起，政局混乱，交通阻隔，遂经大同、西安折返四川。1901年，四川总督选派学生赴日留学，江庸入选东渡，进日本成城学校普通科，二年毕业后，于1903年入东京私立早稻田大学师范部法制经济科深造，在校毕业前一年即1905年，兼管法政大学中国学生速成班学务，并充任翻译、助教等职。留学期间，江庸结识了秋瑾、蔡锷、梁启超、蒋方震等人。1906年，清廷派遣各省提学使赴日考察学务，派江庸为照料员。同年学成回国后，直隶总督袁世凯聘他为天津北洋法政学堂总教习，尚未到

江　庸

任，旋即由学部调派，以普通司员兼京师法政学堂总教习。不久，修律大臣沈家本聘江庸任修订法律馆专任编修，法律学堂教习。1907年，又经大理院调任详谳处推事，1908年应学部考试，成绩优等，授予法政科举人。1909年，参加清廷组织的归国留学生考试，名列一等第四，授大理院正六品推事，兼任京师法律学堂监督。

1912年，中华民国成立，江庸留任大理院推事，兼任高等审判厅厅长和北平法政专门学校校长。1913年，熊希龄组阁，梁启超任司法总长，江庸任司法部次长。1917年11月，王士珍任国务院总理组阁，江庸再度出任司法总长，任内为收回领事裁判权创造条件，曾创立京师第一模范监狱，实行较人道的管理制度，附设监狱工厂，由犯人参加劳动。1918年，我国自费留日学生因故围攻驻日公使馆，其中数位遭逮捕、关押，广大中国留学生提出抗议，事态扩大，驻日公使章宗祥应对无策，而各省所派的监督亦多逃匿、回避。当时，如果不恢复总督制度，派遣合适人选，授予相应职权，就没有办法妥善处置。江庸在好友、时任教育总长傅增湘坚请下，俯就日本留学生总监督之职，赴日本负责善后事宜。江庸到日本后，保释被捕学生，按月发放官费生学费，事态得以平息，两年内安然无事。后因各省财政支绌，官费恐难以为继，江庸遂托词辞职。1920年回国，北洋政府特任江庸为法律编查馆总裁，兼故宫博物院古物馆馆长等职。1921年11月12日至1922年2月6日，美国发起的在华盛顿召开的太平洋会议期间，北洋政府派王宠惠、顾维钧等为全权代表参加会议，江庸等则在国内组织太平洋会议后援同志会，并与王世徵等草拟发表撤销领事裁判权问题宣言书等表示声援。

1912年，江庸与汪有龄、黄群、蹇念益等人以“为天地立心，为生民立命”的情怀，集资创办了私立朝阳大学，培养法律人才，经过几十年的努力，造就了“无朝（阳）不成（法）院，无朝不开庭”“北朝阳，南东吴”的佳话。1927 年至 1939 年，江庸任该校校长。抗战期间，朝阳大学自北平迁往成都。朝阳大学为近代法学教育发展、法律人才培养等方面，做出重大贡献。之前，1924 年，江庸曾受教育总长聘请，担任国立法政大学校长，1925 年辞职。

江庸是近代中国著名的大律师。1924 年，曹锟贿选当上民国总统，江庸辞去司法总长一职，在京师设立律师事务所，挂牌执业，并创办《法律评论》周刊，任法律评论社社长。1932 年，北平大学进步教授侯外庐①因在课堂上宣讲马克思主义，当局以“宣传与三民主义不相容之主义”为由，加之“危害民国”的罪名，而与许德珩②、马哲民③等教授被捕入狱，时称“许侯马事件”，江庸受聘任辩护律师。次年，他们经营救被“假释”出狱。1936 年 6 月，国际律师协会在维也纳开会，江庸当选为中国代表。1936 年 11 月 23 日，国民党政府又以“危害民国”罪名，在上海逮捕了救国会领袖沈钧儒、章乃器、邹韬奋、李公朴、沙千里、史良、王造时，制造了轰动中外的“七君子事件”。1937 年 4 月 3 日，国民党政府对“七君子”提起公诉。上海律师公会召开紧急会议，决定组成二十余人的著名律师辩护团，江庸出任沙千里与王造时的义务辩护律师，那时法官大多出于江庸门下，他亲自出庭为被迫害的“七君子”辩护，影响极大。

---

① 侯外庐（1903—1987）原名兆麟，又名玉枢，自号外庐，山西省平遥县人，中国历史学家、思想家、教育家。1987 年 9 月 14 日病逝于北京。

② 许德珩（1890—1990），原名许础，字楚生，江西德化人，著名爱国人士、政治活动家、教育家、学者，九三学社创始人和杰出领导者。解放后，曾任水产部长、全国政协副主席、全国人大常委会副委员长。

③ 马哲民（1899—1980），字浚，号铁肩，湖北黄冈人，著名经济学家。解放后，任武汉大学法学院院长兼教授，民盟中央第一、二届常委，民盟湖北省及武汉市委员会主任委员。

集爱国情怀和民族气节于一身

江庸行事为人颇具风骨，疾恶如仇，有强烈的爱国主义情怀和民族气节。

1915年，江庸奉命考察东北，对奉天、吉林两省吏治腐败感到愤慨，而黑龙江朱庆澜将军公正干练，堪当大用。回京后，向袁世凯直陈己见。袁则认为江庸妄议自己的亲信，不悦。江庸便提交辞呈，语甚激切，抨击袁世凯摧残国家元气。袁世凯大怒，拟立免江庸职务。秘书张一麟在旁进言：江庸辞职乃是负气，自总统就任以来，无敢非议时政的，现在有个江庸，岂非好事？何不温言慰留，以示宽容虚怀。袁怒稍息，着张一麟拟一批令留之。张一麟批就，词颇婉切，袁认为批得太好啦。张答：既欲慰留，则非好不可。张、袁相对一笑。当时幕僚王式通在侧，袁世凯正色对他说："你去告诉江庸，以后但做官，少说话。"这话确是当时做官的秘诀，但江庸绝非恋栈之辈，不久还是辞职不干。

1917年5月，李经羲出任北洋政府内阁总理，任命江庸为司法总长，江庸坚辞不就，避之汤山。张勋复辟时，避至天津，闻复辟伪政府任他为法部左侍郎，他一笑置之。复辟闹剧落幕后，冯国璋代理总统，王士珍组阁，江庸再度出任司法总长。1918年，曹锟等电请北洋政府特赦张勋复辟时期的罪犯张振芳，电令经代总统冯国璋批准，还须经司法部总长副署方能生效，当时江庸担任司法部总长，认为：民国成立不久已两度复辟，共和制度尚未巩固，不宜赦免复辟要犯，拒绝副署，因而辞职。舆论称道：民国以来，因承担政治责任而辞职的，以江庸为第一。江庸为人清正不阿，不畏权势，直系军阀曹锟等人视阁员如奴才，曹锟一亲戚指名要当保定高等审判厅厅长，江庸断然予以拒绝。

1939年，陈立夫以“聘用教员须先经教育部审查”为给予经费资助的前提条件，江庸因其妨碍学术自由，乃辞去自己创办并担任十余年的私立朝阳大学校长职务。

1931年9月，日本帝国主义蓄意制造九一八事变，侵占东三省，成立伪满洲国。江庸发表文章，强烈谴责日寇的侵略罪行，并指出他的学生赵伯欣叛国投敌，担任伪职，为虎作伥，声明脱离师生关系。江庸在日留学六年，后因公赴日多次，一向与日本朝野名流渊源深厚，多有来往。此后，江庸坚决割断与日方的任何联系。1933年以后，日军欲变华北为“第二个东北”，日本人和北洋政府的官僚政客粉墨登场，纷纷上门劝说江庸参加对日妥协的冀察政务委员会。江庸发誓绝不当汉奸，但又一时不能脱身，心情苦闷。1938年初，日本拟建立“维新政府”，企图拉拢江庸。先是由日本华中派遣军司令松井石根派汉奸温宗尧邀请江庸面谈，江庸推辞不去。后是日本故友、时任日本侵华军总司令的畑俊六带台湾人许丙登门拜访，竭力怂恿江庸去任“要职”，他们软硬兼施，威逼利诱，说：江先生只要出山，地位可在梁鸿志和温宗尧之上。又威胁说：先生如果不肯合作，你家安全恐难保证。他们离开后，江庸决定连夜避往香港。江庸以诗明志：“吾独爱孤竹，挺身霜雪中，不曾似行苇，仰倒只随风。”

1938年7月，江庸赴汉口参加国民参政会，会后去重庆，在渝执行律师业务。其间，蒋介石担心吴佩孚被日本人利诱，出任华北伪政府首脑，请江庸去函劝说吴拒日劝诱，吴答复坚持民族气节。1943年，江庸被推为国民参政会主席团成员之一。抗战胜利后，1946年江庸携眷返沪，继续执行律师业务。1948年国民党政府提名江庸为“国大代表”候选人，江庸拒不参选，后当局又迫令当选的王善祥律师让席，江庸又致函拒绝接受。不久国民党政府公布“宪法"，推江庸为大法官，他致电蒋介石力辞不就。

为国共和谈奔走

江庸还是为国共和谈而奔走的民意代表。

1949年初，北平已宣告和平解放，一意挑动全面内战的蒋介石被迫引退下台。李宗仁就任中华民国代总统，着手准备与中共议和。李宗仁想让几位共产党能够接受的无党派民主人士，前往北平为国共和谈铺路。为此，他专程到上海，邀请江庸、颜惠庆①、章士钊等民主人士赴北平协调。江庸等人几经商议，认为国共议和乃民心所向，愿前往一试。但他们既非国民党员，又不在国民政府任职，建议以民意代表的名义前往，得到李宗仁认可。于是，江庸、颜惠庆、章士钊3人，加上以私人身份的邵力子共"四老"，组成的"上海人民和平代表团"，于1949年2月14日到达北平。毛泽东指派北平市市长叶剑英接待了他们。江庸直抒胸臆："和谈是合乎全国人民意愿，要打内战的不是中共而是蒋介石。蒋介石已经下台了，李宗仁表示了和平的愿望，尽管他分量不够，但中共也不宜拒绝，关闭和谈大门。"不久，重开和平谈判的想法已得到毛泽东的赞同。

2月22日，"四老"在傅作义、邓宝珊的陪同下前往西柏坡面见毛泽东。交谈中，毛泽东问江庸："江大律师，你看蒋介石为何会失败？"江庸答道："我看他主要是不能用人，只用奴才，不用人才。"毛泽东点头说："我们共产党人是愿意延揽能为人民做事的人

---

① 颜惠庆（1877—1950），字骏（俊）人，上海人，民国时期外交家、社会活动家，曾任北洋政府国务总理、外交总长等职。解放后，任中国人民政治协商会议全国委员会委员、华东军政委员会副主席、中央人民政府政治法律委员会委员等职。逝世后，毛泽东、周恩来特致电其家属，深表哀悼，对颜惠庆一生给予很高的评价。

的，还望你们几位老先生多多为我们推荐人才啊！”

其实，早在1945年，江庸曾在重庆见过毛泽东，却未及深谈，此时能够近距离接触，亲睹风采，为其伟大的人格魅力所折服。江庸见毛泽东礼贤下士，爱惜人才，便举荐了法学家许藻容，即后来毛泽东邀请函中提到的“许先生事，已嘱法学方面的同志注意延接”一事。毛泽东又问江庸最近还作诗吗，江庸答偶尔有作，临行并抄赠数首，其中有讽喻蒋介石不能用人导致失败的诗作，曰：

往愬还防彼怒逢，刃经屡折岂成锋。
不辞攘臂为冯妇，只恐将头赠马童。
眼坠雾中花变色，爪留雪上雁无踪。
叶公毕竟乖真赏，性到能驯定伪龙。

江庸返抵南京后，与国民党当局党政要人晤谈，确知蒋介石集团并无和谈诚意，遂向李宗仁坚辞，不愿再北上和谈。

为宣传普及新中国法律做出重要贡献

1949年9月21日至30日，江庸以特邀代表身份，参加了中国人民政治协商会议第一届全体会议，当选为政协第一届全国委员会委员，并于10月1日下午登上天安门，参加开国大典。解放后，江庸历任政务院政治法律委员会委员，第一、二届全国人民代表大会代表，华东军政委员会监察委员会委员，上海市文史馆馆长。

江庸为宣解新中国法律，不顾高龄，撰写了《中华人民共和国惩治反革命条例解说》《保守国家机密暂行条例浅说》《中华人民共和国劳动保险条例图说》三本小册子。在《中华人民共和国惩治反革命条例解说》中，阐明《条例》的立法根源与理由、犯罪形态与惩罚等问题，他一方面批评在惩治反革命中，一些人单纯地偏重“旧法观点”，以致发生种种“失出”“轻纵”倾向；另一方面他又强调不能从右的“失出”“轻纵”倾向走到盲目打击、反噬好人的“左”的偏向。《保守国家机密暂行条例浅说》是新中国第一部保密法著作，介绍《条例》制定经过、基本内容，解说什么是国家机密和为什么要保守国家机密，说明怎样建立保密组织、保密制度、保密教育，指出泄露、出卖国家机密的法律责任等等。在《中华人民共和国劳动保险条例图说》中，江庸首先指出《条例》“是工人阶级在中国共产党和毛主席领导下的革命胜利果实，又是一个保护工人阶级利益的伟大法令。……有了这个《条例》，广大职工最痛苦的生、老、病、死、伤、残，都可得到切实的解决，消除困难和顾虑，发挥生产的积极性、创造性，加强国家主人翁的责任感。在政治上、经济上、生活上，都有切实的保障，同时生产效率也可大大地提高一步”。然后，以图说法，解说《条例》的基本内容，通俗易懂。江庸的这三本小册子是法条释义，对法律实施、执行有指导意义，同时又是普法教材，对宣传、普及新中国的法律法规做出了贡献。

1960 年 2 月 9 日，江庸病逝于上海，享年 82 岁。他平生不事蓄积，逝世后所遗款仅有 3000 元、公债券 2000 元。江庸留下遗嘱，让夫人徐琛请文管会徐森玉先生对家存文物进行鉴定，凡有价值者，由家属全部捐赠国家，计 122 件。

江庸生平笔耕不辍，著作颇丰，除随笔、日记《趋庭随笔》《沪渎避兵记》外，已出版的有《欧航琐记》《菲律宾游记》《台湾半月记》等游记；诗集有《百花山诗草》《南游诗草》《甦生诗稿》《积跬步斋诗稿》《澹荡阁诗集》等多种。

江庸在日本留学与梁启超相识，终生私交甚笃。1913 年梁启超任司法总长，推荐江庸为次长，在此前后，梁启超致江庸信函、便条，共50件书札，内容涉及人事任免、针砭时局、商讨学术活动与文化事务等。江庸之子江靖整理后出版，在此基础上，天津古籍出版社将书札原件按原式的行款、大小、次第影印，编成《梁启超致江庸书札》出版。

江庸之孙江式高整理了《江庸诗选》，2001年由中央文献出版社出版，杨尚昆题写书名，原中顾委常委、上海市市长陈丕显在序言中，对江庸的历史地位和贡献有颇为中肯的评价，抄录如下：

> 江庸先生早年留学日本攻读法律，是我国司法界前辈，为我国司法建设和法律人才培养做出了贡献。江庸先生是著名爱国人士。他坚持爱国进步立场，多次拒绝日伪和国民党政府高官利诱，他以律师为职业，挺身为国民党政府迫害的“七君子”等爱国人士出庭辩护。江庸先生曾为中国的和平统一而奔走。江庸先生拥护中国共产党和毛泽东主席的领导，热爱社会主义的新中国。江庸先生出身书香世家，诗文造诣很深。他是陈毅同志的诗友，在上海期间常有过往。我与先生亦亲切交往过。《江庸诗选》的出版，具有文学和历史价值，亦是陈总之遗愿，甚感欣慰。应江庸先生亲属之嘱，是以为序。

如此，江庸律师受到毛泽东主席的格外尊重，获得毛泽东主席亲笔邀请函的殊荣，就顺理成章了。

（参考文献：中央文献出版社《江庸诗选》、颜丽媛点校《江庸法学文集》、江靖编注《梁启超致江庸书札》）

七、共和国第一代大法官张志让律师

负笈海外

张志让（1893—1978），号季龙，江苏武进县人，出生于常州青果巷贞和堂张宅，隔壁就是中共早期领导人瞿秋白的出生地八桂堂，与“女中豪杰”、著名律师史良的故居同属一个街区，相距仅几百米。张志让与中共早期革命家、广州起义领导人张太雷，都是清朝乾隆年间常州西下塘张圣经的六世孙，他俩是族兄弟。张志让的父亲张赞宸是萍乡煤矿总办兼汉阳铁厂总办，后迁居青果巷贞和堂。张太雷父亲张亮采家境较差，生活无着，后投奔族兄张赞

张志让

宸时，张赞宸安排他在安源煤矿担任比较轻松的文职工作。

不幸的是，五年间张赞宸、张亮采先后病故，两家痛失顶梁柱，只好回到家乡常州。张太雷母亲带着一儿一女到张志让家中帮助料理家务。张志让家境殷实，聘有家庭老师，张志让从小就受到良好的教育，张太雷也曾一度随读。后来张志让在写的自传中还提到："张太雷是我的远房堂弟，他的父亲曾在萍乡煤矿做事，那时我还很小，两家常有来往，因此我与他很相熟。"

1909 年，张志让跟随叔父张采甄、老师陈巢南参加了柳亚子先生在苏州组织的南社活动，是南社十九位社员中年纪最小的一位。他国学基础扎实、才思敏捷，又充满激情，深得柳亚子先生赞赏与喜爱，称他为"好汉"。

1911 年至 1921 年，张志让求学十年，苦读十年。从清华学校初中部毕业，张志让考入北京大学预科理科，后转入上海大同学院，再转入复旦公学。1915 年，张志让漂洋过海，到美国留学，考入加利福尼亚大学文科学院，后转入哥伦比亚大学，受著名法学家王宠惠①的影响，选读"美国大学各社会学科中最难读"的法律系，毕业后再入德国柏林大学法律系继续深造。张志让在欧美留学期间，正是第一次世界大战和战后两年，当时留学生还没有进步活动，他对国内情况也比较隔膜、陌生。俄国十月革命爆发后，他对此很感兴趣，但并不了解其性质与意义，只是觉得这是世界变化的新趋向。

1921 年初夏，张志让学成回国。当时，张志让父亲的朋友、常州人董康担任北洋政府的司法总长，他介绍张志让到司法部门工作，

---

① 王宠惠（1881—1958），字亮畴，祖籍广东省东莞，出生于香港，是近代中国第一张新式大学文凭的获得者，曾任民国外交部长、代总理、国务总理，并为在海牙国际法庭任职的中国第一人。他是民国时期著名法学家、政治家、外交家，曾参与起草《联合国宪章》，被聘为国立复旦大学法学院教授。

在大理院当推事，负责办理民事案件。张志让还兼任过“法权讨论委员会”的笔译工作。北京大学法律系主任王世杰、北京法政学校校长江庸分别邀请张志让到北京大学法律系、北京法政学校兼课，同时他还在《法律周刊》上发表文章。由于前辈的赏识、提携，出道不久的张志让便在北京法学界风生水起，已经相当有名气了。

向往革命

张志让在北京的几年，正是北洋军阀统治时期，政治黑暗，局势动荡。从袁世凯的中华民国临时总统到称帝，到黎元洪、冯国璋、徐世昌、曹锟等，短短数年，总统走马灯似的更换，令人头晕目眩。张志让认为在军阀统治，派系林立、争权夺利的政治环境中，要有所作为，简直是痴心妄想。于是，他渐渐对北京政府产生了厌恶之心，盼望与进步人士接触。1922 年秋，他从北京回上海时，在一次亲戚们的筵席上，便探问张太雷的近况，但亲戚们避而不谈。

1926 年夏季，国共两党合作下北伐战争中的国民革命军进军武汉，共产党领导工人和人民群众收回了英租界，大长了中华民族的志气。1927 年 3 月，张志让知道张太雷在武汉，就想去找张太雷，并亲眼去看看革命这个当时“最时髦”的事物究竟怎样。当时汉口革命氛围浓烈，马路上随处张贴着各色标语，交通要道悬挂着动人心魄的横幅，揭示了革命当前阶段的目的和政策，表现了坚决革命的决心与意志，张志让感到耳目一新。

张志让很快地见到了张太雷，两人促膝长谈。张太雷向他介绍了革命的概况和形势，指出当前北伐战争有两条路线：一是向北进军，直捣军阀老巢，夺取北伐战争的全面胜利；另一条是向长江下游发展，直到上海，这是同帝国主义妥协的路线。张太雷还满怀信心地谈到革命事业是要为无产阶级、劳动大众谋利益，首先是物质利益。短短几天内，耳闻目睹，留下了深刻的印象，远道而来的张志让觉得进入了一个崭新的世界，他深深地被革命这个新生事物所吸引，热情高涨，确信革命事业必将成功，渴望投身革命工作。

临别时张太雷说，武汉政府就要组织最高法院，如愿意参加，他可以介绍，张志让求之不得，当然表示愿意。这样，张志让就辞去大理院职务，参加了武汉政府的最高法院，任审判员，办理民事案件。在武汉时期和回沪后初期，他曾读到马克思列宁主义书籍，列宁的两部著作《国家与革命》和《帝国主义是资本主义的最高阶段》让他印象最深。

没想到国共第一次合作的蜜月那么短暂，两党分裂之后，武汉最高法院解散。张志让在回沪前，去看望住在南湖的张太雷，希望得到指点。张志让进去时，张太雷在楼上前廊同两个外国朋友围坐茶话，张太雷立即过来在走廊上与他交谈。张志让觉得不便留得过久，所以谈话时间不长就分手了。不料这次见面，竟是他与张太雷的诀别。后来，张志让在上海报上看到张太雷在广州起义中牺牲的消息，痛心不已。张氏亲族中人曾对张太雷脱离家庭并不理解，也不谅解，至此都对之肃然起敬。

沪上名“律”

在张志让由汉回沪前夕，国民党南京政府准备成立最高法院，曾托张志让的老同事来信约他参加，但他对南京政府已然失望，不予答复。1928 年 3 月，张志让加入上海律师公会，开设律师事务所。由于他学贯中西，又有过最高司法机关的工作经历，而且办事认真负责，很快成为上海著名大律师。1930 年，中共地下党为了营救被捕同志，成立了一个外围组织“中国革命互济总会”，鉴于张志让的政治倾向和专业能力，他和史良、潘震亚、陈志皋等进步律师都被聘为互济会的法律顾问，承办所谓的政治案件，营救被捕的共产党员与革命群众。

有一次，张志让在著名的共产党人李达家中与张庆孚[①]相识。认识后，两人经常接触，张庆孚启发、引导张志让为革命工作。在执行律师事务方面，张庆孚介绍张志让为被捕的共产党人辩护，但又提醒他不要受理太多政治色彩太强的案件，以免暴露关系，减少作用。当年被捕后经张志让辩护、营救的中共党员，在1949年之后公开政治身份的，有司法部副部长郑绍文、“三联书店”主要创始人与新华书店总经理黄洛峰、化工部副部长吴亮平、中国科学院哲学社会科学部部长潘梓年等。此外，著名的案件还有：

牛兰夫妇案

1931年8月，“赤色职工国际”分支机构“泛太平洋产业同盟”成员、共产国际驻沪秘密代表牛兰夫妇被公共租界巡捕房逮捕后引渡给国民党当局，轰动国内外。牛兰夫妇在上海有三项任务：一是以在租界的合法身份，完成共产国际执委、远东局、青年共产国际、赤色职工国际、中共及亚洲各国的信件、电报、邮包的接收与中转；二是为一些到苏联学习、开会及工作的各国共产党人办理各种手续；三是利用公开渠道接收共产国际从柏林银行转来的款项，分发给各国革命组织。实际上，牛兰夫妇是共产国际在亚洲的信息、人员、经费的联络点与中转站。由于牛兰夫妇是经验丰富的地下工作者，

① 张庆孚（1901—1968），江苏江阴人。1925年加入中国共产党，1926年毕业于上海大学英文系，曾任黄埔军校政治教官，国民革命军第三十五军、第十九军师政治部主任。

张志让（中）在芮沐（左）陪同下出访苏联和东欧国家，为制定新中国的第一部宪法做准备

尽管被搜查了大量证据，但租界当局和国民党当局始终没有查明他俩的真实身份。1932 年 8 月，牛兰夫妇被判处无期徒刑，他们多次绝食抗议，反抗国民党当局的迫害。国内外进步力量纷纷营救牛兰夫妇，宋庆龄亲自为之多年奔走，张志让曾陪同宋庆龄到南京营救。一直被羁押到七七事变后几个月，牛兰夫妇才获释，转到苏联。

杨文道、叶海生被控枪杀日本水兵案

1936 年 9 月 23 日夜，在上海公共租界海宁路，日本出云号巡洋舰上的海军陆战队士兵田凑朝光、八幡良胤、出利叶义三人走在路上，大摇大摆，正商量着今晚去哪里寻欢作乐的时候，突然从路边冲出数人对着该三人连续开枪后，迅速撤离。田凑朝光当场毙命，其余两名日本兵受伤。

之前，因为日本的侵略行径，在成都、北海、丰台、汉口等地已经陆续发生过多起针对日本士兵和特务的暗杀行动，一时间在中国的日本侨民和军队都人心惶惶，焦虑不安。这次枪击事件后，驻上海日军陆战队本部立刻进入非常戒备状态，中国军队方面也接到命令进入紧急战备，仿佛中日双方在上海战火一触即发。在准备动武的同时，日本驻上海领事馆向租界工部局和上海市政府报案，要求彻查真凶，予以严惩。租界当局为了自己的利益，诬称两个无辜的中国人杨文道、叶海生为凶手，国民党第一特区地方法院一审判处他们死刑，两人不服，提出上诉，由江苏高等法院二分院刑庭庭长郁华等审理，张志让担任辩护律师。张志让把案件破绽一一指出，经各报大力宣传，上海闹得满城风雨。后来，该案又上诉到最高法院，法院认为事实证据存疑，悬而不判，直到七七事变爆发后才宣布两被告无罪。

“七君子”案

1936 年 11 月 23 日，国民党当局以莫须有的罪名逮捕了沈钧儒、章乃器、邹韬奋、李公朴、沙千里、王造时、史良七位著名爱国人士，制造了震惊中外的“七君子”冤狱。张志让接到地下党的一个电话，要他担任辩护律师，他没有丝毫犹豫，立即答应了。其他律师也闻风而动，张志让与张耀曾、江庸、李文杰等 20 多名律师一起组成强大的律师团队，为“七君子”出庭辩护，并第一时间赶到江苏高等法院第二分院。李文杰在《为“七君子”案辩护》一文中说：“（我们）当即驱车去江苏高等法院第二分院刑庭出庭。赶到的其他辩护人，记得的还有张志让、蔡六乘、鄂森等律师。”据史良等回忆，张志让为首席律师。1937 年 4 月 3 日，检察官翁赞年提交起诉书，指控“七君子”以危害民国为目的而组织团体，并宣传与三民主义不相容之主义，共犯《危害民国紧急治罪法》第六条之罪，并列举了十大罪证。律师团队、救国会负责人等在上海香港路银行俱乐部召开会议，历时四个小时，最后由张志让执笔，起草了达2万字的长篇答辩书，以大量事实和论据，逐一驳斥了国民党当局炮制的起诉书中对沈钧儒等人的诬陷式指控。资深共产党员、著名报人、救国会发起人之一胡愈之在现场写成新闻稿送至各大报馆，次日见报。由于中共、国内外进步人士及各界群众开展各种救援工作，国民党当局压力重重，法庭虽然两次开庭审理，但没有下判。七七事变爆发，导致全面抗战开始，解决“七君子”案件有了重大转机。7月31日，江苏高等法院裁定，准予书面保证开释。1938年12月，最高法院检察署鉴于抗战中江苏高等法院一再迁移，事实上无法行使审判权，便将此案移给四川高等法院第一分院。1939年1月26日，四川高等法院第一分院检察处呈交《撤回起诉理由书》，认为该案所涉《危害民国紧急治罪法》已经修改，被告所行各节与当前国策不相违背，根据《刑事诉讼法》第二百三十一条，犯罪后法律已废止其刑罚者、行为不罚者，应当不起诉，故该案应当撤回起诉。2月21日，最高法院检察署复令，将撤回起诉理由呈奉司法行政部存查。至此，“七君子”案件在法律程序上完全终结。

“七君子”案件，中外关注，影响巨大，诉讼结果尚能接受，律师团队的辩护策略与技巧令人赞叹，这使首席辩护人张志让律师名扬四海。

投身抗战

七七事变后，为了适应国共合作全面抗日的形势，蒋介石邀请各方面人士到庐山开谈话会，作为法律界的知名人士，张志让被邀请参加。张志让在开幕会议上首先发言，力主对日抗战。其时曾有友人邀请张志让到国民政府行政院做参事，当时的院长是汪精卫，张志让感到厌恶，不予接受。

抗战初期，张志让在上海各界抗战后援组织中担任宣传工作，曾两次参加有国共两党联合召开的抗日工作座谈会。国共第二次合作后，周恩来任军委会政治部副部长，其中第三厅是由共产党领导下的进步人士组成，负责抗战动员、艺术宣传、对敌宣传等工作，厅长是郭沫若。听从中共党员、“左翼文化总同盟”与“上海文化界救国会”负责人钱俊瑞安排，张志让去第三厅宣传处担任科长，到了武汉。不久，由于战局紧急，第三厅匆匆撤退至长沙。之后，国民政府军委会政治部决定，第三厅大部分工作人员撤往重庆，留三分之一人员组建桂林行营政治部。张志让被留下来，1938 年 12 月 3 日到达桂林，任桂林行营政治部宣传组长。原立法院秘书长梁寒操为桂林行营政治部主任，但他当时尚在重庆未到任，因此，有几个月时间，张志让实际主持了桂林行营政治部的全面工作。

桂林当时有“文化城”之称，许多进步的文化人都到了桂林，如胡愈之、范长江、夏衍、杨东莼、千家驹等，一时间人才济济、名家荟萃。

著名经济学家千家驹在《我所知道的张季龙同志》中说，他经胡愈之介绍与张先生见面，他记得胡愈之对他说：张先生这人从不计较名利地位，全心全意为抗战工作。以张先生的资历和声望，在第三厅当一名宣传科长是很委屈的，但他从不计较这些。还说，张志让从不躲空袭警报，甚至当敌机在头上狂轰滥炸，他仍然挥笔写宣传抗日的文章。胡愈之还告诉他，张志让在武汉有块地皮，本可以卖给政府得一笔钱，但他认为在抗战时期，国家财政困难，就无偿地献给国家了。对于张先生这种高尚品质，大家深为景仰，当他的面既不叫他的大名（张志让），也不称他的号（季龙），而叫他“张律师”，好像他的本名就是“律师”。这也说明张先生在法律界的地位，说起“张律师”，无人不知是张志让。

张志让来桂林后，住在桂林青年会宿舍。这是一间不满十平方米的小房子。他行李简单，生活俭朴，衣着随便，不修边幅。他夏天连袜子也不穿。他自我解嘲地说，他是学时髦女子——夏天光脚穿高跟鞋。他的漱口杯是一个把子已掉瓷的小杯。他又平易近人，谈笑风生，真有颜回“一箪食，一瓢饮，在陋巷”也“不改其乐”的样子。

张志让住的青年会宿舍，是一间狭小的小平房，建筑年代已久，长期未加修缮，残破不堪，他用纸把墙壁糊好，收拾得干干净净，室内生活用具摆设井井有条，书桌上放着整齐的书籍。床上的铺盖极简单，一条小被子和一顶褪了色的蚊帐，这种摆设就像一个寄宿的中学生。漱口用的小口杯，还是他 1922 年初在北京政府司法部任参事时买的，已使用近二十年了。当时，许多年轻人不时地慕名来到他的住处谈心，讨论抗战形势、国家前途等问题。他热爱青年，总是耐心细致，循循善诱，因势利导，启发青年们关心国家前途、民族命运。相当多的知识青年在他的影响下，投身到广西学生军，为抗战做出了贡献。1939 年 9 月，两位农村知识青年受到他的文章与演讲的影响来找他，请他帮助去延安。后来，在张志让资助下，他们先去重庆，在北碚复旦大学学习后，辗转到了延安。还有一位青年，满腔热情要求去抗日前线，张志让通过朋友关系，把他送到苏北。后来，这位青年参加了新四军，在前线壮烈牺牲。

民主斗争

1946 年 8 月，张志让随复旦大学由重庆回到上海。张志让发起组织成立了上海各大学教授联谊会，简称“大教联”，这是党的外围组织，是中共上海地下党文化、工商统战委员会领导下的大学教授组织。参加者为以复旦大学为主的上海各大学进步教授，其中包括马寅初、周谷城、周予同、楚图南、郑振铎、叶圣陶、翦伯赞等80余名教授。“大教联”将全上海几十所大学的进步教授团结一起，开展爱国、民主活动。张志让与党组织建立了更加亲密的关系，每有行动必和党组织交换意见，遇到疑难问题主动征求党的指示。他在上海高校里领导进步教授多次发表爱国民主宣言，多达一二十次，宣言揭露国民党挑起全面内战的反动行径，反对国民党出卖民族利益，抗议美军强奸中国女大学生事件，等等。他不顾国民党当局的威胁恐吓，每次发表宣言，几乎都由他执笔定稿，并总是由他带头签名。在国民党当局制造“五二〇血案”、摧残上海爱国学生时，张志让拍案而起，领导复旦大学教授毅然罢教，在全国爱国民主运动中产生了重大影响。

解放前夕，张志让受党组织委托，多方做复旦大学校长章益的工作，团结各方面力量，挫败了国民党当局将复旦大学迁往台湾的阴谋。1949年7月起，张志让任复旦大学校务委员会主任。1949年9月，张志让作为中华全国社会科学工作者代表会议筹备会的15名正式代表之一，参加第一届中国人民政治协商会议。10月1日，张志让登上天安门城楼参加开国大典，受到接见时，请毛泽东主席为复旦大学题写校名。

法治贡献

解放后，张志让被任命为最高人民法院副院长，是新中国第一代大法官。1954年，我国颁布了宪法。张志让一贯追求以宪治国、以法治国，他作为起草小组成员，满怀热情地参加宪法的起草和制定工作。1955 年 11 月，最高人民法院院长董必武认为，新中国成立以来，全国各级人民法院审判了大量的刑事案件，积累了丰富的经验。但是，在罪名、刑罚、量刑方面存在着极不规范的混乱现象。他要求最高人民法院从实际出发，以国家的政策、法律、法令为依据，以苏联的刑法科学为参考，对审判实务中量大面广又比较迫切需要解决的问题加以总结。这项工作交由张志让负责，在他的主持下，最高人民法院组织了若干熟悉刑法业务的人员共同开展调查研究，调集和翻阅了 19200 件刑事案卷，从中选出 5500 件作为研究问题的基础材料，参考了一些审判经验总结材料。经过分类整理和归纳，拟定了当时刑事审判工作中常用的反革命、妨害公共安全、侵犯公共财产、妨害经济秩序、侵犯人身、侵犯公民财产、妨害婚姻家庭、妨害管理秩序、职务犯罪共 9 类罪名，以及常用的刑罚种类：死刑、无期徒刑、有期徒刑、拘役、管制、逐出国境、剥夺政治权利、没收财产、罚金、公开训诫共 10 个刑种，并对各项罪名的特征和构成要件，对每种刑罚的适用条件和具体量刑幅度都进行了总结，并选出若干有代表性的案例。1956 年 2 月，完成了《关于刑事案件的罪名、刑种和量刑幅度的初步总结(初稿)》[下称《初步总结(初稿)》]。

1956 年 2 月 20 日至 3 月 7 日，最高人民法院、司法部联合召开第三届全国司法工作会议。会议上，张志让副院长代表最高人民法院对《初步总结（初稿)》的起草过程和内容做了详尽说明，并且要求各地人民法院进行讨论，提出修改、补充的意见和案例。会后，有 40 个高级人民法院、中级人民法院、军事法院、铁路运输法院和 4 个政法院校提出了意见和案例。1957 年反右运动开始后，国家政治形势发生了重大变化，刑事政策也相应调整，因而，最高人民法院就没有对《初步总结（初稿）》继续修改、补充和定稿。

《初步总结（初稿）》对确定刑事案件罪名、适用刑罚的经验做了比较系统的总结，是新中国成立以来前所未有的，对于人民法院改进刑事审判工作，具有重要的参考作用，也为国家立法机关的刑事立法提供了翔实、可靠的资料和案例。

關於刑事案件的罪名、刑種和量刑幅度的初步總結（初稿）

I

總的部分

總結工作的說明、犯罪分類、刑種總結

（會議文件之七）

第三屆全國司法工作會議秘書處印

1956年2月27日

张志让主持下形成的《关于刑事案件的罪名、刑种和量刑幅度的初步总结(初稿)》

张志让始终坚持“少杀慎杀”的理念。20 世纪 60 年代初期，他在负责死刑复核案件的审批时，对死刑复核案件的卷宗材料都要亲自阅卷，对个案的案情和证据都仔细把握、认真审核，尤其对是否核准死刑，再三斟酌。当时尚未制定刑法，但对案件中涉及的自首认定等法律问题，张志让都尽量通过组织专家论证等方式得出明确结论后，再组织研究案件的定罪量刑，真正做到了一丝不苟、慎之又慎。

另外，张志让对中国近现代法治和法学发展做出重大贡献，概括起来有三个方面：一是作为一名法律教育家，张志让长期担任北京大学、复旦大学等校法律系教授，做了大量的法律人才培养的基础性工作。二是参加新中国的立法工作，他不仅参加 1954 年宪法起草工作，而且是 50 年代诸多重要的司法文件的起草者、审定者。在新中国法治的起步阶段，张志让为建章立制所起的作用显得尤为重要。三是为建立、健全和完善新中国的司法审判制度尤其是刑事审判制度，做出了巨大的贡献。

终生遗憾

张志让为没有加入中国共产党而抱憾终生。

早在大革命时期，张志让就有强烈的入党愿望。但张庆孚告诉张志让说：党认为像他这样在社会上已有一定影响的人，在党外做工作比之入党作用较大，所以决定张志让不要入党。抗战时期到了武汉以后，钱俊瑞通知张志让，可以申请入党了，但应先与时任中共中央长江局组织部部长和南方局组织部部长的博古谈一谈。张志让如约前往，未遇博古。不久，第三厅由武汉撤退，张志让也一同离开武汉，博古约谈之事没有了下文。

为了让他方便工作，发挥更大作用，中共要求张志让留在党外，而国民党却积极拉拢张志让。1939 年 3 月，梁寒操带着国民政府军委会政治部长陈诚的口信，劝张志让加入国民党，张志让回答："我并没有加入什么党，但我也无意加入国民党。"这话似乎在表明他在政治上没有什么追求。然而，实际上并不是这回事。又一次在重庆复旦大学时，校长吴南轩来张志让处谈话，表示国民党要他来劝张志让入党，张志让表示无意加入。吴问：你既然阐扬三民主义，为什么就不愿加入国民党？张志让回答："国民党并未实行三民主义，所以我不愿加入。"

1939 年 4 月底，周恩来途经桂林做短暂停留，接见了张志让、杨东莼等文化人与爱国民主人士。事前，胡愈之对张志让说：这次你的入党之事需要解决了。但在饭馆的便餐上，胡愈之向周恩来汇报张志让的入党问题时，周恩来回答说：现在不入党也可以，甚至还可以加入国民党，说明是要为革命的三民主义而奋斗。中共当时考虑到像张志让这样有影响的爱国民主人士，留在党外比加入中国共产党能发挥更大作用的缘故，所以这次没有批准张志让加入中国共产党。当时张志让知道，中共在重庆曾让长期跟党走的人们（包括救国会朋友们在内）明白大致如下的意思：他们可以加入国民党，以便为抗战的利益，对国民党起些改进质量的作用。后来张志让听说著名人士洪深①也加入了国民党，他当时认为洪深就是在这种意义上加入的。所以，张志让理解中共让他留在党外的意义。

1963 年 9 月下旬，毛泽东主席接见阿尔及利亚法律代表团，张志让也参加接见。在代表团到来之前，毛泽东主席问张志让："你现在还是民主人士么？你打算做一辈子民主人士啦！"

1964 年，张志让自传中写道："可是争取入党是我始终未变的意志，我对问到我这事的人也都说明，我是要争取并申请入党的，而且我还时常这样想：万一在我申请以前，有一天忽患急病，生死莫测，我是决定要学邹韬奋的前规，以遗言请求党批准我为党员的。这些都是确实存在于我心中的想法。但我在写这生平概况的时候，早已深深感到：不及早申请入党，是我生平所犯莫大的错误。"

自传初稿还未写完，就因"文化大革命"而中断了。粉碎"四人帮"以后，他又继续改写这份自传，但未及最终定稿，便于 1978 年病逝，自传成为一份没有交出的入党申请书！

（参考文献：中国文史出版社《文史资料选辑》（第八十五辑）、中国法院博物馆《记最高人民法院副院长张志让》）

① 洪深（1894—1955），字浅哉，号伯骏，江苏武进人，清朝文学家洪亮吉第六世孙。剧作家、导演艺术家和文艺理论家，中国电影、话剧的开拓者，抗战文艺先锋战士，曾任国民政府军事委员会政治部第三厅戏剧科科长。

八、周恩来眼中有正义感的刘崇佑律师

培养法政人才

刘崇佑（1877—1941），字厚诚，号崧生，福建侯官县人。17岁中举人。后东渡日本留学，毕业于明治法政学堂，人称“双榜举人”。学成回国，他有志于从政和办学，1908年，当选福建省咨议局副议长。1910年秋冬，刘崇佑与书记长林长民①，与福建咨议局人员及九府二州众多开明人士几经商议，决定依集资创办私立法政学堂及附设中学。为解决校舍建设的用地，刘崇佑将自己先世坐落在乌石山阴白水井地方私有的花园，捐献出来作为校址，修建一座教学楼，可容纳学生500人。学堂由发起人组成维持员会（相当于校董会），以刘崇佑为会长（相当于董事长），日常费用由维持员会的维持员缴纳其每月收入的20%充之，另设理事三人协助处理校务，选举林长民为监督（校长）。经过几个月的紧张筹备，福建私立法政学堂于1911年正月先设法律别科，学制三年；并设附属中学一所，学制四年。首届法政学堂招生360人，附中招生160人。1911年4

---

① 林长民（1876—1925），字宗孟，福建闽侯人，清末民初政治家、外交家、教育家、书法家，其女林徽因为民国名媛。

刘崇佑

月17日正式成立，开办本科，招生100人。课程设置依照清廷学部章程规定，与官立法政学堂类同。第一次招生时，报考人数就达1000多人，竞争激烈，考生遍及福建省各府州县。

民国建立后，刘崇佑与林长民当选国会议员，离闽北上，进京履职。福建私立法政学堂改名福建私立法政专门学校，林长民仍署名校长，以“忠勇诚朴”为校训，继续培育法律人才，卓有成效。1916年，国民政府教育部举办全国专门学校学生成绩展览会，该校成绩在38所公私立法政专门学校中名列第五，居16所私立法政专门学校之冠。福建私立法政专门学校毕业生，大多品学兼优，在北京政府和福建地方政府举行文官、法官和县知事考试中，福建私立法政学校毕业生被录取的比例很高，一时驰誉全国。该校后改制为私立福建学院，战争时期仍坚持办学，弦歌不绝，对福建高等教育发展和法政人才培养做了很大的贡献。林长民、刘崇佑逝世后，人们怀念他们奠基开创之功、扶植培育之恩，1947年春，福建学院建成“宗孟崧生”纪念堂，以纪念林长民（宗孟）与刘崇佑（崧生）。该校又有附设中学，旧址现为福州二中。

“民国第一律师”

民国初年，担任众议院议员的刘崇佑痛心北洋政府腐败无能，国事日非，深感在此政治环境中难有作为，遂生退志，辞去议员职务。在北京专职从事律师工作，并担任《晨报》和中国银行总行法律顾问。当年，《晨报》在第一版广告栏醒目位置，常年刊登《律师刘崇佑启事》。刘崇佑具有强烈的正义感，为委托人提供法律帮助时，不畏权势，敢于斗争，在京城名声鹊起，有“民国第一律师”的美誉。他思想活跃，极重情谊，与李大钊、梁启超、沈钧儒、邹韬奋、陈叔通等相善，过从甚密。

五四运动中，火烧赵家楼事件后不久，5 月 8 日北京律师公会即做出决议：如曹汝霖方面请律师，任出何报酬，一律不就。如有不遵此议者，对待以积极的手段。学生若请律师，愿尽义务。刘崇佑坚决遵守这项决议，一再为学生义务出庭辩护。

当年 7 月 16 日晚，安福系部分政客邀集了四十余名北大学生，在安福俱乐部机关中央政闻社举办宴会，试图收买到会学生，唆使其拥护胡仁源校长，阻止蔡元培回任。次日上午，当这些被收买的学生在法科礼堂秘密开会时，鲁士毅等二百余名五四运动的坚定分子闻讯赶到，群情激愤，要为首的五人交代了整个阴谋，并签具悔过书。18 日，许有益、杨济华等向警察厅控告鲁士毅一众十一人“拘禁同学，严刑拷讯”。28 日，警察即开始逮捕鲁士毅、王文彬、朱耀西、刘仁静等十一位学生。

这一事件发生，学界敏锐地指为与五四事件相关，是政府报复学生的行为。7 月 30 日，以“北京大学暑假留京学生全体”的名义发出致回籍同学的通电，指出：“利用三五无耻之辈，行此卑劣之手段，欲连及五四事件，以兴大狱而残士类。”8 月 1 日，北京各界联合会代表往见国务院秘书长郭则沄时，告诫政府切勿“小题大做，借题发挥”，并警告：“如任无廉无耻举国共弃之党人，阴谋陷害爱国志士纯洁无疵之学生，直接以破坏大学，间接以报复五四以来爱国运动之仇，则舆论沸腾，恐难收拾。”但是，虽经北大全体教员、北京全体教职员联合会、专门以上学校校长代表迭次要求保释，当局均不允准，鲁士毅等十一名学生仍羁押在狱。

北洋政府一心一意要报复学生，的确想借此案立威，刑一而正百，利用暑期学生多不在校、力量分散的时机，兴起大狱。8 月 6 日，地方检察厅以“轻微伤害及私擅监禁”的罪名对鲁士毅等十一名学生提起公诉，为了粉饰公平，也对原告方杨济华、许有益等以“诽谤罪”起诉。

8 月 21 日上午 10 点，案件在地方审判厅正式开庭，公开审理。旁听人数众多，一席难求，厅堂爆满，窗前门隙也挤着人，连《晨报》记者也得另寻关系，方得入内，炎暑之日，站听八小时。

刘崇佑律师为鲁士毅等十一名学生义务辩护。其实，此前，法院传讯被捕学生时，刘律师就曾指导学生如何应对，罗家伦晚年回忆中，也说五四运动时，他为学生应讯几次找刘律师咨询。在此案中，刘崇佑律师认真准备，根据被告是在校学生的特点，运用“动之以情”的策略，尤为精彩的是其辩护词的总结部分：“辩护人窃惟国家设刑，本意在于排除恶性，并非用为教育补助之资。莘莘学子，学校培植有年，纵使气质未尽精醇，而青年蹈厉发皇之概与夫纯净真挚之心，政府果有以善处之，使其身心得安然沉浸于学术之渊，进其智能，以资世用，岂非甚善？乃不幸此超然政界之教育一再波及，今日遂不得不迁连沦没于浑流之中。年少学生方自以为保吾读书之地，无任外界侵犯，是乃天职，而不知所谓‘国法’者即将俟隙而随其后。”

当刘律师在法庭上讲到“此辈青年不幸而为中华民国之学生，致欲安分求学而不得，言之实可痛心”时，满堂唏嘘，众人为之泪下，被辩护学生中有一人哭不可抑，法庭竟变成悲剧之舞台，在场记者亦为之呜咽不已。当日以协和女子大学学生代表身份出席旁听的冰心，更以女性的细腻，对现场氛围做过生动描述：

> 刘律师辩护的时候，到那沉痛精彩的地方，有一位被告，痛哭失声，全堂坠泪，我也很为感动。同时又注意到四位原告，大有“踧踖不安”的样子，以及退庭出的时候，他们勉强做作的笑容。我又不禁想到古人一句话“哀莫大于心死”。唉！可怜的青年！良心被私欲支配的青年！

由于社会舆论导向和在场旁听人群本就同情于鲁士毅一方，刘崇佑律师巧妙地在“动之以情”的策略中将对学生的审判转为对政府的控诉，造成了极好的现场效果！

《晨报》记者注意到，当年只有十七周岁的刘仁静，作为同案被告出庭受审，当审判长令其答辩时，刘仁静则表现为“莫名其妙，不自知所犯为何罪”，刘崇佑更从旁“时时请堂上注意，谓彼十余龄之小子，实在极可同情”，成为记者“出旁听席后所恻恻不忘者”。这是刘崇佑辩护之成功、感人的又一证明。

政府决意起诉，法庭很难公正判决，但慑于社会舆论巨大的压力，刘崇佑出色的抗辩，也迫使法庭不得尊重基本事实与证据，认定：鲁士毅等强迫许有益、杨济华等誊具悔过书一节，以未提出“悔过书”的书证原件，“不审其内容”，且“仅就‘悔过’二字以观，尚属道德上责备之意”，裁定为不构成犯罪。8 月 26 日，法庭宣判，宣布刘仁静、易克嶷、狄福鼎等五人无罪，鲁士毅等六人分别被判处拘役十四天到四个月不等的刑期，许有益等四名当初的原告、后来的被告，同时被判处以拘役十四日至三个月不等的刑罚。所有拘役时间准以在押日数扣抵，其他三个月以上的刑期，一律缓期三年执行。这样，鲁士毅等十一名被控学生，当庭释放。

在五四期间，刘崇佑律师热心于营救被捕的爱国学生，可以说，几乎所有被当局起诉、与学潮相关的案件中，都能够见到刘崇佑的身影，听到刘崇佑的声音。

作为“民国第一律师”，刘崇佑办理了大量的要案、名案。1919年，北京的《益世报》《国民公报》因报道“五四”爱国运动，批评政府，先后于5月23日、10月24日被查封，负责人亦均遭逮捕起诉。刘崇佑律师明知对抗军阀政府少有胜算，为争言论自由，在众人知难而退的情况下，毅然出面辩护。虽然《益世报》案未能成功，但是《国民公报》案则在刘律师努力下，在高等审判厅复审时得判无罪。1921年6月，北京大学教授马叙伦①发起“索薪运动”，遭到总统徐世昌起诉，刘崇佑自愿为马叙伦辩护，博得一向傲岸不羁的马叙伦敬佩与感激。1936年，“七君子事件”发生后，刘崇佑不顾年高体弱，与江庸等著名律师组成阵营强大的辩护团，义务出庭，有力地反驳了反动政府强加给救国会领袖的罪名，以致法庭最终裁定，将“七君子”交保开释，在近代法制史上写下重彩浓墨的一页。

---

① 马叙伦（1885—1970），字彝初，号石翁、寒香，浙江余杭人，是中国民主促进会的主要创始人和第一任中央主席，中国共产党的亲密战友，著名的教育家、社会活动家，忠诚的爱国主义者，曾任中国人民政治协商会议第四届全国委员会副主席。

为周恩来辩护

1920年1月23日，天津学生联合会调查委员会发现有奸商私囤日货，勾结日本浪人，肆意殴打倡导抵制日货的学生，引起公愤。学生前往直隶公署请愿，而当局非但不惩办奸商和日本浪人，反而毒打学生，并悍然查封天津各界救国联合会和天津学联。

当时，周恩来担任天津学联执行科长，在他的策划和领导下，1月29日，天津20多所学校的数千名学生前往直隶公署请愿，省长曹锐借口身体有病，不予接见学生。学生们就推举周恩来、郭隆真、于兰渚、张若名4人为代表去见省长，面陈请愿意见。谁知，周恩来等人一走进公署大门，就立即被逮捕。

为了营救周恩来等人，邓颖超与学联骨干想尽办法、多方奔走，他们除了以天津学联的名义聘请两位本地律师钱俊、兰兴周外，6月23日学生会代表还特地前往北京，聘请刘崇佑律师担任辩护人。刘律师出自爱国好义之心，深切同情这些青年遭到长期羁押，了解情况后，刘崇佑觉得义不容辞，接受委托，自愿出庭义务辩护。他多次赶到天津，去看守所会见周恩来，帮助和指导学生们如何进行诉讼。同时，多方了解案情，收集证据。他意识到这场官司不能输，一则关系到周恩来四人的前途命运，不让他们堂堂正正地走出监狱，岂不让莘莘爱国学子寒心；二则小日本欺凌我中华，热血青年挺身而出，而使他们蒙冤受难，灭国人威风，长倭奴志气，岂不亲痛仇快？刘崇佑律师下定决心，精心准备，一定要力挽狂澜。

7月6日，正式开庭。因为此案影响巨大，社会关注度极高，旁听人数众多，审判厅前水泄不通。庭审中，周恩来等列举事实，揭露了当局迫害爱国学生的罪恶行径。之后，三位律师依次发表辩护词。其中，刘崇佑的辩护尤其精彩，显现出他雄厚的法律功底和高超的辩护艺术。

首先，他指出学生抵制日货和游行请愿，系“事出公意，利在国家”，“本案事件，由于力争外交，抵制日货而起。此项心理，此项举动，实吾全国人民所同具，而民族自卫之天职也。……言法言情，犹将谅而宥之”。先声夺人，在爱国立场上为学生们赢得了主动！

其次，与检察厅的起诉书的指控针锋相对，逐条反驳，言之凿凿，法理煌煌，让检察厅强加给周恩来等学生的“罪行”，不攻自破。刘崇佑严正指出：“爱国救国本是合乎公理民意之壮举，根本说不上触犯刑律。”“如果政府认为触犯了小日本的刑律，那我们就不得而知了！”一言既出，四座皆惊，厅上检察官法官张口结舌，台下旁听群众哄堂大笑。

最后，刘崇佑仍不依不饶，他用略带福建口音的普通话，乘胜追击：“军警奉命肆残，遂以人民之血肉，为锋镝之的，见人即捕，不问是非，而收诸警厅之中半年之久，幽系不顾。试问法律何条，官厅乃具此权力，人民乃受此凌践？官吏不法，则视为当然；平民无辜，乃供其泄愤！”一番话掷地有声，这不只是针对日本人了，而是矛头指向在场的官员大人了。我们现在读来，仍觉得荡气回肠，酣畅淋漓！可以想象，当时刘崇佑在剑拔弩张的法庭上，铿锵有力地说出这番话时，是何等气势！冲击力和杀伤力何等强烈！

迫于社会压力，法庭不敢重判重罚，但碍于政府脸面，勉强判了罚款和有期徒刑两个月，但周恩来等人被押已达半年之久，已经超过刑期或折算的罚金，只得当庭宣布释放。

为感谢刘崇佑不计酬劳、不辞辛苦的大力帮助，天津学联特意买了一个景泰蓝大花瓶送给他作为纪念，刘崇佑欣然接受。

资助周恩来等人赴法勤工俭学

在这场官司中，刘崇佑发现周恩来思想进步，是个不可多得的人才，爱才之心油然而生，将其营救出狱之后，考虑到国内政治环境险恶，建议他出国深造。1920 年 11 月，在南开大学创办人严修（字范孙）和刘崇佑的资助下，周恩来等人赴法勤工俭学，开始了新的革命征程。之后，刘崇佑还让夫人每月去银行给周恩来等人汇生活费，直至周恩来写信回来，说已经获得助学金，不需要再资助才作罢。这节史实，张若名之子杨志道所著文中写道：

> 1920 年 7 月，觉悟社被捕社员出狱后，所有在津社员考虑到周恩来、张若名、郭隆真、刘清扬的安全，一致主张他们四人赴法求学。由于当时出国路费和生活费未得到解决，没有形成决议。张若名出狱不久便返回保定，住在二伯父张提仁家里，这时她已经十八岁了。她父母为防止她继续在外边“胡闹”以致“惹是生非”，便极力设法为她“找婆家”。……她决定采取行动抵制包办婚姻。她和郭隆真等觉悟社社员通信，争取帮助，准备离家出走。……张若名离家后，和郭隆真共同住在北京西城郭隆真的妹妹郭蔚庭家里。爱国律师刘崇佑听说她俩要赴法勤工俭学，主动捐赠三百元。另外由津学联周恩来等推荐，由张若名出面，由刘清扬的父亲担保，向津学联“借”支了由学联保管的“万德成”罚款中的一千元。所以有人在回忆文章中说是“由天津各界保送”他们四人出国的。

刘崇佑的孙子刘广定在《理性之光——民国著名律师刘崇佑》一书写道：

> 刘律师赠予张若名和郭隆真三百银圆之事，若非杨先生说出，恐少人知晓，连先祖的后人也未听说过。另还安排张若名为北京《晨报》的驻法国通讯员，让她写报道换取生活津贴。同时又和严范孙先生各赠五百银圆给周恩来，使他也得以参加勤工俭学，去法国读书。

1941 年，刘崇佑病逝，周恩来听后感慨地说："刘崇佑先生是中国一位有正义感的大律师。"上海解放后，周总理还委托上海市长陈毅同志关照刘崇佑的夫人及亲属。1957 年 11 月，周总理到上海时，专程到长乐路看望刘崇佑的夫人廖孟同女士，之后还派人送了几次糯米给老人家，那都是外宾送给总理的缅甸糯米。1960 年 11 月，刘崇佑的夫人逝世，周总理还专门拍唁电到上海，表示悼念。

（参考文献：刘广定著《理性之光——民国著名律师刘崇佑》、傅国涌编《追寻律师的传统》、中央文献研究室编《周恩来传》）

九、“一砖头打到延安”的红色法学家陈瑾昆律师

众所周知，毛泽东与科学家、文学家、艺术家及社科专家广泛接触、深入交往，但与法学家交往并不多，深受毛泽东器重的法学家更是凤毛麟角。人民出版社出版的《毛泽东书信选集》收集了毛泽东在1920年至1965年期间的372封书信，其中，从1946年9月22日至1947年11月18日共11封，而有四封是写给法学家陈瑾昆的，足见毛泽东对陈瑾昆的亲近、信任和倚重。1946年10月，陈瑾昆到达延安后，毛泽东风趣地对他说：“一砖头把你打到延安来了。”

叛逆少年　东渡深造

陈瑾昆（1887—1959），湖南常德（现常德市鼎城区）人，派名辉庭，字文辉，号克生。他出生于肖伍铺乡月亮村一个财资殷富的家庭，兄弟五人，陈瑾昆居长。

陈瑾昆6岁时发蒙，在家塾读书，虽然幼年天性好动，但因其父望子成龙，管束甚严，连续9年闭门苦读，成天诵读，死记硬背。1903年，他考入县高等小学堂，接触了新知识，开始关心国家前途、民族命运，痛恨清政府腐败无能和帝国主义列强欺压，他愤慨道：

陈瑾昆

列强入侵，皆因满清无能，要复兴国家，非改朝换代无他。陈瑾昆是封建传统家庭的叛逆者，非常反感家庭企图把青少年禁锢在宗法牢笼中，在县城读书四年很少回家，连假期也往往在外与朋友交游。他向往爱情自主、婚姻自由，坚决抗拒家庭包办的婚姻。

20世纪初，各种新思想新文化逐渐传播。陈瑾昆眼界大开，思想敏锐新颖，决心出国留学，求得新知，救国救民。1908年，他在高等小学毕业后，冲破家庭阻挠前往省城长沙，闯进都督衙门，申请官费赴日本留学。主管官员喜爱他血气方刚、见识不凡，予以准许，并留他在长沙学习日语，做好赴日准备。7月，陈瑾昆东渡，进入东京一所补习学校，继续学习日语和基础知识。陈瑾昆十分珍惜留学的机会，一边如饥似渴地学习科学知识，一边观察了解日本社会，他知道日本因“明治维新”而强盛，非常欣赏日本当时发展实业、重视科学、严明法度的治国之道。其时，无政府主义思潮在日本知识界和中国留学生中流行，同盟会在东京的中央机关报《民报》、梁启超办的《新民丛报》、刘师培和何震办的《天义报》都在介绍和宣传无政府主义，陈瑾昆受到影响，喜欢阅读日本社会主义运动活动家幸德秋水所译无政府主义书籍。这期间，他与宋教仁、覃振结识，宋教仁是中国近代革命先驱者之一，职业革命家，相比陈瑾昆是更大的“叛逆者”，他与宋、覃等革命志士志趣相同，意气相投，来往密切。

“司法救国” 著书立说

在日本，陈瑾昆获悉孙中山领导的辛亥革命推翻了清王朝，建立了中华民国，制定临时约法，并主张“更张法律，改订民、刑、商法及采矿规则”。陈瑾昆怀着“司法为现实复兴之起点”的宏大志向，报考了日本东京帝国大学法律系。在帝大学习期间，他认识了后来的著名共产党人林伯渠。林伯渠因“二次革命”失败后遭通缉来东京学习，当时，林伯渠除学习经济、财政、社会学科之外，还学习国际法、宪法、民法、刑法，两人因此而相识。1917 年 7 月，陈瑾昆完成了大学学业，获得法学学士学位。

陈瑾昆学成后，回到已阔别 10 年的祖国。他志向远大，怀揣“司法救国”的梦想，希望用法治的力量来复兴民族、振兴中华，用法律来维护社会的公平秩序。1917 年 9 月，他任奉天省高等审判厅推事，不久升任庭长。1918 年 4 月，陈瑾昆奉派去日本考察司法，历时 8 个月。1918 年 12 月回国后，陈瑾昆即调任新成立的修订法律馆纂修，1919 年初任大理院推事，兼任司法讲习所讲师，1920 年任司法部参事。1923 年至 1928 年，陈瑾昆先后任大理院推事、庭长，司法考试委员，湖南司法考试委员。这一时期，他踌躇满志，为实现“司法救国”的梦想而非常活跃。他不仅做司法官员，而且参加法律法规起草修订工作，填补中国法律的空白。同时，为了以法治国培养人才，他先后兼任司法讲习所讲师和司法储材馆教员，在北京大学、朝阳大学、北京法政专门学校任课，讲授《刑事诉讼法》

《民法总则》《刑法总则》等课程。1928 年，陈瑾昆卸去法官职务，专任北平大学、北京大学、朝阳大学教授，兼执律师职务。

鉴于法学论著贫乏，很多法官、律师对民法刑法理论未能正当运用，陈瑾昆把以前因工作繁忙无暇著述的出书计划开始付诸实现，先后出版了《民法通义总则》《刑事诉讼实务》《民法通义债编总论》《民法通义债编各论》《刑事诉讼法通义》《刑法总则讲义》六部著作，分别出了二三版、三四版不等，发行量大，销售面广，已纂就而未出版的有《民事诉讼法讲义》及《刑法个论》。这些法学专著观点独到、深刻，为法学界与实务界所推重，屡为东京帝国大学教授引用。

在这些著作中，陈瑾昆关注国际上法学新思想、新理论的动态，对各流派的学说择要介绍和评说，梳理并吸收了先进的研究成果；介绍新旧立法例，说明法律法规沿革及立法趋势。他坚持司法工作中审判的独立性；提出法学研究“应理论与实用并重”，重视法律的实践性；他注意到法律的地域和民族的个性，提出“应同时注意于一国民族固有之伦理思想与社会现象，以期制立于一国民族最能适应而最能调和之法律。自刑法治学言之，亦不可囿于一派，应同时注意于一般科学方法应有之分析研究与实证讨论，以期创设于一国法典最为精当最为实用之法理”。他指出法制建设的方向：“或谓中国今日，假大群而私小己，泯是非而尚功利者，滔滔皆是，国家创制刑法，正应向若辈立威，学者讲治学术，亦宜为若辈说法，所谓明刑弼教，公私两方面均须努力。”这一系列著作，自成一家之说，奠定了陈瑾昆在法学界的学术地位。

陈瑾昆在北平专心著书立说之时，1933 年 1 月开始，日本关东军向喜峰口、古北口发动进攻，中国驻军奋起抵抗，5 月，无奈奉命撤退，北平形势危急。此时，两位在南京国民党政府司法部任职的老朋友罗文干、石志泉专程来邀请陈瑾昆出山从政。为了避难，也因老友盛情，陈瑾昆欣然前往南京，就任司法行政部司长及南京法官养成所教员的职务，继续实践自己“司法救国”的梦想，雄心勃勃，很快草拟了《现行刑事诉讼法》。但是，各级司法机关形同虚设，人浮于事，尔虞我诈。他逐步领悟到法律与政治的关系，在专制独裁的体制上，纵然制定了良法，只是摆设；纵然有精深的法理，也是对牛弹琴。他感到自己心血白费，受了愚弄，“司法救国”梦就此破灭。于是在南京为官仅 5 个月，陈谨昆就挂印而去了，回到北平，从此，坚守讲台，乐执教鞭。

拒任伪职　反对内战

抗日军兴，北平沦陷，陈瑾昆随北大迁往长沙，继而再迁云南昆明，在国立西南联合大学任教。虽然在西南大后方生活相对安定，但是前线抗日将士在浴血奋战，后方达官显贵们花天酒地，纸醉金迷，大发国难财。人民生活困苦不堪，甚至西南联大的许多著名教授也生活窘迫，处于半饥饿状态。陈瑾昆大失所望，从昆明回到了北平。

日伪当局知道陈瑾昆曾留日多年，现又从大后方回来，且在教育界、法学界声望高，想利用他为伪政府做事，为日本侵略效劳，便派他在帝国大学时的同学朱深等登门劝诱。陈瑾昆见故人造访，喜出望外，待来人说明来意后，他顿时大怒，斥责：“我陈某死不足惜，绝不卖国求荣!”游说者还想啰唆几句，陈瑾昆顺手扬起拐杖要打，来人见势不妙，只得灰溜溜地走了。此后，又有亲友上门来劝说，说既然不想做官也好，就去伪北京大学当教授吧。日本人也软硬兼施、威逼利诱，陈瑾昆不为所动，在大是大非前面，坚守民族气节。为表明立场，避免说客再次上门，也是为了维持生计，他挂出一块“经济律师”的招牌，受理平津一带的经济纠纷案件。

日寇在占领区强制推行“良民证”，挨家挨户地登记造册，据此配给粮食和其他生活品。陈瑾昆极为愤慨，拒绝在登记表上签字，并怒斥道：“我是中国的良民，怎能将名字签到出卖良心的册子上呢？给我滚！”他一直拒领“良民证”，不吃嗟来之食，不买日伪配给的粮食和布匹，自筹生活必需品，粗布淡饭。对此，日本人十分恼怒，但忌于他的声望，未敢加害。

1945年8月10日，陈瑾昆从收音机中获悉日本政府向同盟国发出乞降照会的消息，欣喜异常，决定在北平朝阳门外购地筑圃，栽花种菜，安度晚年。但陈瑾昆从广播中闻悉蒋介石所宣布的处置敌伪军队与接收投降办法，发现了蒋介石抢夺抗战胜利果实和准备内战的阴谋，便断定天下从此多事。陈瑾昆觉得这个问题严重，决定走出书斋，负起一个国民立言的责任。8月20日，他起草了《告国人书》，劝蒋介石“公忠体国”，同时宣布：“余以前只守个人岗位，自此当勉尽先知立言责任，以阻止他人，‘再做第二次亡国危险’。”8月下旬，毛泽东亲赴重庆，国共两党开始和谈，陈瑾昆从中看到和平与民主的曙光、民族与国家复兴的希望，他信心倍增，热情高涨，奋笔疾书，在报上发表一篇篇文章，给朋友寄去一封封信函，呼吁人民团结一心，共同复兴祖国，以免再受列强侵略欺凌。在国民党撕毁和谈协定，磨刀霍霍，加紧准备内战之时，陈瑾昆关注时局，忧国忧民，一再在报纸上撰文，劝告国民党开放政权，澄清吏治，停止内战，收服人心；提出美、苏、英三国出面调停等，反映了他坚持和平，反对内战的立场。

陈瑾昆本来一直认为律师与教授均为自由职业，而且是高尚职业，即使在日伪统治时期，他还以做经济律师维持生计；但此时，他认为在国统区律师不再高尚，在国民党党化下的学校也非圣地。于是在国民党宣布“停止沦陷区律师执行职务”的禁令以前，他就停止了律师执业；同时为避免政治因素过多干扰，他又辞去大部分教职，仅在北平临时大学、朝阳学院、中国大学讲课。

1946年4月12日，为反对国民党一党包办的所谓“国大选举”，北平各大专院校和新闻出版界等40多个团体，组织成立“国民选举协进会”，以促进普遍、自由、直接的民主选举，陈瑾昆欣然接受聘请，任该会顾问。4月21日，选举协进会在中山公园举行国大代表选举问题演讲会，陈瑾昆、江绍原等著名教授受邀讲演，各界代表及北平美国新闻处处长福斯特等中外新闻界人士纷纷前往。几位好友得知陈瑾昆已经上了国民党的黑名单，竭力劝阻陈瑾昆与会，以免遭遇不测。陈瑾昆则置生死于度外，坚定地回答道：“反对内战，要求民主，何罪之有？死在演讲台上，总比死家里要好！”说完就义无反顾地走了。陈瑾昆本来被安排在第三个演讲，但一进入会场，见有人在吹口哨、叫喊，制造骚乱，显然是特务在捣乱。陈瑾昆顿时怒火中烧，率先登台讲演，暴徒则用砖瓦向讲台上及听众中猛烈飞掷，击伤陈瑾昆的头部，血流满面。听众中多人受伤，一女生被击中胸部，当场晕倒，江绍原及福斯特亦被打。但陈瑾昆仍坚持讲演并怒斥特务说：你们的行为给国家丢脸，我绝不是一块砖头所能吓倒的，今天我是站在爱护国家和人民的立场来说话，我虽受伤，但凡我应做的，我会继续去做，希望全国人民都起来，抗议这种为全世界任何国家所不齿的行动，希望今天到会的新闻记者，能把真相公布给全世界。

中山公园事件发生后，社会各界极为愤慨，纷纷向陈瑾昆等受害人慰问、声援，痛斥国民党特务的法西斯暴行，但中央社等官方媒体却造谣诬说该事件是双方“争夺会场，相互斗殴”所致。这使陈瑾昆彻底看清了国民党政府的真实面目，蔑视法律，无视人民的正当权利，竟以暴力打击无缚鸡之力的教授，事后又信口雌黄，颠倒黑白，无耻至极。陈瑾昆极为悲愤，便不顾伤痛撰文抗议，揭露敌人的阴谋，在4月29日的《解放三日刊》上发表了《我的希望》一文，指出中山公园事件证明反动政府“日暮穷途，倒行逆施”，呼吁不能任由国民党一党专政，随心所欲，因此希望“全国人民都起来督促政府实现三个协定（即停战协定、政协决议与整军方案）。这是最小的限度，不能再有丝毫的折扣”。5月15日，陈瑾昆又在《解放报》发表《向美国与马歇尔特使呼吁》一文，声称目前最迫切的问题只是执行关内外停战协定和整军方案，指出美国在调停之外还帮蒋介石运兵和供给军火，是鼓励国民党打内战的狂兴，只会引起中国人民对美国的反感。其间，他连续在《解放报》等民主刊物发表文章，抨击国民党的专制与独裁，呼吁和平民主。他断定国民党的统治气数已尽，而国家的命运是与个人的命运密切联系，他要寻找新的出路。

奔赴延安　加入中共

中共地下党组织一直关注陈瑾昆的爱国行动和政治倾向，决定争取这位思想进步的法学教授，北平地下党组织派人主动接近陈瑾昆。1946年1月13日，叶剑英率领的军事调处执行部中共代表团进驻北平，代表团内设立了一个负责统战、联络工作的专门小组。经北平地下党组织牵线搭桥，陈瑾昆很快就去中共代表团驻地拜访叶剑英。一席话后，陈瑾昆主动表示提供自己的住宅作为中共代表团广泛接触知识界、科学界、教育界人士的联络点。此后，中共代表团便经常利用陈瑾昆的住所开展联络工作，叶剑英还以中共代表的身份，借用这里举办了一次宴会，宴请在北平的民主人士，其中有张东荪、李锡九等人，气氛相当热烈。陈瑾昆与叶剑英等共产党人接触、交往后，“思想更加开朗”，政治倾向更加明确，他还特意买了一台德国收音机，深夜收听延安电台的广播，了解延安的情况，研究中共是否能救中国。

中山公园事件后，党组织掌握了陈瑾昆的处境和想法，5 月中旬，经叶剑英提议，毛泽东向陈瑾昆发出了邀请，请他去延安考察。6 月 10 日，在叶剑英的精心安排下，陈瑾昆和教育家符定一一起飞赴延安，受到了中共领导人毛泽东、刘少奇、朱德等热烈欢迎，还与留日时的老朋友林伯渠重逢、欢聚。他先后在延安和张家口参观、考察了 10 天，目睹了中共领导下解放区人民励精图治，欣欣向荣的景象；发现这里人们精神焕发，感情真挚，官民平等，官兵平等；秩序安定，治安良好，教育普及；乡村自治，民主选举；官民合作，努力生产。这一切与国统区天差地别，更让陈瑾昆耳目一新。他认识到中共推行土地改革，真正实现了耕者有其田，是中国目前经济改革的正确路径；赞同中共主张的新民主主义所构建的建设新中国、新社会的伟大蓝图。他决心追随共产党，留在解放区参加工作，毛泽东则认为以他在北平的地位和声望，继续留在北平开展工作，对革命事业更为有利。在毛泽东劝说下，陈瑾昆回到北平。

为了使国内外更多的人了解中共，了解中共领导下的解放区，陈瑾昆将自己在解放区的所见所闻写成《延安与张家口旅行记》，发表在报刊上，其中“解放区虽非天堂，非解放区则确为地狱”一语，道出了他的心声，震撼了国统区的知识界，产生了巨大的政治影响力。

国民党悍然发动内战后，为进一步钳制舆论，加紧迫害民主人士，1946 年 7 月 11 日和 15 日，国民党特务先后暗杀了著名教授李公朴、闻一多。对陈瑾昆则再一次威逼利诱，蒋介石派人邀请他去做官，遭到拒绝。此后，陈家就经常接到威胁、辱骂的电话，特务对他进行了监视。考虑到陈瑾昆的人身安全，叶剑英决定安排他去解放区，地下党组织搞到了一张通行证，派人护送陈瑾昆再次去延安。8 月的一天，陈瑾昆乔装打扮，化名李老板，途中摆脱了特务纠缠，9 月初到达张家口，发表了《余为何参加中共工作》的政治声明。

在这份政治声明中，陈瑾昆指出，由于蒋介石的独裁专制和倒行逆施，才迫使他这么一个以前只守个人岗位的人，只得担负起立言的责任，并“环顾国内民主力量，择其可与合作者”。他从解放区和共产党身上看到了中国希望之所在，断言只有共产党能完成求国家独立、人民民主的历史任务，中国始能真正成为世界四强之一，负起共同维护世界和平之责任。他痛斥蒋介石“全国民众呼吁不断，盟邦特使调解不成，亲口诺言不算，亲笔签字无效”的背信弃义的行为。他指出如果国民党反动政府在美国支持下继续内战，人民长期涂炭，于中国固亦极端不幸，于美国人民亦极端不利，呼吁中美两国人民，均须奋起纠正两国政府此种“损人损己”的错误。毛泽东获悉后致函称赞：“今日阅悉尊著《余为何参加中共工作》，义正词严，足以壮斗士之志，夺奸邪之魄，拟付《解放日报》发表并广播全国。蒋军正大举进攻张垣（即张家口），拟请先生来延安共策工作之进行，如何，盼复。”

在张家口，陈瑾昆受到了热烈欢迎，不日其家眷也在地下党的护送下，安抵张家口，一家团聚。9 月 19 日，陈瑾昆一家八口人由张家口动身赴延安，从晋察冀经晋绥解放区到陕甘宁边区。陈瑾昆途经各地都发表演说，揭露蒋介石发动内战的阴谋，指斥美军以遣俘为借口长驻中国，侵犯中国领土主权，为反内战的军民加油、鼓劲。10月29日，陈瑾昆一家抵达延安。第二天，周恩来亲自将他的住处安排在杨家岭，与陆定一住同一排窑洞，上一排窑洞即是毛泽东的住处。毛泽东特地邀请陈瑾昆及其夫人到家中做客，席间，毛泽东风趣地说："一砖头把你打到延安来了，还有国民党特务为你送行，真得感谢他们啊！"陈瑾昆笑着激动地说："是您和共产党救了我们全家，我的这条命已经不属于我自己了。"10月31日下午，毛泽东、朱德又在中央办公厅设宴招待陈瑾昆。面对高规格的礼遇，他向记者表示："余虽年已六十，但愿再活二十年，为中国人民服务。"12月，陈瑾昆经时任陕甘宁边区政府主席林伯渠介绍，加入了中国共产党，实现了终生夙愿，真正成为共产主义队伍中的一分子。

为民立法　为民司法

陈瑾昆是有很高学术成就与地位的著名法学家，到延安后，愿意发挥专业特长，参加法治工作。他在《余为何参加中共工作》一文中说："在新民主主义下，除政治建设、经济建设外，亦尚有法律建设。余于法律尚为识途老马，将于此方面参加工作。"这说明陈瑾昆对到解放区如何为革命开展工作，有其明确计划。因此，他一到延安除了积极参加政治活动外，就一心想用其所长，从事法律工作，为解放区的法治建设贡献自己的智慧。1947年1月，他就任中共中央法律研究委员会委员。

陈瑾昆虽然是阅历丰富的法学专家，但他没有囿于过去的经验，更没有摆专家、教授的架子，而虚心研究解放区法制建设的经验，看到了解放区司法工作与国统区的根本性区别：因人民生活改善而引发的财产纠纷与犯罪者少，相应的民事诉讼也比较少；解放区司法工作注重调解，一般的争执，由乡村干部调解了结，减少讼累；

司法工作中注重说理、教育，同时不耽误群众生产。他认为这些做法十分可取，呈现了人民司法的内涵与特征。

在陈瑾昆到达延安之前，1946 年 6 月，中央书记处决定成立法律问题研究委员会，以林伯渠、徐特立、王明、谢觉哉、陈伯达、李木庵等为委员，谢觉哉为主任委员。1947 年 1 月，周恩来代表中共中央召集了一次会议，要法律问题研究委员会起草一个全国性的宪法草案，为召开解放区人民代表大会做法治准备，并限于当年 5 月 1 日前交稿。在 1946 年 11 月中旬左右，法律问题研究委员会协助中共中央西北局已初步完成了陕甘宁边区宪法草案的起草工作。陈瑾昆认为《宪法》是国之根本、国之重器、法治之源，在此前提之下，《宪法》的导引功能对相关的权力行使界限予以明确的设定，既赋予了公民基本权利，又设定了相关的保障机制。陈瑾昆参与全国性宪法起草工作后，研究边区宪草后提了不少意见，并提出法律是与政治相通的，政治路线是贯穿于宪法之中的观点。他特意给毛泽东写了一封信，陈述了自己的这种见解。1947 年 1 月 16 日，毛泽东复函："大示诵悉，从新的观点出发研究法律，甚为必要。新民主主义的法律，一方面与社会主义的法律相区别，另一方面又与欧美日本即资本主义的法律相区别。请本此旨加以研究。……"

从 1947 年 1 月 28 日到 3 月上旬，根据毛泽东的指示，中央法律研究委员会开始研究及草拟全国性新宪法草案的工作，徐特立、王明、陈瑾昆、何思敬、李木庵、张曙时、杨绍萱及罗迈、齐燕铭等参加，王明为宪法组长，陈瑾昆为法律组长。除宪法外，他们还要起草民法、刑法和土地法。尽管炮声隆隆，战火即将烧到延安，但陈瑾昆和中央法律研究委员会成员专心致志、从容不迫地工作，为迎接新中国的成立，为新法典的诞生，夜以继日，呕心沥血。

1947 年 3 月，国民党向陕北、山东发动重点进攻，胡宗南率数十万军队进犯延安，中共中央决定主动撤出延安，并安排老弱者先行转移。3月7日，陈瑾昆与谢觉哉、吴玉章等一行七人向山西转移。路途上，翻山越岭，风餐露宿，艰难行进，敌机跟踪盘旋，有时炸弹就落在队伍前。过了黄河后，更是为了避开敌人轰炸，只能夜里行军。3月的北方，仍然天寒地冻，冷风刺骨，这样恶劣的环境，对年逾花甲的陈瑾昆来说是第一次经历，但他乐观面对，坚持下去。经过16天的艰难跋涉，于3月22日到达山西临县的后甘泉村。后甘泉村位于临县县城东南5里多的地方，交通相对方便，环境暂时安全，中央法研会的成员就在这里住宿、办公。几天后，他们就开始工作，任务是起草全国性宪法及创立新民主主义的法律理论，陈瑾昆先参与起草了《中国土地法大纲》。5月至8月，陈瑾昆等法研会成员起草了一个照顾到政协协议原则的新宪法草案，即所谓后甘泉初期宪草初稿。8月至10月中旬，又根据解放战争形势的发展和中共中央的指示，起草了内容与形式皆为新民主主义的宪草，即后甘泉后期宪草初稿。

法研会成员起草法律工作，民主气氛浓烈，经常为一个立法原则、立法内容、一个条文甚至个别字词，各抒己见，争得面红耳赤，这种集思广益的做法有利于提高立法的质量，保证法条齐备完善。作为专家，陈瑾昆除参加法条起草、讨论外，还负责讲授民事诉讼法、刑事诉讼法的基本原理，他法理功力深厚，理论联系实际，深入浅出，讲课很受欢迎。谢觉哉听后，感到有所收获，1947年5月，谢觉哉日记记述："陈老讲民事诉讼法，切实可听。""陈老续讲刑诉法。"从6月份开始，后甘泉村亦屡遭敌机轰炸，但陈瑾昆毫不畏惧，孜孜不倦地全身心投入工作。有时警报拉响了多时，警卫员多次催促他躲避空袭，他仍专心致志，纹丝不动，急得警卫员只得架起他就跑。

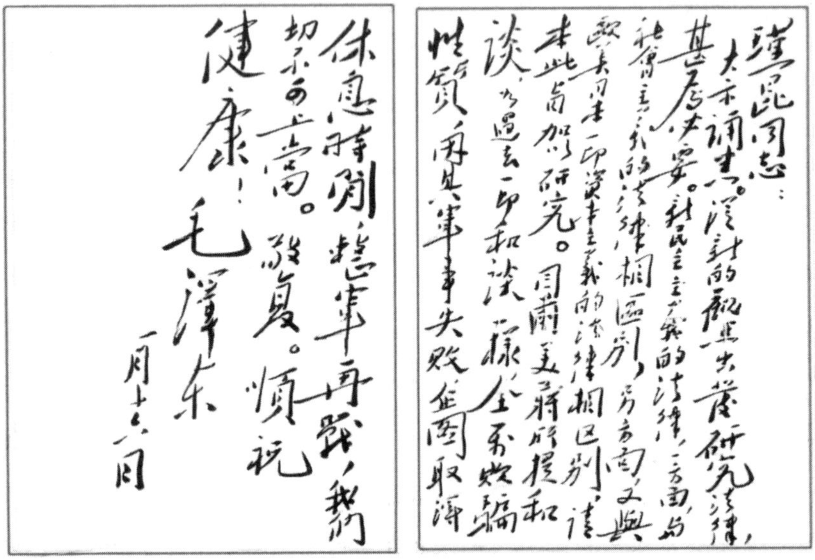

毛泽东写给陈瑾昆的信件

7 月 13 日，毛泽东回信对陈瑾昆的工作予以肯定：“大示敬悉。你们一家安于农村生活，闻之甚慰。立法工作是一新部门，得兄主持，日起有功，是大好事。时局如兄所料，人民战争是发展的；惟艰苦奋斗，尚须付以数年时间。我们在此均好，勿以为念。”可见，陈瑾昆保持与毛泽东书信往来，谈工作，也讨论时局，并传递彼此间生活上的关心。

1947 年 8 月 18 日，在榆林战役后，西北野战军在沙家店设伏向从榆林南下的国民党军整编第三十六师发起进攻，至 20 日黄昏，全歼该师 6000 余人，从根本上扭转了西北的战争局势。后甘泉后期宪草初稿完成后，10 月 8 日，陈瑾昆写信给毛泽东报告情况，并根据近期沙家店战役胜利的大好形势，指出这说明国民党军队对陕甘宁边区的进攻已失败，蒋介石所谓的重点进攻战略已经破产，这将引起美国人民对美国政府援华政策的反对，中国革命胜利有期。11 月

18 日，毛泽东复函，说：“十月八日来示敬悉。国内外大势观察正确，不会有第二个方向，进度亦快，不会稽延不决，诚如尊论。惟我们宁可作从长打算，估计到一切可能的困难，以自力更生精神，准备付以较长时间，似属有益。兄及诸同志对于宪草，惨淡经营，不胜佩慰。惟发表时机尚未成熟，内容尚宜从长斟酌，以工农民主专政为基本原则（即拙著《新民主主义论》及《论联合政府》中所指之基本原则），详由王谢二同志面达。弟身体有时略有毛病，大体尚好，勿以为念。天寒尚祈珍摄。敬祝安好！并问陈夫人及诸小弟妹好！……江青附笔祝全家安好！”毛泽东复函赞同陈瑾昆对解放战争形势的判断和中国革命胜利的预期；对立法工作给予关心与肯定的同时，从建立新民主主义专政的高度，提出内容从长计议，公布的时机尚不成熟，具体意见由王明、谢觉哉面告；生活上殷殷关切之情，溢于言表，有意思的是信中还有江青附笔问好，可见，毛泽东对陈瑾昆显得亲近随和，完全是老朋友间的交往。

此前，10 月 20 日，王明、谢觉哉带着宪法及其他法律草案重返河西向毛泽东、刘少奇汇报并请示今后工作，因战局紧张，中央无暇讨论，同时毛泽东认为宪法草案要待全国胜利后才使用，在信中他把这考虑及时告诉了陈瑾昆，并让王、谢在回到后甘泉详细面达。此后约一年多时间，陈瑾昆等法研会成员没有继续研究和修改这一初稿，搁置了宪草起草工作。法研会根据解放战争形势的发展，快节奏地起草了各种法律法规，一旦全国解放后，立即废除旧法律，实施新法律，以保证社会秩序的安定和各方面接收工作的顺利进行。

1948 年初，全国和西北战场的战争局势有了很大的改变，为了适应解放战争胜利发展，3 月 21 日，毛泽东、周恩来、任弼时等中央领导人率中共中央机关和人民解放军总部部分人员东渡黄河，与叶剑英、杨尚昆率领的中央后委会合，前往河北平山县的西柏坡，与刘少奇、朱德率领的中央工委会合。在山西临县后甘泉的中央法委会和其他机关也接到转移的通知，4 月 7 日，陈瑾昆等离开后甘泉村向河北平山县转移。5 月 25 日，毛泽东在西柏坡宴请陈瑾昆、谢觉哉、张曙时、李木庵，陈瑾昆又见到了阔别一年多的毛泽东、刘少奇、周恩来、朱德等中央领导同志，十分高兴，亲切交谈。刘少奇说："华北联合政府快成立了，要陈瑾昆去当法院院长，谢觉哉去当司法部长。刑法先就旧的改一下施行。民法也可以这样，边做边改，以稳定社会秩序，保障私人财产，使人民乐于生产建设。要训练干部，要建立正规法治，有助于人民建设的就用，否则就改。"根据刘少奇的指示，陈瑾昆干劲十足，不顾炎炎酷暑，除参与起草《土地法》以外，还起草了《民法》《民事诉讼法》《刑法》，短短的两个月，到了 7 月这三部法律草案相继脱稿。

1948 年 8 月，随着人民解放战争的节节胜利，华北大部分地区解放，华北临时人民代表大会召开，陈瑾昆被推选为代表，大会通过了《华北解放区施政方针》《华北人民政府组织大纲》《村县（市）人民政府组织条例》，并民主选举董必武、陈瑾昆等 27 人为华北人民政府委员会委员。9 月，陈瑾昆被任命为华北人民法院院长，10 月正式组建了华北人民法院。在院长任内，尽职尽责，他不仅起草法律法规、处理案件，而且不时与谢觉哉商议下级法院组织问题，亲自下乡调查。同年 12 月，陈瑾昆偕同谢觉哉来到中共中央所在地西柏坡，参加法研会召开的立法工作会议。这次会议的主要议程是：一是总结宪法起草工作，主要说明宪法上的国体、政体的重要法理问题；二是总结法律争论问题，主要是对新旧法律观的争论做一个总结，陈瑾昆表示放弃一些不合时宜的观点。遵照中央指示，中央法律问题研究委员会改组为中央法律委员会，作为协助中央研究与处理全国有关立法与司法问题之工作机关，陈瑾昆当选为委员。

1949年2月，华北人民政府迁驻北平，陈瑾昆回到这座曾经居住、生活了近30年的城市，看到千年文化古城完好无缺地回到人民手中，且即将成为新中国的首都，感慨万千。回到北平后，他参与了接收和整顿旧司法机关工作。

9月24日，中国人民政治协商会议第一届会议召开，陈瑾昆以特邀代表的身份参加会议，当选为第一届政协全国委员会委员。他一方面为新中国的诞生而欢欣鼓舞，另一方面严于解剖自己，说自己一辈子从事法律工作，以前对于国家和法制的观念模糊，为有产者服务多年，现在决心抛弃旧观念，为新中国的法律建设做贡献。中华人民共和国成立后，陈瑾昆任中央人民政府法制委员会副主任委员、最高人民法院委员、政务院政治法律委员会委员，由于法制委员会主任王明上任不久就离职去了苏联，陈瑾昆实际主持了法制委员会的工作。1950年李木庵主持起草《中华人民共和国刑法大纲草案》，陈瑾昆1948年完成的《新刑法草案》是主要的参考文本，他还提出了许多中肯的意见。他参与新中国初期的《中华人民共和国婚姻法》和《中华人民共和国宪法》等重要法律的起草和审定工作，为新中国的立法工作付出了辛勤的劳动。

陈瑾昆主张国家严明法度，依法行事，反对有法不依，违法不究，或以权代法。陈瑾昆不徇私情，带头遵纪守法，他的一个儿子好吃懒做，不争气，他就写信给公安部长罗瑞卿，罗部长认为其并未触犯法律不便处理，但陈瑾昆还是坚持把他送入北京第一监狱劳动改造，让其自食其力。后来陈瑾昆一直让这个儿子在监狱工作，以示改造的决心。

1952年，陈瑾昆被错误处理，受到不公正待遇，被撤销了中央人民政府法制委员会副主任职务，但是他胸襟豁达，坦然面对，表现出一个共产党员应有的品质与风范。1955年，陈瑾昆担任最高人民法院顾问。1959 年 5 月 14 日，陈瑾昆在北京因病逝世，享年 72 岁。中央人民政府和政协全国委员会发出讣告，最高人民法院院长谢觉哉亲笔书写挽联：

单骑突包围，解放旗开，公来独早；
兆民齐跃进，共和国建，灵其永安。

［参考文献：欧阳雪梅著《陈瑾昆》、中共中央文献研究室《毛泽东书信选集》、人民出版社《谢觉哉日记》（下）、中共中央党史研究室著《中国共产党历史》第一卷（下册）］

十、隐蔽战线上的闵刚侯律师

在军事斗争与政治斗争中，情报工作十分重要，情报是否灵通、准确、及时，不仅关系到斗争的策略、方式，而且决定着斗争的结局，这就是“知已知彼，百战不殆”。中共领导的中国革命斗争，除了武装力量的军事斗争，公开的政治斗争、经济斗争、文化斗争外，还有隐蔽战线上的斗争。隐蔽战线斗争是整个革命斗争的重要组成部分，可以说，中国共产党领导中华民族解放斗争的历史，也是一部艰苦卓绝的隐蔽战线斗争的历史。隐蔽战线上不仅涌现了李克农、钱壮飞、胡底、陈赓、潘汉年等等这样大名鼎鼎的英雄，还有一大批以各种职业为掩护，从事传递情报、负责联络、护送人员、运输物资等的地下工作者。闵刚侯律师就是以合法的律师职业为掩护，参加隐蔽战线斗争的地下工作者队伍中的一员。

柏督快婿

闵刚侯（1904—1971），江苏南汇（今属上海市）北蔡镇人。1932年毕业于东吴大学法律系，次年留学日本九州帝国大学，主攻法学。1937年，在上海从事律师业务，同年加入全国各界救国联合会，被选为常委。全面抗战时期，在重庆负责救国会工作，曾任重

闵刚侯

庆战时书报供应所副所长、朝阳大学教授。抗战结束后回到上海继续执行律师业务，1945 年加入中国民主同盟，任民盟华东执行部委员，1949 年加入中国共产党。新中国成立后，闵刚侯历任中华人民共和国最高人民法院秘书长，司法部副部长，民盟第三届中央常委、组织部部长、秘书长。是第一、二届全国人大代表，第二届全国政协委员，第三、四届全国政协常委。

1936 年，闵刚侯与国民党元老柏文蔚的女儿柏心慧结为夫妻。柏文蔚（1876—1947），安徽寿县人，字烈武，与孙中山、黄兴、李烈钧并称“辛亥革命四杰”。武昌起义爆发后，任民军第一军军长，系中国有史以来首位第一军军长，参与江浙联军会攻南京。1912 年任安徽都督兼民政长，人称“柏督”。1913 年参加讨袁，宣布安徽独立，失败后经上海流亡日本。1924 年国民党一大上当选为中央执行委员，1926 年北伐战争时，任国民革命军第三十三军军长。1927 年 4 月 12 日，蒋介石发动反革命政变，捕杀共产党人，实行独裁统治，柏文蔚强烈反对，他率领第三十三军营以上军官发出通电，宣布拥护孙中山的“联俄、联共、扶助农工”三大政策，敦促蒋介石下野。尽管处境艰难，但柏文蔚仍挺身而出，掩护、营救了许多共产党员，如柯庆施、王更生、李运鹤（原名郑鼎），以及被关押在鄂、川、黔“剿匪”指挥部的共产党员杨金龙、杨宗贞等。1929年3月与汪精卫、陈公博、顾孟余、何香凝等联名发表《关于最近党务政治宣言》，反对南京中央，被撤职，10月被开除党籍，受到通缉。1930年任反蒋派的北平国民党中央党部扩大会议常务委员，1931年11月恢复党籍。1932年日军进攻上海，柏文蔚条陈抵抗意见，为时论所推崇。1937年卢沟桥事变后，柏文蔚屡次请缨均不获准。他一生追求真理，寄希望于共产党，他认为：“不管国民党还是共产党，抗日的就是好党。”曾作春联贴大门：“渴望国共合作，倭奴奸暴终必灭；吾神威灵显化，土豪劣绅不容昌。”1945年5月在国民党“六大”上被选为中央执行委员。抗日战争胜利后，任国民党中央政治委员会委员兼国府委员。

柏心慧是柏文蔚的长女，二次革命失败柏文蔚流亡日本时出生，后在上海复旦大学读书时思想进步，参加抗日救亡学生运动，支持丈夫闵刚侯的地下工作。1939年1月，柏文蔚到重庆参加国民党五届五中全会，起初他住在闵刚侯、柏心慧家里，后因客人太多，便搬至郊区一山洞。柏文蔚每次开会回来，总是带着一些印有“机密”“绝密”字样的文件。闵刚侯在得到岳父同意后，把这些文件带回家中，从中挑选出重要的，送给中共参政员董必武，或送给八路军驻渝办事处的负责同志周恩来等，使中共及时掌握了国民党高层的机密。把国民党这些会议资料透露给中共，相对于国民党方面是泄密行为，身为国民党员的柏文蔚是要担风险的，而柏文蔚同意闵刚侯把文件传递出去，是因为他希望国共两党真诚坦率合作，抗战到底，也是对女婿闵刚侯秘密工作的帮助支持。

当时在重庆的苏联驻华使馆武官罗申，保持与中共中央南方局的密切联系，闵刚侯获取的情报，有些也送达他的手中。新中国成立后，罗申担任苏联首任驻华大使，周恩来总理提议，将抗日战争期间提供情报的中国同志集中在一起，与罗申大使共进晚餐，闵刚侯便在受邀请之列，这是对闵刚侯在重庆时期情报工作的肯定。

护送高崇民

高崇民（1891—1971），辽宁省开原县人，早年就读于奉天省立农林学堂，加入同盟会。1913 年赴日本留学，曾参加回国宣传抗日倒袁活动。1925 年，在哈尔滨中东铁路特区从事教育工作，加入中国国民党，1927 年被反动当局押回原籍。1929 年起任奉天省农务会会长、东北边防司令长官张学良的秘书等职。1931 年九一八事变后流亡北平，从事抗日救亡活动，参与发起成立东北民众抗日救国会，任常务委员兼总务部副部长。11 月，高崇民率流亡北平的东北青年和学生赴南京，参加南下请愿团活动。1935 年，因从事团结抗日的宣传和组织活动，遭国民党当局通缉，避居上海英租界，接触共产党员，阅读马克思主义著作。同年冬到西安，对张学良做联共抗日的说服工作，向东北军将士进行抗日救国宣传。1936 年 12 月西安事变时，参与起草张、杨关于停止内战抗日救国的八项主张，任设计委员会主任委员，积极拥护和平解决西安事变的方针。抗日战争全面爆发后，先后在北平、济南、太原、武汉等地开展抗日救亡斗争。1938 年 8 月曾赴延安访问，坚定了跟共产党走的决心。1941 年在重庆主持东北救亡总会工作，同时参加三民主义同志会，以东总名义加入中国民主同盟。高崇民深受中共领导人信任与器重，周恩来称他为“东北人的榜样”。

抗战胜利后，中共中央要求东北籍干部速返东北开展工作，实现中央的北上战略部署。中共中央任命高崇民为安东省主席，而不久国民党政府任命高惜冰为安东省主席，一时在重庆传为谈助，一次两人相遇，高惜冰问：咱哥俩谁去赴任？高崇民以谣传搪塞。形势紧急，高崇民找当时在重庆的周恩来商量，周恩来认为必须安全护送高崇民回东北。当时，恰有在重庆的美国新闻处包船迁往上海，而且国民党军警宪特对该包船不得检查。美国新闻处允许其职员可以带一名家属，而张友渔[①]的妻子韩幽桐在美国新闻处工作，周恩来精心安排下，1945 年 11 月 21 日，高崇民以韩幽桐丈夫张友渔的身份，坐上美国新闻处包船，先去上海。航行中，高崇民在甲板上与闵刚侯和“东北民主政治协会”的青年李首春不期而遇，他们为高崇民从重庆脱险而高兴。船行至四川与湖北交界处，夜间枪声把船上的人惊醒。原来是国民党海军巡逻队要强行上船检查，美国人坚决不允，双方发生争执而动武，结果海军一青年军官被打死。船到武汉停泊处理此事，好在与乘客无关，只耽搁了一天的行程，算是平安地过去了。船驶离武汉，高崇民便放心了。闵刚侯心思缜密，船到南京时，为了高崇民到上海后的安全，提出他登陆改乘火车，提前到上海为高崇民预做安排，相约到码头迎接。高崇民也富有地下斗争经验，嘱咐闵刚侯：一般特务的视线首先注意出站的第一、二人，他将争取排在第三位。高崇民还要李首春下船后到国民党空军上海司令部，通知“东北民主政治协会”另一位成员丁汉章设法迅速回东北，再去航务局找他的挚友金月石，请他帮助解决北上的舱位问题。金月石是上海航海界的先驱，曾在重庆“大明公司”任经理，日寇投降后回上海任航务局总顾问。船到上海后，高崇民顺利出站，闵刚侯把他安排在他胞兄闵鲁西（祥麟）家中，等待去东

① 张友渔（1898—1992），山西灵石人，原名张象鼎，字友彝，法学家、政治学家、新闻学家，第一、二、三、六届全国人大代表，第六届全国人大常委，第一、二、三、四、五届全国政协委员。

北的轮船航班，昼伏夜出，住了七天。

当时上海通往北方的航线上，只有美国拨给招商局的运输船为国民党当局向东北运送部队和军火，没有其他船只，金月石把高崇民和李首春安排在他的学生任船长的船上，并再三交代："这是我的好朋友，去营口做生意，请一路关照。"高崇民着一灰绸布长袍，臂配招商局袖章，冒充船上的"管账先生"，李首春身着海魂服，扮作水手，丁汉章一身空军制服，手持他为自己开出的蒋介石具名的出差护照，可以搭乘陆海空的任何交通工具。两个青年护着一位长者，平安地抵达渤海湾的葫芦岛。当时国民党政府的东北行辕设在锦州。高崇民考虑一些国民党的接收大员也必麇集于此，其中不乏相识之人。为避免遇见熟人，他便同李首春、丁汉章分手，独自乘原船抵天津，改乘火车到北平，时间是 1945 年 12 月 22 日，从重庆出发整整走了一个月。就这样，高崇民顺利抵达营口，辗转回到安东，1946 年 3 月 16 日到任，担任东北解放区安东省政府主席。

助送电台

1949 年上海解放前夕，闵刚侯秘密加入了中国共产党，在经验丰富的资深地下工作者吴克坚领导的情报系统中，从事隐蔽战线上的工作。吴克坚（1900—1986），湖南省平江县人，出生在一个理发工人家庭，1924 年加入中国共产党，1928 年在上海加入周恩来直接领导下的中央特科；1929 年，负责保护我党在上海建立的第一个秘密电台；1932 年前往苏联学习，回国后出任中共长江局副秘书长兼周恩来随身副官；武汉沦陷后，吴克坚到重庆任中共中央南方局常务委员、《新华日报》总编辑等；1946 年后，被派往上海等地负责党的地下情报联络工作，侦获敌方大量重要情报。

闵刚侯帮助下运送到长沙的电台

在国民党政权即将覆灭之际，国民党政府由南京迁往广州，仍想稳住西南，做垂死挣扎，但又怕桂系挖墙角，蒋介石先派程潜任国民党长沙绥靖公署主任兼湖南省政府主席，意在钳制桂系。但蒋介石对程潜并不信任，又委派李默庵等来掌握湖南的实权。程潜早年追随孙中山，是老同盟会会员、国民党的元老之一，大革命失败后，一直反共，但在抗战胜利后，有所转变。1948 年 7 月，程潜回湖南之后，倡导湖南的局部和平，以附和桂系的和平呼吁。中共中央敏锐地看到这个情况，并判断有争取程潜和平起义的可能，果断指示上海的吴克坚迅速派他的助手周竹安去长沙，策动程潜起义，建立秘密电台与中共中央直接联络。吴克坚执行中央指示，同时派徐淡庐负责运送电台。

1949 年 4 月 10 日上午，吴克坚约徐淡庐在上海中央路 9 号接头，交给他运送电台的紧急任务。吴克坚交代：徐淡庐先去汉口见其情报系统武汉站负责人吴化之，由吴化之派交通员陪徐淡庐将电台运到长沙，交给周竹安；完成电台运送任务后，徐淡庐再去香港，通过我党在海外建立的一个外贸机构——华润公司找到潘汉年，将一位从中共东北局社会部调来的电台报务员送到长沙。

徐淡庐接受任务后，第一件事就是购买飞机票，但此时上海购买飞机票必须有特殊关系，他找到任国防部少将高参的阔少爷、川军潘文华部的郭军长之子郭大中，佯称有急事要乘飞机去汉口。郭大中一口答应，冒充蒋介石侍卫室人员，驾着凯迪拉克轿车来到航空公司，弄到了飞机票。4 月 12 日，徐淡庐飞抵汉口找到吴化之，但吴化之告诉他，潜伏在国民党空军的交通员梁宜苏未能及时赶到。徐淡庐想到周竹安要与党中央联络急需电台，刻不容缓。于是他不按吴克坚规定，决定亲自携带电台去长沙。徐淡庐通过关系，搞到国防部驻武汉第二兵站的过关免检证件和一套呢军服，伪装成国民党军官。15 日晨，他手提内藏电台的褐色皮箱上了火车，到达长沙又顺利出了站。初到长沙，他想到在上海经常住宿的青年会旅馆，就乘坐黄包车直奔长沙青年会。到达目的地，他按照吴克坚交代的地点——长沙建业银行，通过某职员找周竹安接头，谁知该职员一见他这身打扮，惊慌失措，徐淡庐见他神色慌张，迅速离开。

徐淡庐回到青年会旅馆，彻夜难眠，他想起吴克坚曾再三交代：一切以安全为重，情报工作的接头环节，最易发生危险。你万一接不上头，就立即返回上海，也算你完成任务。但徐淡庐又想到周竹安急需电台要同党中央联络，事关重大，不能就此返回上海，必须尽快向吴克坚请示下一步的行动方案，但一时又没有同吴克坚直接联络的方法。他苦思冥想，不禁想起在上海挂牌做律师的中共秘密党员闵刚侯和夫人柏心慧，闵刚侯则与吴克坚有直接联系。徐淡庐虽去过闵家，但未记住确切地址。他灵机一动，去邮局发了一份电报给闵刚侯的兄长、上海八仙桥协大祥布店总经理闵鲁西转柏心慧，电文埋怨说：你们硬要我到长沙跑一趟单帮生意，结果货物不对路，很难脱手，怎么办？并且硬着头皮将真实住址和姓名都写上了。闵总经理收到电报后意识到此事可能与其弟闵刚侯有关，马上将电报转给闵刚侯，闵刚侯看了电报后心领神会，立刻交给了吴克坚。其实，周竹安到长沙后没有与徐淡庐接上头，焦急万分，特意火速赶回上海。当时，周竹安正与吴克坚商量对策，忽然收到闵刚侯转来的电报，喜出望外。他们商议后，决定也采用公开电报回复：要徐"将货物交给去的人设法出售"。后来交通员梁宜苏赶到长沙，到青年会旅馆同徐淡庐接上了头，徐淡庐将电台安全交到梁宜苏手中。但此前的一番周折，足足耽误了大半个月的时间。

徐淡庐又马不停蹄赶到香港，在华润公司找到联络人老周。4 月 29 日上午通过老周见到潘汉年夫人董慧，晚上董慧带他到九龙雄鸡饭店见到了潘汉年。潘汉年因不了解运送电台的种种曲折的过程，责备道："报务员到香港快一个月时间了，这么久才来联系。"5 月初，徐淡庐带报务员乘飞机到广州，再送到长沙。

值得一提的是，在长沙起义的关键时刻，电台所起作用至关重要。程潜在仍握有重兵并占据大西南的白崇禧压力之下思想极度动摇，始终未能下定起义的决心。周竹安见机向程潜亮出身份，告诉程潜可以通过他领导的秘密电台同毛泽东联系。中共中央 7 月 2 日的电报，极大地稳定了程的情绪，坚定了程潜和平起义的决心。8 月 4 日，程潜和陈明仁宣布起义，长沙和平解放。这一历史事件中，当然有闵刚侯律师帮助联络、协助运送电台的一份功劳。1949 年 10 月 9 日，参与这次运送电台的部分人员吴克坚、吴化之、徐淡庐、闵刚侯、周竹安、报务员在北京香山相聚，合影留念。

策反陈铁

1948年11月，国民党在东北、华北战场接连失利，蒋介石感到大势已去、败局已定，但他不甘心失败，决定模仿他终生崇拜的曾文正公——曾国藩，大办民团，补充兵源，负隅顽抗。于是，在川、滇、黔三省成立编练新军司令部。1949年1月，任命曾任国民党第一集团军副总司令的陈铁，在遵义成立了第八编练区并任司令，编练新兵，拟编下辖四个军、一个军士教导总队。

陈铁（1898—1982），贵州遵义人，原名永桢，别号志坚，黄埔军校第一期毕业。他参加了北伐战争，历任国民党军营长、团长、第14军第85师师长。1935年4月授陆军少将。抗战开始，陈铁率部在河北保定与山西太原、闻喜、侯马、翼城等地，与日军浴血奋战，使敌人闻风丧胆。陈铁重视与八路军协同作战，保持友好关系，曾保护八路军干部往返洛阳、西安等地，经卫立煌介绍，与八路军总司令朱德、副总司令彭德怀来往、交流。1943年春，因“共嫌”，蒋鼎文奉蒋介石之命，逼陈铁辞去第14军军长职务。同年7月，陈铁以奔父丧为由，从西安回到贵州遵义家中。

正当陈铁受命在贵州湄潭、仁怀、遵义、正安招募成立军士总队时，国防部电召陈铁到南京，令他撤销第八编练司令部，去接任国防部次长之职，为陈铁拒绝，要求保留已经招募的军士总队，获得允许。陈铁提名陈德明任军士总队队长，陈永祥任副总队长，辖3个团，李益昌、李念荪、熊先煜分别为1、2、3团团长，明确军士总队由贵州绥靖公署补给。经蒋介石同意，国防部下令，编为第275师，归入何绍周第49军建制，同时，任命陈铁为贵州绥靖公署副主任。陈铁从南京回遵义时碰到原陆大同学陈又新，经陈又新引荐到上海会见了中共地下党员闵刚侯。陈铁向闵刚侯介绍了贵州倾向进步的朋友、遵义进步组织活动情况，闵刚侯通过细致的思想工作，晓以大义，要陈铁举义旗，反戈一击，为西南人民的解放事业做贡献，陈铁表示愿意回贵州策动各方面进步人士，为解放贵州、解放西南出力。其后，陈铁从上海飞抵重庆，回到遵义。陈铁回遵义后，军士总队长陈德明和李益昌、李念荪、熊先煜到家会见，陈铁向陈德明等四人说："这次给你们找到出路了。"要军士总队在解放军进西南时，在贵州起义。1949 年 11 月，中国人民解放军已进至黔东南镇远一带。第 49 军命令陈铁的第 275 师开赴黄平待命，部队到达黄平当晚，又接军部指令向开阳方向开拔待命。11 月 28 日，第 275 师开到金沙安底，在此，由师长陈德明代陈铁向全师官兵宣布通电起义。继后，第 275 师开往遵义龙坪，改编为中国人民解放军，归遵义军分区指挥。

1950 年初，陈铁受第一届中国人民政治协商会议全国委员会第二次大会特邀到北京出席会议，中共中央任命其为西南军政委员会委员、农林部部长、国防委员会委员，他当选为第二、三、四、五届全国政协委员，贵州省第一、二、三、五届人大代表、副省长和省第一、二、三届政协副主席，省林业厅厅长。1980 年元月，再次当选为贵州省人民政府副省长。1982 年 2 月 19 日去世，终年 83 岁。中共贵州省委统战部部长惠世如同志在悼词中说："陈铁同志富有强烈的爱国主义思想，参加北伐和抗日战争，反对外来侵略，坚持民族独立。抗战期间，曾与我党领导人有过接触，受到我党统一战线的感召，向往进步，并做了有益于革命的工作。解放三十多年，拥护中国共产党和社会主义，为完成祖国统一大业，为祖国四化建设，做出了积极的贡献。"这是对陈铁将军一生的总结和恰当评价，我们不能忘记陈铁将军高举义旗、通电起义的壮举中有闵刚侯律师的贡献。

郭老赠诗

1937 年 7 月，郭沫若离开蛰居十年之久的日本秘密回国，投身到全民族抗日的洪流之中。1938 年底，郭沫若到达重庆。与郭沫若同为日本九州帝国大学毕业生的闵刚侯，抗日战争全面爆发前从日本回国，先到上海，也于 1938 年底到达重庆。1939 年 12 月 31 日（即诗中所称“廿八年除夕”），曾在日本九州帝国大学留学的一批同窗举行团拜年会。聚会上，郭沫若赋诗一首，事后书写下来赠予闵刚侯，闵刚侯在战乱中一直把它带在身边。诗曰：

九大今中小野寺，诱和惯写怪文字。我辈恨之彻骨深，学部虽殊心不异。

同窗健者来巴岷，聚谈同乐气间间。可怜孺子号龙象，俯首附敌如犬驯。

流芳遗臭各千载，薰莸一器难同在。今晨闻刺丁默邨，明朝定死周佛海。

侈谈南阙贵公卿，闻警何人最心惊。防毒外衣兼面具，此公不便书其名。

廿八年除夕九大同学团年会上戏作，
刚侯同学嘱为之书。郭沫若。

第一句中，“九大”是指位于福冈的九州帝国大学（后更名为九州大学），创办于 1903 年，是继东京、京都之后日本国内设立的

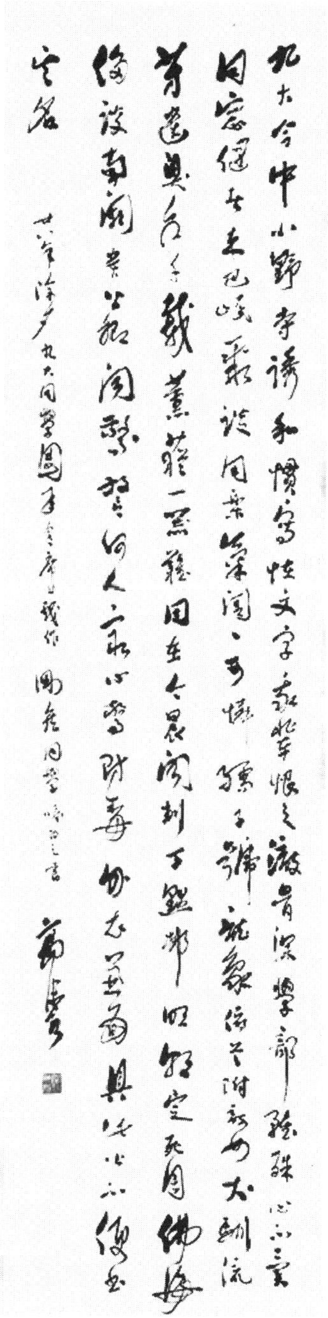

郭沫若抄录给闵刚侯的诗作

第三所老牌旧帝国大学，在一个多世纪漫长的发展过程中，一直稳居九州地区最高学府的地位。中日两国，一衣带水，各个时期前往该校就读的中国留学生不断。“今中”和“小野寺”均是该校教师，这两人坚持军国主义立场，经常发出侵华谬论，令爱国留学生对他们达到“恨之彻骨深”的地步。第四句中，“学部虽殊心不异”，是指参加聚会的九大学友虽然所学专业不同，但彼时爱国之心是相同的。但在历史关头，每一个人都不可避免地要进行道路的选择。在中华民族危亡之际，即使是曾经的留日学生，政治上的分野也必不可免，有的成为坚定的抗日战士，有的则沦为卖国求荣的汉奸，如曾就读东京法政大学的汪精卫、曾就读京都帝国大学的周佛海，都成为臭名昭著的大汉奸。“可怜孺子号龙象，俯首附敌如犬驯”，正是对他们无耻嘴脸入骨三分的刻画。郭沫若在诗中以“薰莸”（香草与臭草）不同器为比喻，明确表达了抗日战士与投敌汉奸之间誓不两立的立场。“今晨闻刺丁默邨，明朝定死周佛海”两句对仗工整，表现出的气势将全诗主题的呈现推至高潮。1938 年 12 月 18 日，汪精卫乘飞机逃离重庆，先抵昆明，后抵越南河内，已暴露出叛变抗日阵营的动向。经过一年多的运作，汪伪政权 1940 年 3 月在南京正式建立。在 1939 年底复杂的形势下，郭沫若诗作的最后两句点明伪装多时的汪精卫势必公开投敌，抗日阵营必须百倍警惕。郭老在诗中更指出，汪精卫若公开叛变投日，势必成为全民族的公敌，势必日夜处在“闻警”心惊肉跳的境地。

这首七言诗反映了当时抗战形势以及新出现的复杂局面，展现了在重庆聚集的一批抗日文化人的民族气节，表达了他们抗战到底的决心，同时对卖国求荣的汉奸进行了无情的鞭挞。而且诗中接连点名了五个反面人物，这在郭沫若的诗中并不多见。郭沫若在聚会后，特意将这首诗抄录送给闵刚侯，是对他坚持抗日救亡工作的鼓励和肯定。

如今，这幅宽 31 厘米、高 135 厘米的诗稿的纸页已微微泛黄，但字迹清晰，保存完好。随着时间的流逝，郭老这幅律诗书法作品具有的历史文物价值愈加凸显，闵刚侯的子女专程将其捐赠给抗战馆。他们表示，希望这件诗稿可以对公众展出，让更多的人了解并铭记那段历史，珍爱和平。值得一提的是，20 世纪八九十年代，有关方面在编辑出版 20 卷本的《郭沫若全集文学编》时，这篇诗文未能收入其中。目前，《郭沫若全集补编》正在编订，包括这首在内的一批精彩诗作将收录其中。

民主战士

自执行律师职务开始，闵刚侯利用合法身份积极参与革命工作，为争取民主、团结、和平而奋斗，为维护进步力量和群众的权益，坚持正义。

抗日战争胜利后，大后方的文化人士纷纷回到上海，并在共产党的领导下开展了反内战、争民主、求团结的斗争。当时，抗战以前的进步刊物早被查封，急需要创办一些进步刊物。在这种形势下，文化界知名的进步人士徐伯昕回到上海，就积极筹备生活书店复业，并约请郑振铎等同志筹办一个政治性刊物，团结进步作家和各阶层人民大众。为了继承邹韬奋先生办《生活周刊》的传统，刊物的刊头采用了邹韬奋的手迹，同时为了防止国民党反动派的迫害和便于登记，没有用《生活周刊》的名称，而改用“民主”周刊的刊名。《民主周刊》由郑振铎出面任主编，周建人、许广平、马叙伦、董秋斯、罗稷南为编委。闵刚侯则担任《民主周刊》的常年法律顾问，办理相关法律事务，保障了《民主周刊》的运行。

《民主周刊》

当年《民主周刊》的发行人王丰年回忆：1945 年 9 月间，由郑振铎同志出面，在鲁迅先生生前常去的一家酒店里，约请了一批上海文化界名人，正式宣布《民主周刊》即将出版的消息，请到会朋友们提供稿件。“当时会场气氛非常热烈，大家一致表示对《民主周刊》的支持。沈钧儒、沙千里、史良、闵刚侯 4 位名律师热忱同意担任周刊社的常年法律顾问。”

1947 年 2 月 9 日，上海三区百货业职工会发起的“爱用国货抵制美货筹备委员会”，在南京路劝工大楼召开成立大会。国民党特务捣乱，冲入会场，殴打职工，打死梁仁达，打伤数十人，造成“二九”惨案。事后，特务反诬该事件是民盟组织造成的，沈钧儒与罗隆基幕后策划，郭沫若、马叙伦出面实施。2 月 10 日，民盟发表声明，就“二九”惨案向政府提出严重抗议，要求政府一方面制止全国之恐怖压迫，一方面严饬出事地点之负责当局，对血案彻办，惩凶抚恤，以息民愤，而重人权。

2月12日，沈钧儒与邓初民等参加上海各界人民团体组织的“二九惨案后援会”，发表《二九惨案后援会宣言》，招待各界人士及新闻记者，抨击国民党的法西斯暴行，并表示要联合日益扩大的民主力量，用行动来抵抗暴行，制止反动。受上海三区百货业职工会聘请，闵刚侯与沈钧儒、沙千里、周新民、林亨元等十位名律师组成“二九惨案律师团”为上海工人斗争伸张正义。最后，国民党当局迫于舆论，对遇难者家属予以抚恤。

工作之余，闵刚侯经常发表进步文章，尤好考核法案故事，尝亲至浙江余杭县，搜求清末档案，以编写杨乃武小白菜奇案实录。闵刚侯国学基础扎实，有诗才，“能作小诗，亦清俊可亲”。他曾针对蒋介石政权抓壮丁、发动内战的行径，有感而发，写了一首七绝，诗云：“里巷纷纷说拉夫，新婚垂老尽惊呼。可怜日暮充前敌，同室操戈痛切肤。”读来颇具杜工部《三别》《三吏》的风格，控诉了内战给老百姓带来灾难与痛苦，表达了人民反内战、争和平的愿望。

（参考文献：孙彩霞著《柏文蔚传》，丘琴、白竞凡、高凌主编《高崇民传》，沈谱、沈人骅编著《沈钧儒年谱》，王大象著《徐淡庐：隐蔽战线的无名英雄》）

十一、“鲁氏三杰”之一鲁佛民律师

在中国共产党领导的新民主主义革命斗争中，先烈们前仆后继，忠贞不屈，英勇牺牲，出现了全家革命，满门忠烈的动人事迹。鲁佛民律师与他的两个儿子鲁伯峻、鲁广益（余修），投身革命，不怕牺牲，被誉为“鲁氏三杰”。

少年苦学

鲁佛民

鲁佛民（1881—1944），名琛，字献卿。山东济南市人，祖籍山东日照县关家庄，佛民为其别号，寓意“我不入地狱，谁入地狱”，以示自己为真理奋斗，不怕牺牲。他出生时，家道衰落，祖母双目失明，终年卧病不起；父亲鲁颂平在外地做事，母亲主持家政，兄姐均幼年夭殇。父亲鲁颂平为人正直、居官廉洁，在范县管理购买河工秸料时，经手十数万吊钱，他不但自己绝不从中牟利，而且不准仆从贪污一文钱，最后却被贪官污吏所逼，服毒自杀。父亲死后，鲁家又两次涉讼，加上祖母去世，家庭迭遭不幸，孤儿寡母备受欺负，景况相当凄凉。

鲁佛民七岁发蒙，至十四岁时，先后读《三字经》《百家姓》《千字文》《论语》《大学》《中庸》《孟子》《诗经》《易经》《尚书》《礼记》，接受封建传统教育，研习儒家经典，打下了扎实的国学基础。1893 年，十三岁时，亲朋因其母多病，又独户孤子，劝其早婚为宜。是年冬，与农家女孙氏结婚。1895 年 9 月，生长子广德，后名伯峻。

1896 年，鲁佛民迁居济南西关，只住两间半草屋，贫苦中坚持学习，随李漳光先生学《礼记》《左传》，兼读八股文，试帖七家诗。这年 12 月，鲁佛民母亲因病去世。鲁母张氏，性慈善，乐于助人，“有告贷者辄慨然予之，无吝色”。她对儿子痛爱备至，又训导甚严。母亲的去世，令鲁佛民悲痛万分，这一年，是他一生中最孤苦的一年。

1897 年秋，鲁佛民同与二三位学友，在西关东流水一带合租了半间房子，从秋到冬，日夜苦读。第二年，又从秦兆骏学作八股文、试帖诗，试作八韵，常常彻夜达旦，“邻人均以书呆目之”。该年发生了戊戌变法，他开始知道康有为、梁启超的名字。之后，他涉猎的书籍范围渐广，尤爱读清初方望溪、戴名世等人的文章。二十岁的时候，他认识到八股文是“愚民政策”，立志不作八股文，还写了一篇《罢艺论》表明自己的态度。这年秋冬，鲁佛民因肺病休养期间，认识了参加“公车上书”①、主张维新变法的举人周彤桂先生。

① 公车上书，是指在清光绪二十一年（1895），康有为与梁启超集结 1300 余名（一说 600 余名）举人，联名上书光绪皇帝，反对在甲午战争中战败的清政府签订丧权辱国的《马关条约》的事件。通常认为，公车上书是维新派登上历史舞台的标志，也是中国群众政治运动的开端。

周彤桂是济南闻人，崇尚理学，受其影响，鲁佛民开始研究宋明理学。这时，各地义和团运动的反帝斗争，给他以极大的刺激。

鲁佛民二十一岁时，为了家庭生计，开始充当塾师，教蒙馆。之后几年，他继续博览群书，新旧兼读，阅读了康有为的全部文章和梁启超的《饮冰室文集》、章太炎的著作以及《孙逸仙传》等等反映新观念、新思潮的书籍，开始接触革命思想，但认识比较模糊。

思想转变

1911 年，辛亥革命爆发，革命浪潮席卷全国，山东宣告独立。鲁佛民为革命热潮所激，立志参加革命。同年 12 月，他抱着一腔热血，只身离济赴沪。他对章太炎先生仰慕已久，非常钦佩，向章先生上万言书，想与其结交，一展素志。章太炎先生接书后，立派门人王绍鳌接待，得以屡次与太炎先生晤面，洽谈甚欢。而章太炎周边的人有排外观念，鲁佛民的志愿未能得酬。又值袁世凯窃国，一场轰轰烈烈的民主革命运动，终成泡影。鲁佛民黯然返济，同时，他也深切认识到自己缺乏专门学识，力图向新学发展。回到济南以后，经同学介绍，到北园小学担任教师。是年 5 月，次子鲁广益（余修）出生。冬天，鲁佛民考入山东法政专门学校。

1913 年，袁世凯先刺杀宋教仁于上海，后解散国会，积极筹备复辟称帝。鲁佛民激于政治上的义愤，自发地联合同学，组织学生会。他在学校公开讲演，揭露袁世凯窃国罪行，公开提出反对袁氏称帝，大讲民主政治。鲁佛民这些活动，被学生中的密探报告到山东省督府，军阀当局立即传讯校长，追查此事。幸亏校长识大体，爱护学生，坚决否认有学生登台演说反对袁氏之事，此事得以搪塞、平息。但济南许多报纸竟纷纷以“孙文黄兴余毒，传染省法政学校”

等话，对鲁佛民等人进行攻击。1914 年，鲁佛民从山东法政学校毕业，因成绩优异，获得奖状。但是鲁佛民鄙视名利宦途，不参加北洋政府的文官考试。

1916 年，袁世凯死亡，黎元洪出任总统。鲁佛民预料国家政治可能有好的转机，就在济南联合了几个法专同学，发起组织报社，创办《公言报》，以期对社会、国家有所贡献。鲁佛民主持笔政，每日撰写社论，鼓吹民主政治。对时政得失，则痛切言之，间或指责笑骂。

在办报的同时，为了解决生活问题，经友人介绍，他到山东高等检察厅学习做书记，一个月工资只有 10 元。1917 年春，他取得律师证书，开始挂牌开展律师业务。

《公言报》指责当政的言论，触怒了军阀当局。当时，新闻稿经警察厅审查后方准付印。鲁佛民对此十分反感，他联合同人，一致抗议，提出言论自由，人权岂可侵犯，更加激怒当局。警察厅派警把报社经理张思纬、编辑王金榜传去，进行审讯，并施以刑具。报社职工被捕多人，《公言报》被查封闭，鲁佛民因事外出得以幸免。这次事件，使鲁佛民认识到在封建军阀统治下，无民主自由可言。他立志要进一步寻求新知，谋取改革社会、革新政治之新途径。

随着俄国爆发了十月革命，第一次世界大战结束，中国以北京为中心掀起新文化运动。鲁佛民开始阅读《新青年》等进步杂志，接触了新思潮，他认为“陈独秀著文新颖，立论警辟，较胡适胜一筹，颇受其影响，思想上为之一变”。那时，鲁佛民时常在律师公会的机关报《山东法报》上撰写社论，颇为社会人士所注目，他开始从旧知识分子转向左翼的道路。

回收青岛

1919 年，北京爆发了轰轰烈烈的“五四”学生爱国运动，很快席卷全国，济南学生相继而起，纷纷响应。围绕着交还山东半岛及青岛问题，学潮逐步扩大与深入，形成真正的群众反帝反封建运动。鲁佛民焕发出爱国热情，毅然参加了学生运动，多次亲临街头讲演、散发传单，每次游行，都是走在群众的前列，有时深夜潜赴各校讲演。鲁佛民和学生紧密团结，与山东学生联合会发生最密切的联系，指导该会工作，深受青年学生的信任和拥护，但被反动军阀和亲日分子视为眼中钉和危险人物。

6月，由省议会、商会、学生联合会、教职员联合会等团体，组织83人的“山东各界代表赴京请愿团”，鲁佛民被推为教育界代表之一。在总统徐世昌接见时，慷慨陈词，要求政府收回青岛。在京期间，鲁佛民到北大走访山东籍学生及李大钊。经他们指导，鲁佛民的思想有了明显提升，深切体验到群众力量的伟大，坚定了为民主革命奋斗的信心。回到济南后，继续进行抵制日货的运动。当年，他的妻子孙氏病故。1920年秋，长子鲁伯峻从师范讲习所毕业，任农村教师，家庭生活渐渐宽裕。

1921年11月到1922年2月，在华盛顿举行有美、英、法、意、日、葡、比、荷和中国九国参加的会议，会上决定将青岛由日本交还中国，北洋政府派王正廷任鲁案督办，在北京和济南设督办公署，办理接收青岛事宜。山东各界联合会推代表赴京参加接收青岛工作，鲁佛民为首席代表。会议期间，他列席鲁案会议，代表山东民众监督办理接收青岛事宜。鲁案会议，我方代表是王正廷，理事为颜惠庆、顾维钧、王宠惠；日方代表为日本驻华大使小幡酉吉。会议从1922年6月开始，直至1923年1月结束，每在交涉过程中，遇有损及国权之处，或有瑕疵的，鲁佛民即代表民意“抗言责喝，忠实于国家民族利益的原则”，王正廷等人非常畏忌。

参与鲁案交涉时，鲁佛民保持与旅京的山东国会议员丁佛言、刘冠三、于沐尘，省议会议长王鸿一及山东在京的学生联络，发动他们到鲁案督办公署向王正廷示威，施加压力。王正廷见状，惶恐万分，害怕被打，调动了全署杂务人员来保卫他。但王正廷知道山东群众力量不可侮，所以，在谈判中，他对日本无理要求不敢让步，后小幡酉吉回国，遭到国内舆论抨击。鲁案成功办理结束时王正廷说：真佩服山东代表（指鲁佛民），真正是为国家民族着想，真正是为社会服务，非乘机谋利禄之徒。

王正廷是一个洋奴式的买办政客，企图接收青岛后，与日本人勾结专利经营商业，并派其心腹袁良去青岛活动。山东代表们发觉后，鲁佛民就在《益世报》上写文章揭露了王正廷这一阴谋活动。不久，袁良被驱逐，王正廷被撤职。北洋政府改派山东省长熊炳琦兼胶澳商埠督办，鲁佛民等人被推荐去青岛督办公署工作。

与党联系

1923 年，山东党组织派邓恩铭去青岛开辟工作，邓恩铭经鲁佛民的长子鲁伯峻介绍认识了鲁佛民。青岛地下党组织除邓恩铭外，还有延白真、陈文其等人，他们积极在政治思想上帮助鲁佛民，同时，鲁佛民利用合法身份掩护党的工作。这时，鲁佛民才真正和中共发生联系，而且和青岛地下党组织建立了亲密的关系。1925 年关向应去青岛工作时，他与鲁佛民也经常来往，鲁佛民的次子余修经关向应介绍参加了共青团。这时，鲁佛民的政治生命发生一个新的转折，是决定他后来走上革命道路的关键。此后，他在中国共产党的领导下，竭尽自己的力量为革命做出贡献。

在孙中山三大政策推动下，实现了国共第一次合作。1924 年，邓恩铭等组织建立国民党青岛市党部，介绍鲁佛民加入国民党，在市党部担任领导工作，建立了下层组织，在店员职工、电话生、司机、报社排字工人、贫苦知识分子、小学教师当中开展党的工作，发展了一批党员。鲁佛民还利用自己在督办公署的合法身份，和青岛最大的书店中华书局建立代销关系，从党主办的上海书店、民智书局等购买了大批革命书刊，如《中国青年》《向导》《唯物史观》《共产主义初步》，以及孙中山先生之《三民主义》《建国方略》《国民党第一次代表大会宣言》等，公开陈列出售，传播革命理论知识。

1923 年 11 月，孙中山提出召开国民会议，1925 年 1 月，国民会议促成会正式成立。孙中山委派王尽美为特派员到青岛，宣传并组织国民会议促成会。1 月 17 日，王尽美召集在五州大药房开的筹备会上，推举鲁佛民为主席。3 月，国民会议全国代表大会在北京召开，鲁佛民作为青岛代表，赴京参加会议。在会议上他结识了著名的共产党员江浩源（江浩）、于树德（于永滋）、赵世炎、安体诚等，他们朝夕相聚，政治见解颇为一致。

孙中山先生肝癌病复发，抱病在京，戴季陶、吴稚晖在中央公园来今雨轩招待全体代表时，报告了孙中山病情，后推鲁佛民等代表数人去东城铁狮子胡同行辕慰问孙中山先生。3 月 12 日，国民会议促成会正在开会时，传来孙中山先生逝世的噩耗，鲁佛民参加了与会代表发起的在中央公园社稷坛举行的追悼会。王尽美因奔走国民会议促成会，积劳成疾，肺病复发，病势日危。鲁佛民以极深厚的革命感情，逐日到医院探视，并资助医药费用。8 月 19 日，王尽美逝世于青岛，鲁佛民操持装殓，会同党组织派人把王尽美遗体运回他的原籍安葬。

鲁佛民在担任国民党青岛市党部领导工作期间，国民党右派进行各种干扰、牵扯，鲁佛民与他们进行了坚决斗争。他以自己在督办公署的合法身份，主动地、积极地开展工作。在市内办了一所育英小学，在四方办了一所三义小学，这两所小学里面安排了许多共产党员和国民党左派党员。这两所小学也就是当时党的秘密活动地点，关向应、赵玉璋、项玉敏、于佩贞、朱岫蓉等党组织的负责人都在那里住过。四方三义小学还办工人夜校，开展对广大工人的组织宣传。1925年秋，省委派鲁伯峻同志到青岛，在鲁佛民同志协助下，成立阎家山工人子弟小学，建立了党的沧口一带工人支部。为了和国民党右派斗争，鲁佛民团结“左倾”分子，组织了“三民主义学会”，出任学会的总领导人。

1926年1月2日晚9时，四方的党员正在小学里开会，突遭戒严司令部包围，当场捕去6人，并牵连到育英小学，次日早上4时，警察局又逮捕了育英小学校长王介山，抄去了三民主义学会的名册，鲁佛民同志涉及重大嫌疑。在当时情况下，以鲁佛民在青岛的地位和关系，仍可继续保持工作职务，但他并不留恋名位，一心想做一个职业革命家，便出走青岛，绕道大连，潜赴北京。

1926年春初，鲁佛民抵京后，政局有新的变化，相继发生了冯玉祥驱逐退位的末代皇帝溥仪出宫、“三一八”惨案、段祺瑞政府镇压革命并通缉大批名流学者、冯玉祥退兵南口、奉系军阀入京等等重大事件。革命同志相继离京，鲁佛民也离京返济。

光荣入党

1926年，盘踞齐鲁大地的是反动军阀张宗昌，他自称绿林大学毕业，政治上暗无天日，公开贪赃卖法，贼害人民。他反对“赤化”，实行恐怖统治，革命志士时遭杀害。当时正处北伐战争前夕，长期在军阀高压之下的山东广大工农群众，十分向往革命，群众运动日趋高涨，山东党的工作发展很快。产业工人集中的城市如济南、青岛、淄博等，农村如潍县、益都、寿光、鲁西诸地，都先后建立了党的组织。党中央相继派吴芳和关向应担任领导，加强山东的工作。

鲁佛民回到济南后，和早已参加革命工作的两个儿子鲁伯峻、余修商议，决定在济南定居下来。鲁佛民即在西关制锦市街租赁了一所宽绰的院落，挂起律师事务所的牌子，以律师身份掩护党的工作。

事务所的政治环境十分恶劣，后邻是军阀褚玉璞的官邸，对门即为军署谍报科科长的住宅，四邻多为军警工作人员的住宅，最危险的地方往往最安全。他的事务所几乎每日都有党的负责同志和各地来省委接头的同志出入，关向应经常骑脚踏车来往；省委也时常在此通宵达旦地开会，文件、书籍、宣传品都存放在事务所内，印刷机关也在这里，事务所俨然成了共产党的省委机关。关向应、延白真、吴芳等同志经常借宿于事务所，他们对鲁佛民同志讲述政治形势、党的政治主张，进一步提高了鲁佛民的思想觉悟，使他深刻认识到只有依靠中国共产党来领导，才能完成民主革命的历史任务，才能救中国，他的革命精神更加坚定，他决定把一切都贡献给党的革命事业。1926 年 10 月，由山东省委书记吴芳介绍，鲁佛民加入了中国共产党。曲折坎坷地探索了几十年后，鲁佛民在年近半百的时候，终于找到了归宿，成了一名光荣的无产阶级战士。

北伐军节节胜利，攻克武汉。党组织派鲁佛民去武汉工作。1927 年春节后的晚上，鲁佛民由济南出发经上海去武汉，他的两个儿子鲁伯峻、余修到车站送行。临别之际，鲁佛民谆谆嘱咐鲁伯峻，身处危境，要有敌情观念，提高警惕；如果一旦不幸落入敌手，应当忠诚于革命，誓死保卫党的利益。

到上海后，鲁佛民见到党中央的秘书长、军委参谋长王若飞。

王若飞很器重鲁佛民的学识才能，介绍他去武汉党部，指示让他去河南做军事工作。鲁佛民到武汉时，正是国民党中央党部迁到武汉不久，各部亟待充实干练的干部，而河南军事工作组织已结束。因此，组织决定介绍鲁佛民到国民党中央党部商民部任秘书。在商民部时，因部长不过问部政，鲁佛民实际承担了全部工作。后来，鲁佛民同志还在军事委员会经理处任秘书，协助筹备组织，颇多贡献。这时他正值壮年，精力充沛，不知疲倦地夜以继日地工作。就在这时，传来了他的长子鲁伯峻在山东济南被军阀张宗昌杀害的噩耗。他虽如失一臂，但强忍悲伤，坚持工作。不久，鲁佛民的妻子和次子余修在山东也不能立足，随山东省委负责同志来到武汉。

1927 年 7 月 15 日，汪精卫发动反革命政变，国共分裂。党组织决定一部分干部撤赴苏联，一部分转到江西。组织上考虑到鲁佛民年龄较大，已经留了胡须，而且家眷在汉口，不那么引人注目，决定不要他撤出，继续留在国民党中央党部内，掌握信息。鲁佛民服从决定，虽身在虎穴，仍十分镇静，每日白天到国民党中央党部上班，晚上到党的机关汇报相关情况、动态。但山东籍国民党右翼分子，忌恨过去遭受鲁佛民打击，唆使山东籍国民党员韩方正罗织罪名，向国民党中央党部控告鲁佛民私吞巨款。为安全计，组织上决定鲁佛民离开武汉，他即于当日晚搭英国太古轮船公司长江轮离开武汉，经上海，回到青岛。1927 年 9 月，国民党中常会决议开除鲁佛民的党籍。

奔赴延安

鲁佛民蛰居青岛期间，仍担任转递中央和省委秘密信件工作。因鲁佛民曾长期在青岛工作，敌人对他的情况极为了解，难以长期隐蔽。组织上安排他去平津，谋求公开职业，长期隐蔽，以待时机。1928年春，鲁佛民同志到北京，但一直未能和组织接上关系，后来因党组织遭破坏，鲁佛民与党失去了联系。当时，鲁佛民在北京“无职业，无旅费，困顿不堪”，他只得改名鲁贤廷，以教家馆维持生活。次年，他的次子余修也因受到国民党的通缉，与其继母一同逃来北平避难，他们一家三口，过着亡命生活，生活异常困苦，如是者达三年之久。1932年，经早年的学生张郁光介绍，鲁佛民去私立志成中学任国文教员，才有正式职业和固定收入。1933年，大革命时代的共产党员于永滋（于树德）、李锡九都回到北平，鲁佛民和他们时有来往，志趣相投。这年秋季，于永滋介绍鲁佛民又去艺文中学任课，李大钊的女儿正在艺文中学读书，鲁佛民接近她，希望找到党的关系，但未能如愿。

1935年发生“一二·九”“一二·一六”学生抗日救亡运动，鲁佛民参加了北平文化教育界的救亡团体。此时，他与吴承仕、齐燕铭、黄松龄、孙席珍、张郁光等进步人士时有来往，蕴藏多年的革命激情又开始爆发。1936年春，北平国民党反动当局，曾大肆逮捕进步学生，镇压学生运动，他的次子余修也遭逮捕。他联络社会名流，奔走营救爱国青年。

鲁佛民由于接近左翼教授，得以不断读到北方局出版的党刊《长城》《人民之友》、巴黎出版的《救国时报》及延安的《解放》等报刊，后又读到北平翻印的斯诺著的《西北印象记》（即《西行漫记》），因此，鲁佛民去西北苏区的决心日渐迫切。

1937年七七事变发生后，鲁佛民下定决心到西北，7月中旬从北平动身。经张苏同志介绍，先到西安办事处晤叶剑英，在叶剑英安排下乘八路军的汽车，于8月11日到达延安。8月15日，毛泽东接见了鲁佛民一小时。他早在武汉时见过毛泽东，这次重逢，他倍感亲切。毛泽东认真听取、摘要记录了他介绍的过去情况后，称他“十年不变，尚有政治节操”，并亲笔书写介绍便信，让鲁佛民去土地部与王观澜接洽，鲁佛民的当天日记记述了接见情况。之后，鲁佛民到徐特立主持的教育厅任秘书工作。

1938 年春，鲁佛民调到陕甘宁边区政府秘书处工作，担任对外文件及法院重要案件处理，并领导直属县及保管文卷等工作。后组织上因考虑到他年事已高，照顾他的健康情况，减轻工作量，分配他专管法院及对外文件的处理。10 月，经组织批准重新入党，鲁佛民颇为高兴，延安窑洞中生活虽然艰苦，但他工作和学习积极性很高，他以“有一分热，发一分光”自勉。

延安地处西北高原，气候、生活习俗与沿海差异较大，对老年人有诸多不适，加之鲁佛民办事认真负责，积劳成疾，1939 年春起抱病，咳血失眠，神经衰弱，虽经医生精心治疗，但病情不稳定，时愈时差。他却集中精力，仍坚持每周到大礼堂听课一次，学习党建党史不辍，过组织生活、参加小组会等，从未缺席。1940 年病体渐康复，仍分管教育厅和法院工作。除工作外，延安干部学习风气浓烈，鲁佛民深知理论之重要，坚持学习马列主义、联共党史，虽于烈日朔风中，未有间断，学习自强之心，从未稍有松懈。

1941 年，林伯渠、谢觉哉等，倡议成立“怀安诗社”，鲁佛民积极参加。他不仅是革命者，还是具有时代感、使命感、历史感和艺术感的诗人。延安时代的生活，激荡着他的心灵，他用旧体诗热情地讴歌。1942 年抗战进入最困难时期，党中央开展整风学习，他抱定“朝闻道，夕死可矣”的精神，学习整风文件，自觉改造自己的世界观。他从 1942 年起患心脏病，仍竭尽衰颓的精力一丝不苟地从事工作。1943 年，鲁佛民出任边区政府法制委员会委员，兼边区银行法律顾问，对于边区教育、立法等项工作，均有建树。

1944年5月，鲁佛民同志患病不起。病危时，林伯渠、谢觉哉、李维汉等领导同志亲往探视，他仍表示："只要我一息尚存，当矢志以衰老之年，努力为革命奋斗到最后一分钟。"

垂危时，问他有什么遗嘱，鲁佛民说："我一生言行，是对后人最好的遗嘱。"临终时勉其次子余修继其遗志为革命奋斗到底。弥留之际，不断念诵"无可奈何花落去"的诗句，恨未能亲见日寇受降。5月18日3时，鲁佛民于延安中央医院逝世，终年六十四岁。延安各界为他举行了追悼会，吴玉章代表党中央致悼词，高度评价了佛民同志革命的一生，遗体安葬于延安烈士陵园。

鲁佛民的长子鲁伯峻是山东早期的工人运动领袖，牺牲时，任中共山东省委领导人；次子余修，早年参加学生运动，担任中共山东省委地下交通员，解放后任山东省人民政府副省长。鲁佛民、鲁伯峻、余修父子三人，被称为"鲁氏三杰、满门忠烈"，在党史留下了一段激励后人的佳话！

附：鲁佛民诗抄（三首）

无　　题

一九二三年七月二十六日

欲海茫茫漫无限　一念扁舟渡我身
好仗柁橹驾驶稳　不惮风浪万千寻

偶　　感

而今四海竟为家　漂泊半生抛岁华

休夸早岁通三教　自笑暮年学八叉
壮子无心涂画稿　老妻故意插瓶花
神州定有澄清日　独立凉山看落霞

夏日午睡

六月枣花香　洞居语爽凉
夕朝气候异　旁午雨风扬
鸡雏寻阴憩　乳鸭戏水狂
睡余山寂静　奚事话羲皇

（参考文献：郑则著《鲁佛民》、余修著《鲁佛民同志传略》）

十二、共产党不会忘记的老朋友吴凯声律师

20 世纪八九十年代，在上海万航渡路 269 弄 40 号的老房子里，住着一个老人，他举止儒雅，气度从容，眉宇间流露出非凡的过往，邻居们都尊敬地称呼他为吴先生。但大多数人不知道他是与世纪同龄的人，更不知道民国时期他那叱咤风云的岁月，折冲樽俎，是一代外交家、名律师。解放后，他历经坎坷，却在改革开放年代依然活跃。他就是近现代中国政治、外交、司法的亲历者和见证人——吴凯声大律师。

吴凯声

吴凯声（1900—1997），号丹农，江苏宜兴人。1922 年毕业于上海仓圣明智大学，赴法留学，获里昂大学法学博士学位，1926 年春归国，在上海开设律师事务所。吴凯声刚入行律师时，虽然初出茅庐，但是那时候“留法法学博士”凤毛麟角，何况他能用英语、法语

出庭辩护，是最早在法租界会审公廨出庭的中国律师之一，他还兼任上海法科大学教授。这些经历与头衔足以使他在律师界出人头地，他很快成为上海滩的“头牌律师”。“当年他与人谈话两个小时可得一根金条，办两件小案可购一辆小汽车”，著名作家叶永烈在《“民国大律师”吴凯声》一文的开头，三言两语就勾勒出这位大律师在业界如日中天的声誉与显赫一时的身价。

留学法国期间，吴凯声与周恩来、王若飞等相识，20 世纪 20 年代末 30 年代初，周恩来领导的中共中央特科开展地下革命斗争，为营救被捕的革命同志，常常委托吴凯声律师提供法律服务。1932 年，宋庆龄、蔡元培、杨杏佛、鲁迅等发起组织了中国民权保障同盟，杨杏佛为同盟总干事，吴凯声是同盟成员，担任同盟的法律顾问。吴凯声律师坚持正义，积极为革命志士提供法律帮助，营救共产党人。

钟志刚案

钟志刚是一名来自浙东的青年学生。1927 年某日，他路过南京路，看到一个英籍的租界巡捕，正手执警棍，殴打一名黄包车夫，打得他头破血流，跪地求饶，但这英国佬还狠狠地用脚踢他。钟志刚路见不平，挺身而出，对着那英国佬喝道：你竟敢这样欺侮我们中国人！住手！再打，我就揍你！那英国佬在中国作威作福欺凌百姓惯了，见钟志刚向他厉声吆喝，根本不当一回事，反而恼羞成怒，一边破口大骂，一边拳打脚踢，打得黄包车夫仰面跌倒在地。钟志刚见状血气上涌，忍无可忍，猛扑上去对着英国佬就是一记耳光，又击两拳。堂堂的英国人当众遭中国人刮耳光、击拳头，这还了得?！英国佬立时气急败坏，暴跳如雷，当他猛舞警棍正要反击时，见一群围观的华人正对他竖眉暴目而视。他见众怒难犯，就吹响警笛，一群华籍警察、红头阿三闻讯跑来，不问青红皂白，将钟志刚抓走。次日，钟志刚被移送公共租界会审公廨，并以妨碍公务罪和殴伤巡捕罪被起诉。钟志刚只身来沪求学，孤立无援，事已至此，只能如砧板上鱼肉任人宰割了。这个小小的案件，会审公廨初级法庭竟然当庭判处钟志刚有期徒刑三年！

远在浙东的钟志刚父母闻讯，深感冤屈，又气又急，却苦无良策，经亲友指点，决定向吴凯声律师求助。当时会审公廨有规定，被告人不服初级法庭判决，可在十天内提出上诉。吴凯声听完钟氏夫妇陈述，意识到钟案判决不公，便接下了此案，并立即为钟志刚写了上诉状送到会审公廨。在上诉法庭开庭时，吴凯声将受伤的黄包车夫和当时一些目击证人找来并带至庭上，准备作证。吴凯声首先郑重声明，钟志刚无罪，不应受到刑事处分，钟志刚阻止英籍巡捕殴打同胞是正义行为。至于所谓钟志刚殴打该英籍巡捕一节，没有留下任何伤痕，更没有伤势证明，仅有捕房巡捕作证，证据不足。接着，他进一步指出，那位英籍巡捕无故殴打黄包车夫而不听劝阻，这不仅触犯中国法律，同时也触犯英国法律，这是犯罪行为，此点，请书记官记录在案。该英籍巡捕殴打他人的犯罪事实，现有被害人黄包车夫与在场的目击者可以作证，现在我代表被害人钟志刚、黄包车夫及其家属，向法庭控告。

吴凯声发言完毕后，又经审判长允许直接向钟志刚问话，问道：钟志刚你是否打过巡捕？钟志刚聪明伶俐，听了吴凯声刚才的声明，早已心领神会，马上回答，我只是举拳头，并未动手打他，紧接着他又讲我年纪小，个头也小，巡捕是个成年人，个子又高大，还是个英国人，我怎么也不敢去打他。随即吴凯声又向钟志刚询问：英籍巡捕殴打黄包车夫，你是否亲眼所见？钟志刚答道：我亲眼看到。

那巡捕对黄包车夫用警棍猛打，用脚乱踢，黄包车夫被打出了血，打成了伤。吴再问：英籍巡捕殴打黄包车夫之后，情况又怎样？钟答，我看到黄包车夫跪地求饶，巡捕还不罢手，反而将他踢倒在地上。后来，他们将这个受伤的黄包车夫丢在一旁，没有送去医院治疗，又把我抓进捕房关了起来。吴凯声问毕，又转向庭上："所谓英籍巡捕被钟志刚打伤一事，请问有无验伤单在卷？"审判长利索而又仔细地将案卷查看了一下，没有找到，便向吴凯声回答："没有医生验伤证明。"吴凯声随即要求法庭核实钟志刚当庭所述各节是否确实，有无补充。庭长遂向钟志刚核实，钟说我以上所讲，句句真话。接着，庭上请被告律师吴凯声发表意见，吴凯声慷慨陈词："巡捕是执法者，应当带头遵守法纪。该英籍巡捕知法犯法，当众行凶，殴伤车夫，显系触犯刑律；行凶后对伤者不做救护医治等处理，更无人性，违背人道；又嫁罪于劝阻者钟志刚，尤为恶劣。大英帝国乃法治国家，岂容放纵犯罪行为？本律师要求法庭将该英籍巡捕立即移送英国上海按察司惩办！"接着激昂道："至于钟志刚，所谓殴打该英籍巡捕，既无物证，也无合法人证，指控不能成立。何况，钟志刚尚未成年，依法不能处刑。为此，我要求法庭宣告被告钟志刚无罪！"之后法庭经合议，采纳了吴凯声律师的意见，庭长当庭宣告钟志刚无罪，另宣布关于涉案英籍巡捕殴打黄包车夫一案，本庭无权审理，着即移送有关法院另行处理。

为钟志刚一案辩护，显现了吴凯声律师的正义感和娴熟的法庭辩护艺术。钟志刚恢复自由后，终生不忘吴凯声律师，几十年来常在友人中提起这位大恩人。

陈延年案

1927 年 6 月 26 日上午，陈延年、赵世炎、郭伯和、韩步先等人

陈延年

在北施高塔路恒丰里104号（现山阴路69弄90号）召开中共江苏省委成立大会。会上，王若飞传达了中共中央的任命，陈延年任中共江苏省委书记，郭伯和任组织部长，韩步先任宣传部长，赵世炎到中央工作。突然，陈延年接到报告，一位交通员被捕了，他知事不妙，那位交通员知道这个会址，即与王若飞、赵世炎等商量后，宣布散会，提醒同志们小心谨慎，以防万一。下午3时，为销毁文件，陈延年等人冒险回到恒丰里104号，在焚烧办公室内秘密材料时，被上海警备司令部的大批军警包围，陈延年、郭伯和、韩步先、黄竞西被捕。叛变了的交通员不认识陈延年，当时陈延年身穿短衣，裤腿上扎着草绳，自称是受雇到这里的厨房师傅，名叫陈友生，敌人将陈延年看成普通的嫌疑人，押往龙华监狱，陈延年的身份没有暴露。

中共地下组织得知陈延年等被捕，立即开展营救。王若飞写信给陈延年在法国勤工俭学时的好友刘方岳，请他设法营救，刘方岳便委托吴凯声律师。吴律师与陈延年有一面之缘，知道他是陈独秀之子，共产党人、重要的革命领导者，出于同情革命，慨然应诺，同意接办。

当天，吴凯声派出律师事务所的人员到各巡捕房、警察局去了解情况，他们在闸北区警察局的预审档案里看到了一份材料，上面说：“一自称陈友生者，皮肤粗黑，身穿短衣，裤脚扎有草绳，很像是干粗活的人，彼云是房东家烧饭师傅，警察局抓错人了。”吴凯声因之前见过陈延年，对他的体貌特征有印象，再综合了其他方面汇集来的信息，便确认了这个自称陈友生的人就是陈延年，并判断出其尚未暴露身份，又从其他案卷上了解到陈延年被军警包围时拿起桌椅搏斗，击伤两个军警等情况。吴凯声立即将这消息告知刘方岳，并告知军警因陈“凶狠”，要给陈吃点苦头以泄愤，一时不会放人，不过他已向巡官塞了点钱，估计过几天就会放人，请刘方岳安心等待。吴大律师一出马果然不一般，短短时间内就掌握案情并安排妥帖，刘方岳敬佩之余连声感谢。吴凯声知道这是件急案，应当速战速决，如果拖延时日，容易露出破绽，将危及陈延年生命。为保险起见，他委托原来的律师业务合作伙伴郑毓秀大律师直接去找闸北区警察局长疏通关节放人。郑毓秀与这位局长是广东同乡，这局长平时对郑毓秀律师十分钦佩，她出面疏通，事情更有把握。吴凯声非但从内里进行营救，而且在外界营造声势，他在各种交际场合有意放出话去，说国民党要得民心，必须释放无辜被捕的人，又在侧面起到助推作用。

陈延年即将出狱之际，发生了一件意想不到的事情，使吴凯声律师的一切努力化为乌有，整个营救计划失败！

原来，在刘方岳、吴凯声全力营救陈延年的同时，另外还有人在营救。陈延年被捕后，与陈独秀有世交的上海亚东图书馆经理汪孟邹突然收到了上海警察局寄来的一封信，虽然此信署名陈友生，但汪孟邹从字迹认出是陈延年。接信后，汪孟邹心急如焚，立即去南京恳求他与陈独秀共同的同乡好友胡适设法营救，胡适满口答应。遗憾的是汪、胡并不知道陈延年没有暴露身份，而将“陈友生”误读为“陈姓朋友所生的人”，以为陈延年在暗示自己是他们朋友陈独秀的儿子。胡适就连夜写信给他的老友吴稚晖请其相助，胡适想陈延年、陈乔年兄弟是吴稚晖出面资助、组织赴法勤工俭学的学生，吴陈之间有师生情谊，只要这位国民党元老出面说情，事情就成了。谁知因信仰分歧，陈延年、陈乔年与吴稚晖早已决裂，分道扬镳了，陈独秀曾骂过吴稚晖是老狗，吴稚晖记恨在心，接信后便出卖了陈延年。时任上海警备司令杨虎在当初还不知已抓到陈延年，吴稚晖来函向他告密，不禁大喜。其时，中共江苏省宣传部长韩步先在严刑拷打下叛变，供出“烧饭师傅”的真实身份是陈延年。吴稚晖告密和韩步先叛变，使一切都无济于事。

吴凯声得知变故后，不觉大吃一惊。他立即与郑毓秀驱车去闸北警察局，想做最后的努力，以非常手段，采取紧急措施，向警察局长许以巨金，立刻带走陈延年，不料，两人扑了个空，陈延年已被押解到上海警备司令部去了。

面对这突如其来的变故，地下党组织也无应对良策，刘方岳恳切请求吴凯声出庭担任陈延年的辩护律师，要想尽千方百计救出这位年轻的革命精英。担任陈延年的辩护律师，要冒极大风险，吴凯声出于对民主自由的热烈追求，出于对革命青年的敬佩和爱惜，出于律师的神圣职责，他没有推脱，而是毅然担当起这个重托。7月底的某天，上海国民党军事法庭开审陈延年，吴凯声出庭辩护，慷慨陈词，力辩达一小时之久。可是在法西斯的法庭上，即使有据有理的辩词也怎能抵得住当局的一纸指令，法庭判处陈延年死刑，连上诉的权利也被剥夺了。第二天，陈延年在龙华刑场被秘密枪决，壮烈牺牲了。

营救廖承志、陈赓等人

营救廖承志、陈赓、罗登贤、余文化、陈藻英（谭国辅）是一个集体行动，有宋庆龄、杨杏佛、沈钧儒、吴凯声等多人参与。宋庆龄、杨杏佛、沈钧儒等人以他们的影响力，在庭前庭后探监、与当局交涉、施加压力，为营救创造条件，而吴凯声律师主要任务是直接参加庭审，担任辩护人。

廖承志

1933年3月底的某天晚上，杨杏佛来到辣斐德路（今复兴中路）612号吴凯声寓所。杨杏佛是著名的资深民主人士，曾任孙中山秘书，1932年，他与宋庆龄、蔡元培和鲁迅等发起组织了中国民权保障同盟，并被推举为总干事，吴凯声为中国民权保障同盟成员与法律顾问。杨杏佛告诉吴凯声，何香凝之子廖承志于28日被逮捕，一起逮捕的还有罗登贤、余文化两人，现关押在老闸捕房，他随即介绍了廖等详情。杨杏佛郑重道：我衔廖夫人、孙夫人、蔡元培先生之命，特来聘您为辩护律师，出面营救廖公子等三人。吴凯声当即允诺，并慨然答道：营救被捕的中共党员和民主人士是我们同盟的光荣职责，以前已经多次这样做了。我是同盟法律顾问，营救廖公子等人，义不容辞！接着，杨杏佛又说，另外还有两位爱国人士，是一对兄妹，哥哥叫陈赓（化名陈广），妹妹叫陈藻英，已先期在24日被公共租界逮捕，将与廖等三人同庭受审，接着介绍了陈氏兄妹的详情，同时也要求吴凯声担任辩护律师并大力营救，吴凯声也一口答应。

吴凯声律师接受委托后，立刻召集所内的几位律师，组成律师团，做了分工，吴凯声本人和马常律师担任廖承志及陈赓兄妹的辩护律师，蔡晓白、陈炳煜等担任罗登贤、余文化的辩护律师。接着，吴凯声到老闸捕房会见廖承志和陈赓。廖承志早闻吴凯声大名，并知道他是中国民权保障同盟法律顾问，又是他母亲的朋友，也清楚他是一位一向支持革命的进步民主人士，再加经吴凯声本人说明，得知他是受母亲和宋庆龄、杨杏佛等恳托前来担任辩护律师的，便十分信任地将一切情况和盘托出，两人又对案子做了一番分析、商议，最后，廖承志签署了委托书交给吴凯声。接着，吴凯声会见了陈赓，他做了自我介绍，说明这次受中国民权保障同盟的委托，出庭为陈氏兄妹辩护，他一定依法保障民权、伸张正义，请陈赓放心。陈赓听了很高兴，表示谢意。吴凯声又向陈赓了解了被捕的原因、地点和时间等案情，陈赓因在作战中负重伤，来沪治疗，因叛徒张阿林告密，与陈藻英一起被捕。吴凯声问毕，也请陈赓签署了委托书而离去。之后，他又与何香凝、杨杏佛等一起商谈辩护方案，敲定细节，做好一切准备，等待开庭。

廖承志被捕案一经报载，成为舆论焦点，全国关注。老闸捕房不得不把此案移交江苏省上海高等法院第二分院公开审理。3 月 31 日下午二时，正式开庭。法庭内外，戒备森严，气氛肃杀。旁听席上坐着一百多人，有廖承志亲属、各界代表以及关心此案的群众。国民党中央委员、大诗人柳亚子先生带着女儿柳无非闻讯赶来，特别引人注目。柳亚子先生是廖仲恺何香凝夫妇的挚友，正在为营救这位廖世侄而奔走。二时正，宣布开庭，一时肃静。廖承志、罗登贤、余文化、陈赓和陈藻英五人由法警押着走进法庭。几乎是同时，庭长、法官出席审判台，庭长居中，名叫郁华，左右两边各一名陪审推事。再向左是检察官，名叫张隽青，再向右是一书记官。背对审判台，在被告栅栏后面，有一排桌椅，那里坐着诸位律师，吴凯声神态安详、聚精会神地坐在其间。审判一开始，郁华传唤被告，第一个就叫到陈赓。他问过陈赓姓名、年龄、籍贯、住址和职业后，语气严肃而语速缓慢道：“你是不是江西红军第十四军军长?”陈赓见问是不是红军军长，十分镇定淡淡一笑道：“我真的不知道什么军长不军长，我只是一个普通的百姓而已。”郁华严厉道：“你此番来沪图谋推翻政府，必须如实供认。”陈赓大声道：“我同妹妹陈藻英来上海治病，从来没有任何越轨行为，你们无证无据非法逮捕我们，严重侵犯人权，必须将我们立即释放!”陈赓称自己刚从东北来，目睹了因政府奉行不抵抗政策，致使东北沦丧，数千万同胞在水深火热中受尽煎熬，饱尝亡国奴之苦，他还大骂国民党残害爱国青年，陷害无辜，践踏人权。吴凯声起立辩护，他首先指出公共租界捕房没有陈赓兄妹的任何犯罪证据；其次，陈赓来上海治病，完全正当，应受法律保护；再次，现在青年都很爱国，爱国无罪！陈赓或有过激爱国言论，但何罪之有?！有人贪图赏金以此告密，陷害爱国志士，此种行为损害国家、民族，殊属可耻！最后，吴凯声律师大声疾呼：爱国青年为反对帝国主义侵略，投身救亡运动而被拘禁，受刑被害，令人痛心！这种亲痛仇快的事当立予制止，不容再次发生。法庭应坚持司法独立，不受外来干预，秉公处理。没有陈赓的犯罪证据，法庭不能采信那些挟嫌报复者的虚假指证定罪。因而，法庭应依法将被告当庭释放。吴凯声发言时，挺立在那里聆听的陈赓不时朝他含笑点头，大为赞许、钦佩。

郁华一俟吴凯声辩护完毕，即命陈赓退下，传上廖承志、罗登贤、余文化三人。郁华照例核对各被告身份后，捕房律师甘镜首先发言，甘镜指控廖承志等三人都是共党分子，危害民国，应即押解南京依法制裁。他还特意举出下列两件事以证明廖承志的口供虚假：

第一，廖承志称住母亲何香凝处并不属实。因为询问何香凝，何答以不知廖住在哪个房间，岂有母亲不知道儿子在家中住于何室之理？可见廖并不住其母处，而是在外从事秘密活动。第二，廖承志称去山西路五福弄九号找茶商欧阳纯订购茶叶支援东北联军抗战不能成立，该地址没有茶商欧阳纯其人，据该房二房东称，房客是余文化，不是什么茶商欧阳纯，他不认识这个人。甘镜抛出这两个“重磅炸弹”后，上海警察总局法律顾问詹纪凤律师又对廖案的严重性论述了一番。接着，叛徒王其良出庭作证，咬定廖等三人是共产党员。顿时，气氛紧张，情势危急！

吴凯声霍地站立起来，他首先以恳切的语气、沉重的声调说：“廖公子是先烈仲恺先生之嗣，且仅此一子，自其被捕后，母亲何委员思念心切，以致旧疾复发，昨已昏迷一次，今仍卧床，忍泣以对。对党国有殊勋之人，而其后嗣竟遭此牵累，能不痛心?!”他这几句饱含感情的开场白，使法庭的氛围为之一变，顿时，在场的人们大都露出了同情怜惜的目光和神色。紧接着，他当庭驳斥了叛徒王其良的指证，说：“证人王其良因在经济上与廖公子有纠纷，结私怨，便诬告廖公子等是共党。但空口无凭，怎能成为证据？只有充足证据，才能让人信服！否则，王其良的指证，不能成立!”说罢，他拿出何香凝当天上午在病榻上写就的一封亲笔信，一字一句地读后，逐条加以说明，并概括一句：“廖承志确是奉母命为东北军采购茶叶，所谓共党嫌疑，并不存在。由此看来，廖承志无任何犯罪行为。再说，即使被告真是共党，或曾参加反帝或工人运动，亦为法律所允许，不能因之即欲科罪。”最后吴大律师提出结论与请求：“犯罪者必有犯罪行为，犯罪行为经确证始可定罪。被告逮捕至今，已经三天，法庭并未查到任何证据，因此，应立即将其释放!”

吴凯声慷慨陈词，讲了一个多小时，根本上扭转了法庭形势，大大有利于廖承志了。谁知半路里杀出程咬金，叛徒张汉卿出庭作证。他原在中共党内职务很高，被捕后叛变了，他证言：罗、余、廖三人，我都认识。罗登贤是中共中央政治局委员，中共派往满洲的代表。余文化亦是中共党员，我去年2月与他相识。廖承志是去年5月回国的，任中国海员工会中共党团书记。说得头头是道，言之凿凿。郁华让罗、余、廖与张汉卿当庭对质，罗登贤回答：我不认识这个张某，我曾是日本纱厂工人，少读书，没有文化，不知共党是什么。我确实去过满洲，那是去当义勇军，抗日杀敌，这有什么错？接着，余文化回答说："我坐牢到去年7月才获释，而这位张某说他去年2月就与我相识，大墙阻隔，怎么认识？真是天大的笑话！"廖承志在旁见罗、余两人有力反击，大受鼓舞，高声答道："我从不认识此人，他在法庭上一派胡言，在诬告，在陷害！我个人并不以父母的光荣而希望给我优待，我根本无罪，应立即无条件释放！"法庭见王其良、张汉卿这两位证人被驳斥，控方再无什么过硬的证据，郁庭长宣布休庭。在后室，他与推事、检察官合议了一会，继续开庭。郁庭长宣布：现决定将陈赓、陈淑英、罗登贤、余文化、廖承志五犯移交上海警察总局。

法庭闭庭，陈赓、廖承志等五人立即被押上一辆红色汽车。吴凯声立刻跳上了自备的黑色轿车，紧跟到警察总局。因为吴凯声担心警察总局将陈赓、廖承志等五人秘密押往南京，如果这样，他们的生命便毫无保障，营救将十分困难，他决定在上海就地将人救出。他找到留法同学、警察总局局长蔡劲军，说："刑事诉讼法有被告侦询完毕可交辩护律师'责付'① 出狱的规定，请您按此规定，将被告陈赓、廖承志等五人'责付'我带走。"蔡劲军一听，连连摇头，

① 责付，即责成交付，指当时法律规定，将可免关押的罪犯，交付律师、亲属或其他适当的人，责令随传随到。

陈 赓

笑对吴说："虽有这规定，但这个案子尺寸太大了点，小弟实在担当不起啊！"吴见他胆小不肯相助，就要他给市长吴铁城挂电话，请吴市长明确答复放不放人。原来廖承志被捕的第二天，何香凝坐车直奔市府，直逼市长吴铁城放人，吴铁城经请示蒋介石同意，答应过几天放人，吴凯声心中有底。蔡劲军想如果市长做出决定，这个责任就上交了，于是一个电话打到市府，吴铁城在电话里下了指示："廖承志可以'责付'释放，其他四人仍旧看押。"蔡当即将这个指示转告吴凯声，吴凯声赶紧办理一切手续后，狱中放出廖承志。事后，何香凝亲笔作《猛虎图》一幅相赠，赞誉吴凯声在法庭上的雄风，坚猛威勇有如此山之中王。

4月1日，突然传来紧急消息：罗登贤、余文化、陈赓和陈藻英等四人当天被秘密押上火车解往南京！事情果然不出原先何香凝、杨杏佛、吴凯声等所料。情势十万火急，必须马上进行营救。何香凝不以爱子已获释而站之局外，她决意为营救四人继续与国民党当局相周旋，于是立即将这消息告知中国民权保障同盟。第二天，由宋庆龄、蔡元培联名签署的一份电报发给了南京汪精卫，要求不得使用军法刑讯，交由法庭依法审判。4月4日，吴凯声随宋庆龄、杨杏佛、吴凯声、沈钧儒和伊罗生等五人到达南京，下榻扬子饭店。汪精卫带一侍从来到扬子饭店，宋庆龄当场向汪精卫提出：根据我国《约法》规定，公民有言论、出版、集会、结社等自由，就是共产党员也有此权利，不能除外。这四个人如果确实是犯了什么法，也应送司法机关审讯，不可任意关押……汪精卫走后，他们前往南京卫戍司令部，探望罗登贤、余文化和陈赓兄妹。又经中共地下组织营救，及强大的舆论压力，陈赓被释放了，陈藻英也跟着一起出狱，罗登贤、余文化被害。

后来，事过多时，一次吴凯声与吴铁城在宴席上相遇，吴铁城一见吴凯声就来气，面孔一板："你代表的都是共产党！"吴大律师也不示弱，顶了回去："我是律师，只知道接受委托，依法办事！"吴铁城愤愤然白了他一眼，只得侧过身去。

杜重远案

在营救杜重远时，吴凯声、沈钧儒都积极投入，做出贡献，但两人工作侧重有所不同。沈钧儒一直关注该案，在杜重远一审被判后，支持杜妻独立上诉，而吴凯声则在一审时出庭担任杜重远的辩护人。

杜重远为主编的《新生》周刊，1935 年 5 月 4 日出版的第二卷第十五期上，刊载了艾寒松以"易水"笔名写的一篇杂文《闲话皇帝》，文中提到了日本天皇。日本方面借题发挥，向南京政府严重抗议并提出许多无理要求，南京政府照单全收，立刻查封《新生》周刊，又以所谓"侮辱友邦元首"罪名，对杜重远提起公诉，江苏高等法院第二分院负责审理。当时，日本侵略军正威胁平津，华北形势十分危急。国民政府担心日方来一个南北呼应，以这个事件作借口，在上海地区再发动一次什么事变，为求得宁人息事，才要把杜重远送上法庭的，但又考虑到侮辱友邦元首罪名一成立，极有可能授人以柄，日本人借机闹出大事。上海市政府经再三考虑，决定聘请吴凯声作杜重远的辩护律师，市政府特派潘公展、齐世英两人会同杜重远夫人侯御之来到吴凯声家中说明情由，请他出庭辩护。

杜重远

这是一桩“外交重于法律”的特殊案件，同时是敏感的政治案件，辩护时不能不涉及天皇，容易失言出错，即使慎而又慎做到不失一言，也有被歪曲中伤的可能，甚至危及人身安全，当时，在上海的日本浪人扬言谁敢出庭当辩护律师就打死谁！尽管如此，吴凯声仍当场点头，接受委托，这不是看重市政府的礼请，更不是顾及潘、齐的颜面，而是出于爱国之心，出于义愤，为了主持公道，伸张正义。

此案先后两次开庭，当年的7月9日上午第二次开庭。法庭外，全副武装的日本海军陆战队登陆示威，日本便衣密布，浪人乱窜；法庭内，前来旁听者众多，除上海市政府代表外，还有日本领事馆和侨民代表、中国和日本及其他各国的媒体记者，社会各界和杜重远亲属代表。庭审开始后，江苏高等法院首席检察官郑钺首先做公诉指控，他说被告杜重远系《新生》周刊总编辑兼发行人，未能指证《闲话皇帝》作者“易水”系何人，应负“侮辱友邦元首”罪责。郑钺是日本留学生，资深法学家，老成持重。吴凯声庭前曾与他沟通，交换了意见。吴凯声说此案是司法案子，也是外交事件，外交重于法律，日本想借机寻衅，再启战端，我们为国家着想，当然要慎重处理，以免肇祸，但如果日方干涉我国司法，提出无理要求，则绝不答应，维持司法独立，这不仅有关国家尊严，也是我国司法人员的神圣职责，郑钺深表赞同。郑钺提起公诉后，庭长郁华开始审问杜重远，问：“你为什么要登载侮辱友邦元首的文章?”答：“4 月初我赴江西办实业，编务托人办理。”吴凯声见状，立即从公文包里取出信函一件，插言道：“这里有一封信，它足以证明杜重远当时确在江西。”当场将信件呈到堂上，郁华看了一下，示意杜重远继续说下去。杜重远称，当时人在江西，并未看到此稿，更不知其刊载的事。再说，作者不了解日本国情民情，而我是留日学生，知道天皇是神的象征，所以，若当时我在上海，绝不会刊出此文。对这件事我应负失察之责，我表示遗憾和道歉。至于作者易水其人，既不知其住址，现也找不到原稿。但该文说天皇是一个生物学家，一个学者，就其内容而言，绝无侮辱友邦元首之意！杜重远神态自若，条理清晰。郁华说：文章中说，如果他的毕生精力能用在研究工作上，则成就将更大，带着讽刺、嘲笑，很不礼貌，是有罪责的，你知道吗？杜重远答，作者系以学者立场，漫谈各国君主。您所指出的这句话，并无讽刺、嘲笑之意，而是一种规劝。还有，作者希望日本不要干涉中国内政，中日之间应建立真正平等的外交关系；作者指出日军侵占我国东北，如天皇能约束军队，何至如此；作者又说如天皇睿智，应当命令日军撤出东北，还我河山等等，都是善意劝说，毫无讽嘲的含意。杜重远理直气壮，高声申辩，并趁此机会，借解释易水之文，公开痛斥日寇，伸张正义。在场的爱国民众面露笑容，无不投来赞许的目光。郁华急忙制止，说：“这属政治问题，是政府的事，不容在刊物上随意发表。”接着又强调：该文讽刺、嘲笑，有损邦交，触犯刑律。此刻，吴凯声发言，他指出：首先，《闲话皇帝》一文毫无攻击侮辱友邦元首之处。其次，各国宪法、法律均规定公民享有言论自由，日本不得干涉我国内部事务。这两点彻底开脱了易水的“罪名”，易水无罪，杜重远更加无罪，为替杜重远作无罪辩护打下了坚实基础。再次，文章发表时被告杜重远不在上海，不知者无罪，虽有失察之责，而被告已当庭道歉，亦可了事了。最后，杜重远不应负刑事责任，当宣告其无罪，立即释放。如果法庭认为被告触犯刑律，应负刑事责任，请按照《刑法》第四十一条和七十四条之规定，予以缓刑或易科罚金处分。吴律师辩护发言完毕，意犹未尽，一想到日本帝国主义专横欺压，怒气上涌，当庭疾呼：“如果要追究杜重远什么责任，那么请问，我东北同胞，处于日本军队铁蹄之下，水深火热之中，日本一日不撤兵，我东北同胞一日无家可归，其中痛苦，谁来负责?!”旁听席上爱国民众的目光齐刷刷地怒对在场的日本人。至此，郁华宣布退庭合议，几分钟后，郁华上台宣读判决书，判处杜重远有期徒刑一年零两个月。这个刑期可以说是外交与法律的混合产物，当局煞费苦心，原想如此判决，既可不得罪于日本人并消弭日本进一步侵华的借口，也可向国内权做交代。吴凯声听了大怒，想这还有什么司法独立可言?!他当场表示不服，提出上诉要求，并为了不使杜重远饱受囹圄之苦，要求准许被告交保就医，郁华表示如被告确有疾病，经法医检查后，可送治疗，首席检察官郑钺未予反对。

郁华再来问杜重远还有什么话要说，杜重远愤愤道：“这还是中国的法律吗?法律规定公民有言论、出版之自由，这些自由到哪里去了?!中国司法不应受外国人的干涉!我没有犯罪，应当宣判我无罪!”旁听席上的爱国民众彻底愤怒了，“要民主，要自由”“爱国无罪”“反对独裁”等口号声响彻屋宇，同时还散发了传单。

日本军阀原想借题发挥，挑起事端，扩大侵略战争，现在如果认同这个判决，而借口就没有了。于是，在沪的日文报纸以及日本国内许多媒体，纷纷认为判刑太轻，指责日本外交“软弱”，还是一心想把事情闹大。而这时，伦敦的《泰晤士报》、美国的《纽约时报》和法国的《巴黎时报》等媒体纷纷发表评论，谴责日本小题大做。中国香港、新加坡、印尼等地华文报纸，不断抗议，痛斥国民政府懦弱、妥协，出卖司法主权。日本见国际舆论对其甚为不利，才没有继续胡闹，草草收场。

不久，杜重远获准交保就医，进了上海虹桥疗养院，1936 年 9 月获释。

颇具政治眼光的官员律师

当年的吴凯声是一位具有政治眼光的律师，又有很强的社会活动能力。在外交官任上，吴凯声先后提议并通过了《外国在华设厂应受华人检查案》《华人海员在外籍轮船八小时工作案》等法案，并代表中国政府签署了《国际国籍法》、《国际海洋灯塔公约》和《禁烟条约》等，他的外交生涯，卓有成效。他开办的“吴凯声法律事务所”，是当年上海滩规模最大的私人律师事务所。他又兼任国民政府外交委员会委员，上海法学院、东亚大学等校校董及教授，并任中外文化协会理事长。吴凯声亦官员亦律师，声名鹊起，拥有“上海第一大律师”“头牌律师”的美誉，除了担任北洋政府法律顾问，他还担任了中央银行、哈同洋行、上海工商联合会、码头工会、印刷工会、电车工会等的法律顾问，其中特别是担任明星电影公司法律顾问以及影后胡蝶等名演员的私人法律顾问，更增加了知名度与影响力。他坚持司法独立，追求公平正义，敬佩、爱护革命志士，敢辩能辩的执业风格，正是中共地下党所欣赏和信任的。

解放后，吴凯声因历史问题，被送到江苏盐城大丰农场劳改。1955 年，中国人民解放军大将陈赓视察上海时，得知吴凯声的境况，说道："在 30 年代初期，上海有位大名鼎鼎的律师，叫吴凯声，他身为国民党党员，却能在国民党的法庭上维护正义，为共产党人辩护……我见此人在法庭上义正词严，实为敬佩。"陈赓大将这一席话，令吴凯声得以获释。然而，在"文革"中，吴凯声作为"历史反革命"再度入狱。虽然陈赓大将已经逝世，但周恩来总理关心这位留学法国时的老相识，惦记他为被捕的中共地下党员提供过帮助，便亲自批示，使吴凯声得以出狱。出狱后，吴凯声被强制劳动，每天扫大街，生活困苦，曾写下《穷愁诗》：

萧萧雨雪满窗前，
斗室寒寒孰为怜；
三十年来无别物，
只有白发与残篇。

"文革"结束，拨乱反正之后，吴凯声的境遇得到改善，受聘为外国历史研究所研究员，上海社科院法学研究所特邀研究员，中国国际文学研究员，华东师大历史系教授、顾问，上海市文史馆馆员。吴凯声晚年说："共产党是不会忘记老朋友的。这几年我那美籍的老丈人、在西德四十余年的兄弟和一些老朋友，都劝我到国外去。可我这把老骨头，无论如何也要埋在自己的祖国的。"

1997 年 8 月 27 日，吴凯声在上海无疾而终，享年 97 岁。孙子吴征与孙媳杨澜为他在报纸上刊登讣告，杨澜就是家喻户晓的电视节目主持人。

（参考文献：吴凯声口述 吴立岚、林淇编撰《吴凯声博士传记》，叶永烈著《“民国大律师”吴凯声》，范晓春著《陈延年》，铁竹伟著《廖承志传》）

十三、参加开国大典的律师们

1949年10月1日下午3时，毛泽东主席向全世界庄严宣告，中华人民共和国中央人民政府成立。在开国大典上，有十四位律师与全国政治协商会议第一届全体会议的其他委员，登上天安门城楼，见证了这个永载史册的伟大典礼。他们是董必武、沈钧儒、史良、周新民、沙千里、闵刚侯、张志让、李木庵、潘震亚、林仲易、陈瑾昆、章士钊、江庸、沙彦楷，现对周新民、沙千里、林仲易、沙彦楷四位集中简要介绍。

（一）当面顶撞蒋介石的周新民律师

周新民（1897—1979），号振飞，出生在安徽庐江县的一个农民家庭。少年时，周新民随父参加农业劳动，受到地主、恶霸的欺压，于是立志读书，学习法律，主持公道。周新民便进入乡下私塾，他珍惜读书机会，学习勤奋刻苦，1918年考入安徽省立法政专科学校。1919年5月，北京爆发了震动全国的“五四”爱国运动，在当时的安庆，以法专为主的学生们纷纷响应、声援北京学生，周新民积极投身于这场反帝反封建的爱国运动之中，成为骨干分子。周新民还发动并参加了反省议员受贿和贿选斗争，他组织学生调查贿选舞弊的详细情况，向当地法院起诉，由于证据充分，得到法院支持，最终推翻了贿选的三届省议会。之后，周新民被推选为安徽省学生联合会副会长。

周新民

1921年初，周新民参加了“中国社会主义青年团”组织的筹备工作，第二年就在安庆建立了团组织，在上海团中央的领导下，进一步加强对青年学生运动的指导，并推动了当时的工农运动。1922年，周新民赴日本明治大学研究院攻读法学，在临行前加入了中国国民党。次年初，他加入“中国留日学生总会”，发起抵抗日本占领中国大连、旅顺的活动，为此，周新民曾遭日本警方逮捕。

1923年，周新民留学归国，在母校安徽法专任教。1925年，左派的国民党安庆市党部正式成立，周新民当选为常务委员，曾任安徽省党务执监委员会候补执委兼书记长，他坚决执行“联俄、联共、扶助农工”三大政策，为推进安徽的国民革命运动做出贡献。

国民党右派反对国共合作，破坏进步组织，迫害进步人士，周新民因此而多次被反动军阀查办，幸得教育界知名人士的掩护，才免遭被害。1926年，周新民在上海经高语罕、朱蕴山介绍，加入中国共产党。这时，由于安徽反动军阀加紧镇压革命，形势所迫，国民党安徽临时党部被迫迁往上海。1927年3月20日，蒋介石由九江来到安庆视察，周新民出席欢迎会。蒋介石在讲话中，散布同北洋军阀妥协言论，周新民以致答词的方式，予以驳斥，明确指出：合作是有限度有底线的，我们不能与流氓、政客同流合污，国民革命对外要打倒列强，对内要铲除军阀，我们决不能与军阀妥协。发言结束，鼓掌雷动。蒋介石勃然色变，未终席即拂袖而去，从此忌恨周新民。

1927 年 4 月，由于蒋介石发动“四一二”事变，安庆反动派更加猖狂，革命遭到严重破坏，国民党左派的安徽省党部受到严重捣毁。革命形势危急，1927 年 4 月，安徽国民党左派第一次省代表大会在武汉闭幕，正式成立安徽省党部，周新民被选为常委兼秘书长。7 月，大革命失败，蒋介石大肆杀害中国共产党员和国民党左派，周新民遭到了蒋介石的通缉，被迫转入地下活动。1929 年，周新民先后在上海复旦大学、法政学院等院校讲授法学课程，并参加了党领导的左翼社联活动。

1935 年 12 月，“一二·九”爱国运动爆发后，周新民积极从事抗日救亡运动，与李公朴、沈钧儒等发起成立“上海各界救国会”和“全国各界救国联合会”。1938 年，周新民遵照董必武的指示，到第五战区安徽参加抗日救亡民众动员工作。

1942 年，周新民加入中国民主同盟，按照周恩来等领导的指示，来到云南昆明，担任云南大学法律系教授，以公开身份作掩护，参与筹备成立民盟昆明支部。1943 年 5 月，中国民主同盟昆明支部成立，周新民为支部委员，主管组织工作。民盟昆明支部和中共云南地下党一起，与在西南联大及云南大学等校学生中建立的“中国民主青年联盟”密切联系、配合，对开展西南地区的抗日救亡运动起到了积极的推动作用。1944 年 12 月，周新民协同吴晗、罗隆基等创办民盟云南省支部的机关刊物——《民主周刊》。1945 年 1 月，中国民主同盟在重庆召开第一次全国代表大会，周新民当选为中央委员，兼民盟中央秘书处副主任。此后，他在重庆、昆明两地工作。1946年7月，周新民和沈钧儒、林亨元等人在南京成立平正律师事务所，办公地址在新街口大丰富巷107号。偶有市民来事务所咨询、代书、委托法律事务，更多的是接待来此联络、开会的民盟人士，接收、传递各地的报刊、信函、文件，平正律师事务所实际上发挥着联络站的作用。同月，李公朴、闻一多先生在昆明被暗杀，周新民回到云南大学，在进步学生及社会各界人士的帮助下，冲破重重障碍和阻力，他与梁漱溟冒着极大风险代表民盟赴昆明调查，不顾特务的跟踪、恐吓，搜集证据材料，编写《李、闻惨案调查报告书》，彻底揭露李公朴、闻一多被国民党特务谋杀的真相，控诉了国民党特务的滔大罪行和国民党独裁专制的罪恶。

1948年5月，周新民在香港协助沈钧儒先生工作，民盟总部公开声明与中国共产党合作，同时，周新民响应中共中央关于成立民主联合政府的号召，四处奔走联系各民主党派及无党派人士和各地民盟支部，做了大量艰苦细致的工作。1949年6月，周新民作为民盟代表参加了新政协筹备会议的开幕式，被推选为筹备会委员兼副秘书长。同年9月，周新民又以民盟代表身份参加在北京召开的中国人民政治协商会议，10月1日，出席了开国大典。

中华人民共和国成立后，周新民先后任中央人民政府办公厅副主任，最高人民检察署秘书长，辽宁沈阳市副市长，中国科学院法学研究所副所长，中国民主同盟中央常委员兼文教科技委员会副主任及组织部长，第一、二届全国人大代表，第二至五届全国政协委员和全国政协副秘书长等职。

周新民律师是我国著名的法学理论家、政治活动家，中国共产党的优秀党员，中国民主同盟杰出的组织者和开拓者。他主持撰写了许多法学方面的专著，如《法学基础》《民法概论》《民事诉讼法》《物权》等，并发表了多篇学术论文，为新中国的法治建设和法学繁荣做出了卓越贡献。

1979 年 10 月，周新民在北京逝世，享年 82 岁。

（二）共和国部长沙千里律师

沙千里（1901—1982），原名重远，曾用名仲渊。原籍江苏苏州，生于上海。因家庭贫困，小学还未读完，在大丰洋布号任跑街，五年后升任账房，1925 年以同等学历考取上海法政大学法律系。北伐战争时期加入中国国民党，任国民党上海三区党部执行委员。1928 年考入上海法科大学，并参加青年之友社，任《青年之友》周刊主编。1930 年青年之友社扩组为蚁社，任执行委员。1934 年集合蚁社核心力量，组建苏联之友社，主编《生活知识》月刊。1931 年，开始在上海、重庆执行律师业务，同时以律师为掩护，积极参与党领导下的抗日救亡运动。九一八事变后，他参加了上海地下党的外围组织，团结各界人士，先后参与发起组织上海市职业界救国会、上海市各界救国联合会、全国

沙千里

各界救国联合会等进步团体，主编《生活知识》，宣传党的抗日主张。1936 年 11 月，他同沈钧儒、史良等著名爱国人士，因积极参加抗日救国活动被国民党反动派逮捕入狱，是国内外闻名的“七君子”之一，是当时救国会的领袖人物。1938 年，沙千里参加了中国共产党。以后，在武汉、重庆等地从事党的统一战线工作，和沈钧儒等救国会的领导人发动抗日救亡和民主宪政运动，组织中国经济事业协进会，为坚持抗战、坚持团结、坚持进步，进行不懈的斗争。

解放战争期间，沙千里筹建了救国会的上海组织，联合上海各党派、各工会、各教育团体，组织上海人民团体联合会；以律师身份营救遭受国民党逮捕的进步人士，并出庭辩护，因而受到国民党反动派的迫害。后于 1947 年，赴香港参与中国人民救国会的领导工作。1948 年 1 月，他在香港出席民盟三中全会，为恢复民盟领导机构，促进民盟响应中国共产党召开新政治协商会议的“五一”号召，做出了贡献。1948 年冬，在党组织安排下，沙千里与一批民主人士北上，进入东北解放区。

1949 年，他随解放大军南下，参加了接管上海市的工作，任上海市军管会、市人民政府副秘书长。9 月，他作为中国人民救国会的代表，出席了中国人民政治协商会议第一届全体会议，10 月 1 日登上天安门城楼，出席开国大典。解放后，沙千里任第一、二、三届全国人大代表，第四、五届全国人大常委会委员；政协第一届全国委员会委员；中国民主建国会第二、三届中央常务委员；全国工商联第二、三、四届执委会副主任委员。曾任贸易部副部长，商业部副部长，政务院中央财政经济委员会第六办公厅副主任，地方工业部部长，轻工业部部长，粮食部部长，中华全国工商业联合会秘书长等职。在社会主义革命与建设时期，沙千里为巩固、发展统一战线，在资本主义工商业的社会主义改造中，做出重大成绩。1982 年

4月26日因病在北京逝世。

“七君子”事件发生后，沙千里著有《七人之狱》一书，1937年由生活书店出版，1984年重版时，史良作序。书中详细记述了“七君子”事件的背景与始末、国民党反动派残酷迫害救国会领袖和爱国人士、“七君子”狱中与法庭斗争、中共和各界进步力量营救等情况。史良、沙千里是“七君子”事件的当事人，又是律师，《七人之狱》一书资料翔实，记述准确，有很高的珍贵史料价值。

沙千里故居位于东四六条中部，东邻朝阳门北小街，西近东四北大街，约建于清晚期，民国时期为某官员的宅第。该院有三进院落，坐北朝南。广亮大门一间，门内有一字影壁，倒座房东一间，西五间，西厢房三间，东房二间。一进院有一殿一卷式垂花门，带屏门四扇。四周抄手游廊上带倒挂楣子，下有坐凳栏杆。二进院内有北房三间，前廊后厦，两侧有耳房各一间；东西厢房各三间，厢房南面各带耳房一间。三进院有后罩房七间，偏轴线西侧，西配房三间。该院建筑均为硬山顶合瓦清水脊屋面，墀头有精美的砖雕。1986年1月21日公布为北京市东城区文物保护单位，现由单位使用。

（三）最高人民法院顾问林仲易律师

林仲易（1893—1981），原名秉奇，号竹西，又号属云，福建长乐人。著名律师、记者、编辑，解放后任第一至第五届全国政协委员、民盟中央委员、民盟中央宣传部副部长，并先后担任《光明日报》总经理、政务院政治法律委员会委员、最高人民法院顾问等职务。

1911年，林仲易入福建私立法政学堂学习，1914年毕业。福建私立法政学堂系刘崇佑、林长民创办，师资力量雄厚，保证教学质量，毕业生大多品学兼优。1917 年，林仲易赴日本留学，1920 年毕业于日本早稻田大学政治经济系。回国后任北京《晨报》编辑，《晨报》是以梁启超、林长民为主导的政治派系“研究系”的官方报刊之一，瞿秋白曾是该报驻莫斯科通讯员。该报以及其副刊《晨报副刊》在当时的社会影响极大，鲁迅、徐志摩等名流都曾为其主笔。时值新文学革命时期，林仲易等人将《晨报》及其副刊办成宣传新思想、倡导新文学的阵地。1923 年，林仲易任该报代理总编辑，1928 年 6 月《晨报》停刊。

林仲易

1928—1936 年，林仲易历任《民言日报》社长等职，并先后兼任燕京大学讲师、民国学院教授。1936 年冬，回福州任福建学院院长兼附属中学校长，福建学院的前身是林仲易的母校福建私立法政学堂。1937 年抗日战争全面爆发，日本飞机轰炸福州，学校内迁。同年 11 月，林仲易带领师生，携带教学仪器、图书等迁至闽清白云渡。1941 年 4 月，日军攻占福州，准备进犯闽江上游，闽清受到威胁；福建学院不得不再次迁往浦城县大同乡。经过千辛万苦长途跋涉，福建学院终于在 8 月在大同乡开学，1942 年 6 月，日军攻浙东，浦城告急，其时福州已克复，学校只得再从浦城迁回闽清。林仲易在学院三次搬迁中，极力筹措，心力交瘁，1943 年 2 月任期届满。他在任福建学院院长时，曾兼任福建省临时参议会第一届参议员、中国文化建设协会福州支会干事兼新闻事业委员会主任等职务。

1943 年，林仲易赴重庆从事律师工作，同时积极参加抗日民主运动。1945 年，林仲易加入中国民主同盟，政治上倾向中国共产党，同年，任重庆《新华日报》法律顾问。抗日战争胜利后，积极参加反内战、反独裁的和平民主运动。1946 年 2 月 10 日，国民党反动派制造震惊中外的校场口事件，镇压人民民主运动，林仲易挺身而出担任民主人士李公朴等人的代理律师。同年 6 月，国民党全面发动内战，周恩来率中共代表团撤离南京，将南京梅园新村和《新华日报》报馆的房产委托民盟代管。此事由林仲易以律师名义登报公告于众，使革命文物得以保全。1947 年 10 月 27 日，国民党政府内政部发言人宣布民盟为“非法团体”，次日国民党中央社发表《政府宣布民盟非法》的声明，宣布中国民主同盟是非法组织。政治形势严峻，使民盟的处境十分困难，林仲易不为反动派的猖狂所屈服，积极参加地下活动，并将自己的律师事务所作为沈钧儒及民盟其他领导人联络、会议的办公场所，以便开展营救失踪或被迫害的革命者工作。

1949 年，林仲易参加第一届全国人民政治协商会议。建国后，历任政务院政法委员会委员，光明日报社总经理，最高人民法院顾问，民盟第三、四届中央委员。他是第二至五届全国政协委员。1960 年 12 月林仲易先生将个人所藏古代瓷器、拓本、法书类文物 5 件捐献给故宫博物院。1981 年逝世。

（四）铮铮傲骨的少数民族律师沙彦楷

沙彦楷（1875—1970），字武曾，一字伯躬，晚年更名慎，回族，江苏宜兴周铁镇人。自幼就读私塾，勤学好问，父安节，教子甚严，常亲自讲读至深夜。1900 年沙彦楷考取秀才，翌年又考中举人。1907 年 9 月考取京师法律学堂，3 年毕业后，分发候补浙江监使职衔。1913 年 2 月分发南京，任江苏第一高等审判分庭推事，兼民事庭庭长。1914 年 3 月调任北京地方审判厅推事，1916 年 4 月兼民事庭庭长。1918 年 2 月调任京师高等审判厅推事，1919 年 12 月兼庭长。

沙彦楷

1922 年，曹锟贿选总统时出五千大洋收买议员，沙彦楷拒绝投票，放弃自身议员职位，毅然南下并通电反对曹锟，因缺少路费，卖去旅行箱作旅资。沿途千方百计避开曹锟暗探的监视，在秘密至上海取道无锡返回家乡时，受到沿途群众的热烈欢迎，家乡周铁镇上更是贴满欢迎标语："欢迎沙彦楷回乡，反对曹锟贿选，不当猪崽议员。"沙彦楷在强权面前坚持正义，铮铮傲骨让人佩服。

1924 年，沙彦楷在上海设律师事务所。他清正廉洁，不徇私情，仗义执言，主持正义。这与当时社会风气相悖，被认为"不近人情"。他从不接受无理案件，相反如有受人欺凌，受害者求助他时，则不怕权势秉公办事。如有某寡妇，受亡夫宗族中人欺负，房产被霸占，他挺身而出，帮助她打赢官司，收回了房屋、田产。

沙彦楷很关心家乡的教育事业，积极筹办宜兴中学，为解决办学经费，他邀集陈鹤鸣等，先行筹款 3 万元，又组织校董会，聘请当时“宜兴财神”任凤苞、贾士毅为校董会正副主席，积极进行建校工作。当年夏天，宜兴中学先在城内设址招生，聘请无锡老教育家胡雨人为校长，同时在宜城南门外建筑校舍（即今宜兴市中学校址)。校董会每年举行一次年会，讨论学校规划，筹措经费等，沙彦楷总是由沪先期专程赶回，处理一切事宜。1924—1931 年期间，宜兴中学由初中扩办高中，初具普通中学规模，方便青年当地就读，培养了大批中学生，为大专院校输送了后备力量。

1925 年 11 月，沙彦楷与挚友沈钧儒合作开设律师事务所。1936 年，蒋介石制造“七君子”事件，沙彦楷坚决声援抗日的正义要求，不畏强暴，亲往探监，并开展营救沈钧儒等的出狱工作。沙彦楷坚守民族气节，思想进步。抗战全面爆发，上海沦陷后，不为日伪高官厚禄所动，毅然回乡，著书立说。他 70 岁自述诗云：“岁寒共饱冬心在，何恨何求更愠穷。”1945 年抗战胜利后，同中共中央军委副主席周恩来多次会晤，从此积极投身爱国民主运动，曾组建民社党革新委员会，任副主席、主席职。后加入民盟的前身——中国民主政团同盟，任民盟中央委员。1949 年 9 月，受中共中央邀请，沙彦楷赴北京参加中国人民政治协商会议第一届全体会议，是 33 名少数民族正式代表和候补代表中的一员。

新中国成立后，沙彦楷任全国一、二、三、四届政协委员，民盟中央委员，上海市一至五届人民代表，上海市回民文化协进会主任，上海市民族常务委员会副主任，上海市伊斯兰教协会主任等职。他在团结伊斯兰教爱国人士方面做了不少有益的工作。他关心国家大事，在 1956 年我国人民支援埃及人民收回苏伊士运河斗争中，他在上海市召开的声援大会上发言，声讨帝国主义，埃及电台做了相应的报道。在 1962 年印度侵犯我国边境时，积极提供有关历史资料，证明西藏自古是我国领土的一部分。他关心社会主义建设，1958 年以 84 岁高龄亲赴太湖，考察南江入湖故道，并在全国政协做书面发言。早在 1956 年 4 月他将珍藏多年的明代运河全图一卷，捐献给国家，图中关于运河水源以及沿运河通航设施等均有详细记载，极有参考价值。

平时他好学不倦，年届耄耋犹手不释卷，经常至文化馆查阅文献资料。晚年专心研究水利，著有《三江四考》《南江入太湖故道考》等专论，并擅长地方志的编纂工作，曾被推为武进县志总纂。研究文史资料方面著有《陶渊明集注补证》《洪亮吉传》《杂忆曹锟贿选》等，并著有《迟翁论书》10 篇及《霜鸣室金石考跋》等。沙彦楷精于书法，作品曾选送日本展览，颇得好评，且常用书法形式歌颂新社会，屡见报端。

十年动乱中，沙彦楷已届九十高龄，虽耄耋之年但仍备受迫害，精神上受到严重摧残和折磨，1970 年 1 月 27 日在沪含愤病故，终年 95 岁。1979 年 12 月，组织上郑重宣布：彻底推翻林彪“四人帮”强加于他的一切不实之词，恢复名誉，并召开追悼会。

（参考文献：沈谱、沈人骅编著《沈钧儒年谱》，陈建国著《追忆参加建国大业的 14 位律师——记 71 年前参加商讨建立新中国的律师先贤》，陈光贻、汪仁泽、沙庆喜著《沙彦楷先生传记》）

十四、革命烈士黄景之律师

2021 年 4 月，清明过后，行走在浙西南名城丽水的街头，冒着暮春时节散发花草芳香的丝丝细雨，拐进狭窄而悠长的小巷，一座以青砖砌成的颇具民国风格的门台映入眼帘，门台左侧墙壁上，镶着黑底金字的方框，标明“中共浙江省委机关——黄景之律师事务所旧址”，这里的门牌是刘祠堂背花园弄 2 号。我不禁驻足伫立，思绪飞扬，一家小小的律师事务所怎么会与中共省委这样高级别的机关同一个门牌？这里究竟发生过什么样的红色故事？黄景之律师又经历了怎样的传奇人生？

法治梦想

黄景之，清光绪十二年（1886）出生在丽水县碧湖吴山坳村人（现莲都区碧湖镇大林村），谱名开潮，字景之。父亲黄品琳，为国学生，母亲杨氏。黄景之从小聪颖好学、志向远大，十岁时，黄景之拜丽水碧湖的著名塾师高鹏为师。高鹏受“戊戌变法”运动的影响和维新改革思想的浸染，比较开明进步，有宪政救国的意识。他结合黄景之的志向，启发他将来学习法律，以宪政改造中国的旧面貌，追求政治昌明，社会公平，便为黄景之取学名“希宪”。在高鹏精心培育下，光绪三十一年（1905），十九岁的黄景之高中丽水县学榜首，考取第一名秀才。

黄景之

少年时期，黄景之就关心民间疾苦，同情贫苦群众。他目睹各种不公现象，深感旧社会的黑暗，立下了以法律匡扶正义的志向。后来，黄景之考入杭州的私立浙江法政专门学校学习法律，开启他的法治梦想。民国元年（1912），黄景之学成回乡，当时丽水法律人才奇缺，他无意仕途，不愿去做司法官员，而要以自己的法律知识服务百姓大众，为弱者撑腰。于是，在丽水城内的府前创办“黄希宪律师事务所”，他是丽水第一位近代意义上的律师。因业务发展需要，又租用花园弄2号作为律师办公场所和住家，房东是在外从事工程师工作的戴炎，院内有两个小花园，人称戴家花园，这条弄堂也被称为花园弄。黄景之怀抱法治理想，具有强烈的正义感，办理法律事务认真负责，在短短时间内，成为浙西南一带著名的律师，声望日隆。1922年，当选为丽水县议会议员，以律师身份担任民意代表，参与地方治理，建言献策。多有建树。他古道热肠，敢于仗义执言，维护弱势群体利益，深得群众称信任与爱戴。黄景之承办的一件土地权属纠纷案件，反映出他坚持正义，抗争到底，不服输的执业风格。庆元一农民的土地被地方豪强所侵占，该农民为了取

黄景之夫人周玉梅（右）、女儿黄素姬（左）

回土地，不停地起诉、上诉，官司打到省高等法院，居然还是败诉。黄景之了解案情后，深感判决不公、司法黑暗，便帮助该农民将案件上诉至南京的最高法院，据理抗辩，最终获得胜诉。抗战时期，黄景之义务担任进步刊物《浙江妇女》杂志的法律顾问。《浙江妇女》是由战时儿童保育会浙江分会主办的妇女刊物，实际上由中共地下党领导。刊物以广大妇女为受众，提升妇女的民族救亡意识；动员和组织妇女，为抗战服务；提倡男女平等，维护女权，促进妇女解放运动。黄景之解答读者来信，特别是涉及妇女儿童方面的法律咨询，维护了妇女儿童的合法权益，扩大了《浙江妇女》的影响力，黄景之律师受到了妇女读者的欢迎和敬佩。1939 年第 4 期《浙江妇女》上，刊登一位名为沙雨的读者感言："黄大律师，我看到你在《浙江妇女》上解答我们姊妹的法律问题，实在使我感佩。您不仅在法律上做着正义的答复，而且激励了我们姊妹们在抗战上做着正义的答复和应有的认识。"

投身革命

1938 年春，黄景之律师事务所附近开设了一家新知书店，这是地下党领导的文化宣传阵地和联络点。店中出售马列著作和其他进步书籍，黄景之经常光顾，浏览书刊，并买了《大众哲学》《毛泽东印象》《二万五千里长征》《列宁全集》《资本论》等。通过阅读与思考，他深受马克思主义学说及其革命理论的启发，思想明显进步了。中共丽水地下党员、丽水县委书记周源看在眼里，他觉得黄景之善于学习善于思考，有志于探索救国救民的真理，于是，特意与黄景之接近，交朋友，谈心、引导。黄景之的思想逐步成熟，进而拥护中国共产党团结抗日的主张。1938 年 7 月，经周源介绍，黄景之加入中国共产党，他将自己的名字改为吴樵，意为吴山坳的樵夫，甘愿当人民群众的樵夫。周源就长期借住在黄景之律所内，又在此召开丽水县委会议、处属特委会议。

杭州沦陷后，浙江的政治中心向浙西南转移，丽水成为浙江抗战的大后方，许多机关、学校、医院、企业迁至丽水，许多著名人士也纷纷到来。为适应革命斗争的需要，1939 年春，刘英决定将中共浙江省委由温州迁往丽水。其时，丽水的抗日救亡活动空前高涨。省委在丽水建立了十多处秘密机关，黄景之将自己的律师事务所交给省委做联络处，省委在这里召开一些重要会议，印制、分发机密文件，省委书记刘英等领导同志，更是经常在此出入。黄景之更加发挥了革命热情，他就以律师的合法身份为掩护，积极投入抗日救亡工作，并担任丽水县抗敌后援会副主席，筹措抗战经费，安置难民解决吃住。他经常到各地发表救亡演说，发动各界捐款，鼓舞群众的抗战意志。抗战期间，日军对丽水狂轰滥炸，达 365 次之多，一次敌机轰炸，府前一带大街的房子燃起熊熊大火，新知书店有被烧毁的危险，黄景之冒着生命危险，跑进书店，抢出两大箱地下党的文件材料，搬回家中存放。为躲避轰炸，有一段时间，黄景之回到了老家吴山坳村。但他闲不住，就地开展革命工作，与地下党员丘昔光在离吴山坳十里外的南坑村，办起了农民夜校，每天下午就翻山越岭过去给农民上课，讲解抗日救亡、民族解放的革命道理，夜里又摸黑赶回家。

黄景之重革命情谊，关爱同志。他不计较钱财，以自己的收入资助党的活动，解决同志生活上的困难。有次他听到周源患疟疾发高烧，立即聘请丽水名医为其诊治，还亲自买药、煎药，精心护理，直到周源病情痊愈。还有一次，丘昔光在南坑村患肺病吐血，黄景之特地回乡，去丘家探病，送去鸡蛋等营养品，使丘昔光感受到同志关爱的温暖。

黄景之积极引领家人协助党的工作，为了组织和同志们的安全，黄景之与夫人经常日夜轮流站岗、放哨，冒险掩护党组织活动。在黄景之影响下，他的两位子女都思想进步，投身革命工作。独子黄学圃学习成绩优异，从小就立志报国，要以辛弃疾为榜样，特地取字“稼轩”。从省十一中毕业后，投笔从戎，考入军校，在南京国防部兵工弹道研究所任中尉，1939 年参加长沙会战而殉国，年仅 29 岁。1938 年底，黄景之介绍女儿黄素姬认识了碧湖儿童保育院的护士、地下党员、丽水县委书记蒋治的夫人毛钦征。在毛钦征的介绍下，黄素姬加入“中华民族解放先锋队”，并被推选为省立联合中学的“民先”小组的组长。有一次，黄素姬还独自摸黑将一部油印机送到厦河村省委书记刘英的住处，小小年纪，沉着机智，可圈可点。

英勇牺牲

1939 年底到 1940 年春，国民党顽固派掀起了抗战时期的第一次反共高潮。面对中共浙江省委领导下全民抗日救亡运动蓬勃发展、深入人心，浙江的国民党顽固派更是咬牙切齿，疯狂反扑，破坏党的组织，搜捕杀害革命志士。一时间，风云突变，白色恐怖笼罩浙江大地，形势日益严峻，在丽水的各级党组织处境日益困难，斗争更加隐蔽。1940 年 5 月，党组织考虑到黄景之不计个人得失为党积极工作，抛头露面，身份有所暴露，为安全起见，决定调他去皖南的新四军军部工作。黄景之因年过半百，身体虚弱，积劳成疾，痔疮复发，为了途中方便，他决定再次动手术，治愈后立即出发。于是，黄景之前往当时驻松坑口村的浙江省卫生所割治痔疮，不料在医治过程中，被国民党特务趁机暗害，5 月 18 日逝于卫生所，终年 54 周岁。黄景之牺牲后，安葬在碧湖镇堰头村（现古堰画乡景区堰头村停车场对面山脚）。夫人周玉梅为不给组织添麻烦，带着女儿黄素姬回到吴山坳，在老家靠着几亩薄田维持生计。

闻知黄景之牺牲，党组织和同志们深感愤慨和痛心，社会各界纷纷悼念。《浙江妇女》特意刊发了《悼黄希宪先生》一文，对黄景之律师的敬意和缅怀，跃然纸上："本刊法律顾问黄大律师希宪，

黄景之革命烈士证明书

不幸于五月十八日，因猩红热症，在丽水宋（松）坑口医院逝世。噩耗传来，同人等不胜悲悼！先生丽水人，在丽执行律务，不但法学湛深，且热心公益，身前为缙丽路股份两合公司董事，最近对于将缙丽路股款移办生产事务，更竭力赞助。本刊创刊时，即承先生概允担任法律顾问，按期为各读者解答各种法律问题，恳切详尽，不惮琐繁，实为本刊生色不少，今意（竟）溘然长逝，使社会失一栋才，本刊读者失一导师，曷胜惋惜，特志数语，以表哀悼！”

中共浙江省委在丽水期间，加强了全省的抗日民族统一战线，领导全省各地抗日救亡运动走向高潮；取得了与上海党组织的联系，建立了与上饶集中营被捕同志的秘密联系；加强了对各地特委的领导、巡视和联络工作；浙江区域的党组织迅速发展壮大，至1940年底，全省特委数从1938年底的6个增加到8个，县委（工委）数增加到50多个，党员人数从6700余人增加到近2万人。我们不能忘记，这些成绩来之不易，其中有黄景之律师的无私奉献和自我牺牲的一份功劳！

彪炳千秋

1950年，曾任工农红军挺进师司令部参谋、参加浙西南革命斗争的丽水专员公署首任专员宣恩金同志，亲笔证明黄景之为革命烈士。1983年6月7日，国家民政部确认黄景之同志在抗日战争中壮烈牺牲，批准为革命烈士。

在百年中共党史上，特别是新民主主义革命时期，活跃着为党工作、支持革命事业的律师群体，但是直接以中共党员身份，亲身参加革命斗争，最后英勇牺牲，而成为革命烈士的律师，为数不多。目前史料所见，除了领导“二七”大罢工的施洋律师、温州红色律师戴树棠，就是黄景之律师。

2005年3月，黄景之律师事务所旧址与厦河刘英旧居、兴华广货号旧址三处省委机关旧址合并为丽水中共浙江省委机关旧址，公布为第五批浙江省级文物保护单位。黄景之律师事务所旧址为一幢建于民国初年的二层楼砖木结构宅院，占地面积606平方米，建筑主体结构保存完整，现已经修缮，得到妥善保护。黄景之的坟墓已经修理、树碑，以供后人瞻仰。

2018年8月，在丽水市人民政府支持下，丽水市司法局和丽水市律师协会在黄景之律师事务所旧址，开辟了“省委机关在丽水”“红色律师黄景之”展厅，浙江省律师协会将之定为全省律师行业教育基地。12月，经全国律师行业党委报请国家司法部党组同意，黄景之律师事务所旧址确定为全国律师行业党校培训基地，以供全国各地司法系统及律师行业的党员干部学习、瞻仰，接受共产主义和爱国主义思想教育。

纵观黄景之律师的一生，从怀抱法治梦想、宪政救国理想的进步知识分子，到为下层群众仗义执言、追求公平正义的著名律师，再到接受党的领导、树立共产主义理想，为革命工作而英勇牺牲的烈士，是信仰的力量，使他完成了身份转换，完成了人格升华！

结束本文之时，口占一绝，以表达对这位律师前辈、革命先烈的缅怀和景仰：

心情似缕雨丝丝，
大地春深拜景之。
慷慨胸怀高境界，
追随足迹恨迟迟。

十五、温州红色律师戴树棠

温州具有优良的革命传统，在1921年中国共产党成立后，短短的三年内，有了地方党组织——中共温州独立支部（简称“温独支”），其中一位重要成员名戴树棠，是著名律师。

平民律师

戴树棠（1893—1945），又名荫良、萱，瑞安鲍田鲍三村人。戴家系诗礼传承的书香门第，祖父戴成禧，贡生，工诗词。父亲戴炳骥，优附贡生，曾任鲍川国民学校校长，鲍田乡乡长。

戴树棠

戴树棠于1915年负笈杭州，入浙江私立法政专门学校学习、毕业。该校是陈敬弟、沈钧儒联合浙江咨议局中的开明人士奏请清廷准许，于1910年创办的全国第一所私立法政专科学校，陈敬弟任监督（即校长），沈钧儒任维持会（相当于校董会）成员，后曾代理校长兼宪法教师。后因浙江省绍兴龙山、宁波四明及杭州共和等法政专门学校奉命停办，以上学校就读的学生先后转入该校继续学习或补习。浙江私立法政专门学校以养成国民之法政知识为办校宗旨，教员大多系留日回国的政法专业学生，专业师资力量雄厚，保证教学质量，造就了一批法律人才，丽水的红色律师黄景之也是该校毕业生。在校期间，戴树棠思想活跃，参加学生运动，言行激进，曾被冠以“反对政府”的罪名。1917 年，回到温州，以律师为业。当时司法腐败，“衙门八字朝南开，有理无钱莫进来”，有些律师乘机敛财，与司法官员分赃。戴树棠出淤泥而不染，坚持正义，决心以法律为武器，匡扶正义，为弱势群体维权。他为人慷慨仗义，为贫民义务诉讼辩护、代理，有时还资助贫困的当事人。别的律师发家致富，起居豪华，服饰精美，席有宴，出有车，他则生活贫困。他做到“十年律师，未妄取人钱”，赢得民心，深受广大群众爱戴，堪称“平民大律师”。

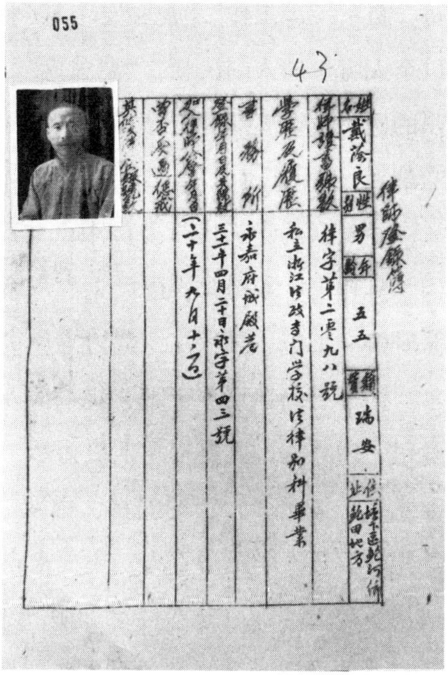

戴树棠的律师登记簿

革命斗争

1925 年初，谢文锦介绍他加入中国共产党，成为“温独支”成员，负责民运工作。“温独支”接到上级指示，共产党、共青团员可以个人身份加入国民党，“温独支”成员郑恻尘以国民党员身份与温州的国民党员王超凡、吴冷江等联系，于3月间成立永嘉国民党党部。

在永嘉县党部执行委员中，共产党员占四席，有郑恻尘、胡识因、陈仲雷、戴树棠，国民党占六席，有王超凡、吴冷江、魏介夫、张受卿、王纪、吴秋江，戴树棠负责秘书。

为了更好地培养干部，提高党员的马克思主义理论水平和政治觉悟，中共北方区委根据上级指示，于1925年在北京创办了北方区委党校。按照李大钊的安排，由罗亦农担任校长，赵世炎、陈乔年等担任教员，学员近百人，主要来自北方各省市。5月，戴树棠、孙道济、魏天翮等一起奉调参加中共上海地委组织的赴北省支部，到北京参加受训，系统学习马列主义理论，亲聆李大钊、赵世炎、陈乔年等革命领袖的教诲。经过三个多月的学习，学员陆续返回各地从事各条战线的领导工作和革命斗争，戴树棠被派往河南郑州担任铁路工会秘书。

永嘉县国民党部成立之初，本着孙中山的三大政策，国共双方尚能合作共事。11月，国民党内出现了反对三大政策的“西山会议派”，王超凡秉承其旨意，大搞分裂活动。此后，温州以“温独支”成员为核心的左派与以王超凡为首的代表买办、官僚资产阶级及地主阶级的右派开展了一系列的斗争。1925年秋，戴树棠回到温州，在“温独支”领导下，积极发动青年学生、工人、妇女，投入与国民党右派的斗争。他特别重视新闻媒体在宣传马列主义中所发挥的特殊功效，《温州大公报》曾一度被国民党右派把持，经反复斗争，组织学生捣毁报社，左派夺回了领导权，占领了舆论阵地。同年12月4日国民党永嘉县党部中的共产党员、共青团员和国民党的左派成员召集国民党各分区部执委开会，揭露西山会议派的罪行，弹劾右派王超凡、魏介夫等人，并解散了西山会议派的分区部，推选郑恻尘、戴树棠等为县党部临时执委。27日，召开国民党永嘉县第二次代表大会，重新选举新的执行委员会，戴树棠被选任永嘉县党部执行委员兼组织部主任。1926年3月，戴树棠获悉蒋介石制造了“中山舰事件”，他便写信给中共北方区委和上海区委，询问情况，对时局深表忧虑。

三度入狱

1927年4月12日，蒋介石在上海发动了反革命政变。王超凡、魏介夫摇身一变，分别成为国民党浙江省党部清党委员、温州清党特派员，他们组织了“永嘉党部清党委员会”，大肆搜捕共产党员和革命群众，温州陷入白色恐怖之中。4月15日，温独支书记陈仲雷，成员戴树棠、苏中常在县党部开会时，被驻温的省防军派兵逮捕，5月3日被转押至杭州陆军监狱，蔡雄因群众掩护而脱险。对于这节史实，苏中常即后来著名文史学家、华东师大教授苏渊雷教授，在《自传》中回忆：“‘四一二’反革命政变发生，大好形势急转直下。4月15日晨，永嘉县党部突被包围。驻温省防军翁某声称：奉东路军前敌总指挥部密令，指名将我和戴树棠、陈仲雷三人逮捕入狱。蔡雄独留温，力谋营救，濒险者再。5月3日，我等三人由温州起解，循海路经宁波转押杭州陆军监狱。接读蔡雄来信，给我以力量。他引黄仲则诗‘马因识路真疲路，蝉到吞声尚有声’二句，要我细思之！狱中坚持斗争。我们绝食，传递书信，创办秘密刊物，彼此鼓舞斗志。又上书蔡元培，为全国被捕青年请命。后经所谓‘特种刑事法庭’审讯，我被判刑十九年。狱中尝集黄仲则诗寄怀蔡雄，有云：‘可奈离心争一寸，山阳空听笛声愁，天涯几辈同漂泊，岂有生才似此休！’哪知我们抵抗没几天，蔡雄即以惨死闻。……他的壮烈牺牲，使我的心灵深受打击。……1933 年 6 月，刑期执行逾三分之一时，由旅杭温州同乡会会长、太湖水利局长林同庄先生，设法保我出狱。”1928 年 9 月 9 日，在苏联学习的温独支首任书记胡识因给中共中央驻共产国际代表团的报告《关于四一二政变后宣中华等被捕同志的情况》，其中写道：“戴树棠，年三十六，浙江瑞安人，社会成分本为律师。过去在国民党永嘉县党部任执行委员，兼党团书记，是很坚决努力的党员。去年四月十二日（时间有误。——笔者注）在温州被捕，现尚监禁于浙江陆军监狱。家中有父、妻又儿女四人，自从加入（1925 年）工作后，律师生涯就不暇兼顾了，现在家中生活很困难。”

戴树棠也被判处有期徒刑十九年，后经时任仙居县法院院长的其四叔父戴守雅活动，于 1930 年 11 月保释。当时，浙南革命斗争形势处于低潮，戴树棠避往厦门，在水木石工会工作。1932 年回温，与温独支另一成员项强等人合作，重操律师业务，仍与革命青年联络，暗中支持。其间，妥善保管温独支的档案和历次会议记录，解放后，由其亲属上交党组织。这批档案文件，成为研究温州地方党史的珍贵史料，戴树棠功不可没。

抗战时期，戴树棠与瑞安党组织负责人李英才取得联系，在经济、物资上支援地下党组织活动。1938 年，他与李英才领导盐民开展反盐霸的斗争，遭到国民党顽固派的血腥镇压。1938 年 5 月 22 日，戴树棠再次被捕入狱，5 月 26 日经温州律师公会具保释放。1945 年，戴树棠执行革命任务时，第三次被捕，他始终忠贞不屈，受尽种种酷刑，以致心、肺、腕、臂等部位严重受损致残，最后，奄奄一息，才被具保释放。同年因刑伤病故。

戴树棠律师被评为革命烈士

珍贵遗物

温州市图书馆现存一本1920年8月出版的《共产党宣言》（高18.1厘米、宽12.4厘米），书名印成“共党产宣言”，红色封面右下角盖一方形私章“荫良藏印”和钢笔写的“一九二四、略晳”等字，“略晳”大意是阅读了《共产党宣言》，我大体明白了共产主义。戴树棠又名荫良，证明该书为戴树棠昔日学习马克思主义的用书。戴树棠在《三十自述》中说自己“1922年办《瓯报》，1924年帮办《大公晚报》，组织心社”。同年他接受马克思主义，学习1920年8月出版的《共产党宣言》，也可以引证这本《共产党宣言》是戴树棠的遗物。

《共产党宣言》是马克思、恩格斯为共产主义者同盟制定的纲

作者（左）采访戴树棠孙女婿谢世舟（右）、曾孙戴鑫森（中）

领，是马克思主义诞生的重要标志。她第一次向全世界公开宣告了共产主义者的观点、目的和意图，影响之大，传播之广，是无与伦比的。1920 年月 1 月，中国共产党的创始人之一陈独秀在上海听说陈望道正在从日文翻译《共产党宣言》，立刻把英文版《共产党宣言》托人捎给陈望道，供他参考。几个月的呕心沥血，陈望道完成了译稿，准备在《星期评论》连载，但《星期评论》停刊，苦于没有经费，无法出版。来华的第三国际代表维经斯基闻知后，便出钱秘密设立印刷所出版该书。1920 年 8 月《共产党宣言》中文全译本出版发行，印数 1000 册。由于排版错误，书的封面文字印成了“共党产宣言”。2021 年 5 月 26 日，中国共产党新闻网发表的《较早把〈共产党宣言〉译成中文的五个中国人》一文称，在全国发现的中文第一版《共产党宣言》只有 11 本，分别珍藏在中国国家图书馆、北京市文物局、上海图书馆、上海党的一大会址纪念馆、上海鲁迅纪念馆、上海档案馆、中国国家博物馆、延安革命纪念馆、浙江上虞市档案馆、温州图书馆、山东东营历史博物馆。最新发现，另有一本存于上海社科院，存世共12本。温州图书馆收藏的这本戴树棠律师的学习用书《共产党宣言》，是多么珍贵的革命历史文物！

（参考文献：温州市委党史研究室、温州中共党史学会编写《丰碑》，周兴杞、乐加楠主编《瑞安英烈》）

十六、参与化解“伍豪”事件的陈志皋律师

20世纪二三十年代，上海有位青年律师陈志皋，思想进步，中央特科负责人周恩来通过地下工作者黄慕兰接触、联系他，他以合法身份，帮助革命工作。陈志皋律师为营救被捕的中共党员、反击国民党反动派的造谣诬蔑等发挥了作用，与黄慕兰结婚后，夫妻相互配合，陈志皋更加主动地参加抗日救亡活动，为革命事业做了重要贡献。

进步青年

陈志皋（1911—1988），浙江海宁人。陈家是享有盛名的世家门第，先祖为清朝康熙、雍正年间著名的陈阁老陈元龙。陈志皋肄业于震旦大学，继获上海法学院法学士，留学法国专攻法律。回国后执行律师业务，担任全国律师协会常务理事，系20世纪30年代上海法租界的著名律师，其父陈其寿先生是清朝二品大员，在上海法租界做过十八年的会审公堂刑庭庭长，为司法界宿耆。

陈志皋在上海震旦大学读书的时候，思想“左”倾，参加过罢课等学生活动，后来转到上海法学院学习。上海法学院有一批思想

进步的师生，如褚辅成①、沈钧儒、李剑华、宋渊如等，都是著名的爱国民主人士。所谓“近朱者赤”，陈志皋在那里跟他们经常接近，受到熏陶；尤其是沈钧儒先生，既是师长，又是表兄，对陈志皋影响很大。在上海法学院读书时，同学、共青团员施蛰存、戴望舒和杜衡，因参加学生运动和革命活动而被捕，陈志皋主动要求他父亲出面保释，这三人后来均为颇有成就的文学家。施蛰存是著名文学家、翻译家、教育家、华东师范大学中文系教授，他博学多才，兼通古今中外，在文学创作、古典文学研究、碑帖研究、外国文学翻译方面均有成绩，还被中国翻译协会表彰为匈牙利语、波兰语“资深翻译家”。戴望舒成为中国现代派象征主义诗人、翻译家等，他是著名现代诗《雨巷》的作者，曾经和杜衡、张天翼、施蛰存等人成立了一个名谓“兰社”的文学小团体，创办了《兰友》旬刊。杜衡，民国时期作家，有《石榴花》《叛徒》《怀乡集》等作品问世。可以这么说，如果当年不是陈志皋慷慨出手相

陈志皋

① 褚辅成（1873—1948），字慧僧，一作惠生，浙江嘉兴人。九三学社发起人之一。中国著名的社会活动家、爱国民主人士。辛亥革命时期，参与领导起义，光复浙江省城，军政府建立后任民政长。

救，不免被害，中国就少了这三位著名文学家。

青年时期的陈志皋参加进步团体“世界与中国社”，是其中重要的成员。这是20世纪30年代初，中共中央宣传部的干部周康文，组织了一个党外进步人士的学习小组，成员共有十人：周康文、陈志皋、孙晓村、吴羹梅、陈高佣、李南香、曹亮、戴望舒、梁园东、武振东，其中陈志皋的年龄最小。李南香、陈高佣、吴羹梅等都参加过北伐时期的革命工作，之后去日本留学回国，有的直接加入过共产党，有的则在党的影响下从事党外工作，这些人成立了一个“世界与中国社”的进步学术团体，接受中共中央宣传部的领导，还出了一个旬刊《世界与中国》，后改月刊。九一八事变时曾出过特大号，是当时非常有影响力的刊物，编辑部就设在陈家的三层楼上。陈志皋父母住在一楼，陈志皋的大哥、大嫂和妹妹们住二楼，陈志皋与几个未婚的兄弟都住三楼，他的书房就是《世界与中国》的编辑部。中国革命互济总会的宣传部长钱纳水跟周康文、潘汉年都有过工作联系。这一时期，陈志皋参加了党组织领导下的外围工作，并利用优越的家庭条件，为开展工作提供帮助。

营救关向应

1931年4月中旬，时任中共中央政治局委员、在上海领导全国工联工作的关向应，在闸北的寓所被捕，他化名叫李世珍，当时并没有暴露身份。4月21日，党中央情报保卫机关的总负责人顾顺章在汉口被捕，旋即叛变，不仅供出了中共地下党几乎所有的机关以及领导人的地址，还将关押在监狱中身份尚未暴露的领导人一一指认，以致狱中的尚未暴露的恽代英等同志被害。幸好顾顺章并不知道关向应已被捕，但形势已十分危急，周恩来找到黄慕兰，交给她营救关向应的任务。黄慕兰反复考虑后，找到陈志皋律师，陈律师带领她拜访其父陈其寿先生，陈其寿先生在上海司法界位高言重。见面后，陈其寿对黄慕兰颇有好感，收她为“干女儿”，并请她担任自己几个女儿的家庭教师。陈志皋见黄慕兰取得了其父信任后，便向父亲提出了请求，说是黄小姐有一个远房亲戚名叫李世珍，被误抓了，关在龙华监狱，是否能通融一下。陈其寿一听，很爽快地应诺。数天后，陈其寿让陈志皋出面请龙华监狱的典狱长来家里吃饭，同时将黄慕兰叫来。饭桌上，陈其寿将这件事讲了，称黄慕兰为自己的“干女儿”，典狱长一口答应放人，但关向应却迟迟未能出狱。恰在此时，又发生了一件大事，时任中共中央总书记向忠发叛变，但他来不及招供关向应时，蒋介石就下令枪毙了他。周恩来担心夜长梦多，横生变故，指示黄慕兰加紧办理，黄慕兰再次拜访陈其寿。听说这事迟迟未办，陈其寿非常生气，把典狱长找来质问，典狱长说是一位姓李的书记官不肯放人。陈其寿知道此人嗜好，让陈志皋拿了自己的信，带上两斤上好的烟土去找李书记官。于是，关向应被押了近半年后终于出狱了。营救成功后，陈志皋黄慕兰亲自驾车到龙华监狱，将关向应接了出来，在东方旅馆包了房间替他接风洗尘。不久，中央派遣关向应去担任了湘鄂西苏区的军委书记兼红三军政治委员，后任红二方面军总政委、八路军 120 师政治委员、中共中央晋绥分局书记等重要职务。

查证向忠发叛变

顾顺章被捕、叛变后，给当时在上海的党中央各机关和中央领导同志的安全造成了极大的威胁。周恩来果断地采取应急措施，切断了顾顺章当时所能知道的一切线索，时任总书记的向忠发也另迁住所。不久，形势更加险恶，党中央经过慎重考虑决定把向忠发送往中央苏区。临行前，他提出要见情妇杨秀贞一面。中央没有同意，由于他坚持要见，组织上便明确要求他上午去，下午一定要赶回来。但他6月21日上午去后，不仅在杨秀贞处吃了饭，而且还过了一夜。第二天早晨，向忠发去附近一家汽车行叫车离开时，被认识他的车行会计告发而被捕，旋即叛变。这使处境已经十分困难的党中央各机关雪上加霜，组织安全、人员安全更是受到严重威胁。然而，当时党组织并不知道向忠发已经被捕、叛变的情况。

幸运的是，当天下午陈志皋约黄慕兰在东华咖啡馆喝咖啡，恰遇陈志皋的同窗好友、在法租界的巡捕房当翻译的曹炳生，在聊天中，曹炳生透露：南京国民政府派人来抓了一个共产党的头头，湖北人，六十岁左右，镶一口金牙齿，酒糟鼻子，只有九个手指头，是悬赏了十万块钱才抓获的。并说：这个家伙真不中用，一坐上电椅，就吃不消，招供了。言者无心，听者有意，黄慕兰仔细考虑后，判断被捕、叛变的是向忠发。黄慕兰借故提前回家后，马上打电话约潘汉年见面，并告诉他这个消息，潘汉年找到当时中央特科的实际负责人康生汇报，康生听后又立即周恩来做了汇报，周恩来即时通知中央李富春和蔡畅等一批同志转移、销毁文件，做好应变工作。康生派了两个特科的同志装成小贩，挑着馄饨担子分别到向忠发所知道的周恩来和李富春撤出前所住的地方附近观察。果然，到夜里一点钟左右，看见一个人戴着手铐脚镣，领着巡捕房的人来了。这一伙人没能抓到周恩来，直接扑向就在附近党的地下印刷厂“红旗印刷所”，抓走了好几位同志。这个印刷所公开挂有招牌，有正式的营业执照，跟外面也有印刷业务的生意往来。由此，党中央就确认向忠发是叛变了。

第二天，周恩来召见了黄慕兰，要求通过陈志皋向巡捕房里有关人员收买向忠发的口供材料。陈志皋后来从曹炳生那里了解到有关情况：原来抓住向忠发的人，打电报给正在庐山的蒋介石，汇报已抓到了共产党的总书记向忠发，蒋介石立即回电指示“就地正法”。而负责审讯的人接着发去第二个电报，说向忠发已自首投诚，并帮助破获了共产党的地下印刷所，抓到了一些共党分子。还没等蒋介石的第二次回电指示，那收到蒋介石第一个电报的人，为了抢先邀功领赏，就马上将向忠发枪决了。这些消息，有利于党中央掌握向忠发叛变的真实情况。

化解“伍豪”事件

“伍豪”脱党，是中共党史上一个著名事件，它是国民党特务精心策划的阴谋。1932 年 2 月，特务以周恩来的代号“伍豪”的名义在上海《时报》《申报》等分别刊登了伍豪脱党启事，企图达到污蔑周恩来、瓦解中共革命力量的目的。这一阴谋有一很大的漏洞，在刊登启事前，周恩来已经于 1931 年 12 月离开了上海，进入了中央苏区，此时他正在江西瑞金担任中央领导工作。但是，如何澄清事实真相，揭穿阴谋，消除不良影响，还得讲究斗争策略。

潘汉年拿着登有辟谣启事的中共机关报《实话》找到黄慕兰说，党刊是内部刊物，读者有限，中央要她利用与陈家的关系，设法在上海大报上辟谣。接受任务后，黄慕兰去找陈志皋。陈志皋虽然不知道伍豪是什么人，但从黄慕兰郑重其事的表情上看出事关重大。他仔细看了启事内容，为难地说：“我是中国律师，刊登这样的启事，当局和巡捕房追问下来，无法交代的。”他接着提议，办这件事应该找个外籍律师，根据治外法权，在中国的外籍律师可以为当事人保密，而中国政府却无权过问。经他想方设法，四处奔走，争取了上海《申报》总经理史量才、顾问陶行知的支持。2月22日的《申报》上登出了这样一则启事：

伍豪先生鉴：承于本月18日送来广告启事一则，因福昌庆公司否认担保，手续不合，致未刊登。申报馆广告处启。

这篇《启事》与特务炮制的《启事》，虽然内容毫不相干，但告诉读者，“此伍豪”非“彼伍豪”，这是一个间接迂回的辟谣方法，有一定的效果。

但黄慕兰仍不满意，她希望陈志皋能为伍豪正面辟谣。陈志皋说：“看来只好请外国律师帮忙了。”当时，在上海有一位名为巴和的法国律师，他与陈志皋是至交好友。巴和律师有一个癖好，酷爱中国古董。陈志皋考虑再三，便从家里拿出一幅祖上珍藏的古画，送到巴和寓所。巴和一见古画，眉开眼笑，他也马上意识到陈志皋可能有求于他，便豪爽地说：“陈先生有何难处，鄙人定当尽力而为！”陈志皋见状，便拿出一份以巴和律师名义起草的辟谣启事，请他尽快刊登在上海影响力最大的《申报》上。3月4日，《申报》以醒目位置大字标题登出《巴和律师代表周少山紧要启事》。

兹据周少山君来所声称：渠撰投文稿曾用别名伍豪二字，近日报载伍豪等二百四十三人脱离共党启事一则，辱劳国内外亲戚友好函电存问。惟渠伍豪之名除撰述文字外，绝未用作对外活动，是该伍豪君定系另有其人。所谓二百四十三人同时脱离共党之事，实与渠无关，事关个人名誉，易滋误会，更恐有不肖之徒颠倒是非，借端生事，用特委请贵律师代为声明，并答谢戚友之函电存问者云云前来。据此，合行代为登报如左。事务所法大马路四十一号六楼五号，电话一万三千二百三十九号。

这则启事设计得十分严密周全，在法律上更是无懈可击。以周少山的名义来辟谣，在启事中又说伍豪仅仅是自己发表文章时“别名”，同时，指出“有不肖之徒颠倒是非，借端生事”，这一巧妙的技术处理，读者很容易判断出先前的那份所谓脱党启事是伪造的谎言。这则启事刊出后，凭借《申报》的广泛影响力，取得了明显的反击效果。

特殊婚姻

黄慕兰（1907—2017），字淑仪，原名黄彰定，曾用名黄定慧，湖南浏阳人。她是一名颇具传奇色彩的中共地下工作者，周总理曾称其为“党的百科全书”，陈赓大将曾说：“慕兰的一生是中国革命曲折发展的反映。”

黄慕兰

黄慕兰出生在湖南浏阳的士绅之家，父亲是谭嗣同的同窗好友，与谭嗣同一起整理过《仁学》，支持变法维新运动。黄慕兰 12 岁时进入周南女校读书，周南女校当时培养了一批在中国近代史上享有盛名的女学生，有向警予、蔡畅、杨开慧、丁玲等。1923 年，黄慕兰为逃避父母包办的婚姻至汉口，参与妇女运动，1926 年加入中国共产党，担任汉口妇女部部长。她不仅人长得漂亮，而且有文化，交际广，有魄力，在武汉三镇很出名。1927 年国共分裂后不久，黄慕兰赴上海任中共书记处秘书兼交通员。1931 年 1 月，党组织看中了黄慕兰的活动能力和社会关系，委任她为中国革命互济总会的营救部长，与潘汉年单线联系，承担营救被捕同志的任务。其间，与宛希俨、贺昌有过第二、三段婚姻，宛、贺先后牺牲，成为革命烈士。

在平时交往和工作中，陈志皋对黄慕兰爱慕不已，热烈追求。1933 年，陈志皋正式向她求婚。当时，黄慕兰还不知道贺昌在中央苏区的消息，盼望中央派人来接她去与贺昌团聚，不敢答应陈志皋求婚，但立即将此事向党组织做了汇报。1934 年，接任潘汉年工作的刘伯垂和其夫人赵畹华反复思考商量后，认为黄慕兰是遵照周恩来同志指示通过陈志皋去开展营救工作的，陈志皋似乎已经觉察到黄慕兰在为中共工作，但甘愿冒险帮助我们党在最困难的时候营救了很多被捕的同志，这样重要的工作阵地，决不可轻易放弃。于是，刘伯垂和赵畹华就说服黄慕兰，极力促成这桩特殊的婚姻。赵畹华代表党组织还对陈志皋“约法三章”：一继续尽力支持营救我们的同志；二婚后互不干涉个人的行动，允许黄慕兰参加一些社会活动和工作；三允许黄慕兰将来与前夫留下的烈士遗孤相认团聚。对此，陈志皋愉快地完全接受。1935 年 5 月，陈黄的婚礼在上海中华学艺社隆重举行，蔡元培和沈钧儒先生证婚，《申报》做了报道，特别介绍陈志皋是上海律师公会的执行委员、《律师法》的起草者和冤狱赔偿运动的主将。婚后，陈志皋信守诺言，履行“约法三章”，更加积极主动地投身中共领导的革命工作。

参加抗日救亡

1938年1月，党中央和周恩来派刘少文①以八路军驻上海办事处秘书长的身份来沪。刘少文充分肯定了黄慕兰、陈志皋的工作成绩：成功营救了关向应、及时将向忠发叛变的情况通知潘汉年、化解“伍豪”事件。要求黄慕兰、陈志皋留在上海，继续利用合法身份和上层统战关系，为推进上海各界抗日救亡运动，发挥自己的力量和作用。

1937—1939年间，陈志皋在上海以律师的身份，并运用他父亲的显赫地位和影响力，通过与法国人的友好关系，成功地做了几件一般抗日爱国人士所不能办到的事，主要有：一、以抗敌后援会名义租用法国轮船，把许多留滞在上海的国共双方知名人士安全送往大后方。二、通过一位饶神父与日军司令部交涉，多次租用挂着红十字会旗子的轮船，把一批批申请回乡生产而实际是去参加新四军的青壮年难民，送达目的地。三、日军司令部突然通知法国驻上海的梅总领事，要求取缔设在法租界内的由于伶领导的中华戏剧社，并驱逐全体社员离开法租界。刘少文、于伶商量后，要陈志皋去找梅总领事。梅总领事是陈志皋父亲的朋友，陈志皋与梅总领事交谈后，梅总领事说他决定不理会日本人的通牒，而是要陈志皋带领戏剧社参加以总领事为会长的中法联谊会。此后，除戏剧社外，其他一些抗日救亡团体也通过这层关系，借用中法联谊会的会址开会或举行活动。四、上海沦为孤岛后，租界内几百万居民的粮食供应困

---

① 刘少文（1905—1987），河南省信阳县人，曾任中央巡视员、察哈尔抗日同盟军中共前敌委员会委员兼独立第18师政治部主任、中共中央西北局秘书长等职，抗日战争全面爆发后，主持八路军驻上海办事处工作。

难，陈志皋和饶神父通过当时在法国殖民统治下的安南（越南）、暹罗（泰国）打交道，把“暹罗米”运到上海租界来解救粮荒。

运送抗战物资

抗日战争全面爆发后，中华民族同仇敌忾，广大海外侨胞更是以极大的爱国热忱纷纷捐款、捐物，支援抗战。但国民党以“统筹统汇”为名，要求海外捐赠的资金、物资全部寄交给国民党政府，然后由国民党政府分配使用。实际上，这些捐款和物资都到不了八路军、新四军手中。为了突破国民党的“统筹统汇”，上海的救亡团体曾通过派遣慰劳团等多种方式，想方设法把药品等军需物资直接送往新四军。

上海沦陷后，宋庆龄等救亡领袖转移到香港，1938 年 6 月 14 日，宋庆龄发起成立“保卫中国大同盟”。以宋庆龄和何香凝在海外的巨大影响，“保盟”广泛地联络世界各国进步组织和进步人士，其中有许多港英政府官员、银行家、实业家及文化界的著名人士。“保盟”向他们宣传中国各地的抗日救亡情况，介绍中国共产党领导的抗日根据地军民在缺乏后勤保障的情况下英勇杀敌的感人事迹，取得了他们对抗日战争的同情和支持。募捐活动搞得轰轰烈烈，爱国华侨及各界人士慷慨解囊，捐献了很多物资，有的还专门指定用以接济八路军、新四军。广州沦陷后，这些物资都积存在香港的仓库里，运不出去。当时香港和重庆之间只通飞机，用飞机运输捐赠的抗日物资，不但运费昂贵，而且运输量小，不能满足前线的急需。在香港存放过久，又有安全问题。对此，宋庆龄等人很是焦虑，何香凝便通过刘少文捎信给陈志皋，请他去香港想办法，开辟运输线，把这些支援前线抗日的物资运送出去。

陈志皋应允去香港，帮助运送物资，但正在上海筹组公司、调配人员，做准备工作之时，发现可疑人员在他家附近出没，为安全计，他就于1939年春夏间与通易公司的经理潘鲁岩匆匆赴港。到香港后，他们以通易公司下属正大运输公司的名义，和廖承志以及国民党方面的李芳、李直夫、吴铁城等人合作，联合了西南运输公司、太昶公司等，到越南海防，通过在那里的留法震旦大学老同学的关系，开通了一条香港—海防—昆明—重庆的海陆联运交通线，并订好合同，每个星期可以使用滇越铁路的一节车厢，使海外捐赠的抗战物资源源不断地及时送达前线。这是突破日军封锁，为我们党和进步抗日力量开辟了一条从沿海到内地的新的交通线，在当时是很不容易的。在海防期间，陈志皋荣幸地结识了胡志明主席，胡主席赠他一枚自己手制的图章——“戎马书生”，永志中越人民共同反法西斯的友谊。

陈志皋律师虽然是党外人士，也不一定理解中国共产党性质、宗旨及其领导的革命事业，但在党组织的引导下，出于法律人的正义与良知，利用优越的家庭地位和娴熟的法律专业技能，不计个人名利安危，为党的革命事业而工作，取得成效，令人敬佩。

（参考文献：黄慕兰著《黄慕兰自述》、中央文献研究室编《周恩来传》、穆欣著《关向应传》、毛毛著《我的父亲邓小平》）

十七、营救任弼时的何维道律师

任弼时（1904—1950），原名任培国，湖南汨罗人。伟大的马克思主义者、杰出的无产阶级革命家、政治家，中国共产党和中国人民解放军的卓越领导人，以毛泽东为核心的中共第一代领导集体的重要成员。在党的七届一中全会上，他与毛泽东、刘少奇、周恩来、朱德被选为中央书记处书记，并称为“五大书记”。任弼时在革命斗争中，有过遭受逮捕，身陷囹圄，他英勇无畏，沉着应对，在律师帮助下，安全脱险的经历。

任弼时

中共中央文献研究室编、中央文献出版社出版的《任弼时传》记述了1928年10月任弼时在安徽南陵被捕而脱险的经过。1928年7月，在中共六大上，任弼时当选为中央委员。1928年3月，中共安徽省临时委员会书记尹宽推行“左”倾盲动主义路线，导致各县党组织不同程度地遭到破坏，大批党的领导干部和骨干分子被捕和牺牲。9月，中央委派任弼时以特派员的身份，到安徽开展巡视工作，主要任务是传达党的六大精神、处理芜湖市委反对省临委的风潮。任弼时首先到达芜湖，在省临委机关召开党的骨干分子会议，传达党的“六大”会议精神，批评“左”倾盲动主义的错误，听取省临委的工作汇报，处理内部纠纷。其间，省临委秘书处、团省委机关先后遭到敌人破坏，省临委秘书长被捕，省临委不得不转移。任弼时决定离开芜湖，去南陵视察。

任弼时化装为商人模样，改名胡少甫，于10月14日凌晨到达南陵，决定第二天在县城西北的古刹香油寺，召开城关地区党团骨干会议。香油寺北倚城墙，南临小河，河上有金、银两桥通向寺庙，附近有三国时期东吴大都督周瑜夫人的衣冠冢，称为小乔墓，是一处名胜。当天下午3时，在南陵县党团负责人王德芳引导下，任弼时和安徽团省特委书记林植夫（化名徐厚昌）来到小乔墓，同时，接到会议通知的党团员陆续到来。不料这次会议被国民党县党部发觉，几个叛徒在暗中盯梢，县自卫队在附近埋伏。当任弼时发现情况异常，准备散开时，敌人蜂拥而上，当场逮捕了任弼时、林植夫等四人。王德芳因不在现场，得以幸免，他当晚立即赶到芜湖向党组织报告，但不久，王德芳在芜湖被捕。

16日晚，南陵国民党县党部、法院会审，任弼时镇定自若，对答如流，称自己名叫胡少甫，湖南人，长沙伟伦纸庄的学徒，到南陵催收账款，顺便到小乔墓游玩。敌人除了搜走他身上的八十元现款，别的一无所获。恼羞成怒的敌人使出惯用的拿手好戏——刑讯逼供，“踩杠子”、施“夹棍”，但任弼时一口咬定原来的口供，毫不松口。敌人只好以“共党嫌疑”，将任弼时等押解到当时安徽省政府所在地安庆，准备在安庆的特种刑事法庭对任弼时进行秘密审判。

押解途中的船上，任弼时巧遇同乡彭佑亭，趁押解士兵不备，将被捕之事托彭佑亭转告在长沙的堂叔任理卿，并告知自己口供的内容。不久，在上海的任弼时夫人陈琮英收到任理卿的电报，知道了任弼时被捕的消息，立即报告给党中央，中央派人与陈琮英一起开展营救工作。长沙伟伦纸庄的老板是陈琮英的堂兄陈岳云，陈琮英便以纸庄东家的身份聘请长沙四大律师之一何维道提供法律支持，参加营救。

关于何维道律师的史料不多，不能对他做详细介绍。他曾经是张之洞的门生，留学日本学习法律，归国后相继担任湖南公立法政专门学校、湖南大学的法科教授。在长沙执律师业，担任过长沙律师公会的副会长和会长。此外，何维道还与他人合著中国最早的警察学著作《警察学》一书，以及合著其他著作。何维道是一位既具有深厚理论功底和丰富的实务经验，又具有正义感的著名律师。

何维道律师接受委托，赶赴安庆之后，利用他的社会关系和影响力，通过沟通、申辩，把案子由特种刑事法庭转移到安徽高等法院，将原来的特种刑事案件变成了普通刑事案件，改变了案件的性质，减轻了营救工作法律上的难度与阻力。因为从特种刑事法庭直接营救，简直比登天还难，几乎没有可能。当时，国民党设立的特种刑事法庭，就是为了专门镇压共产党人，即是当时臭名昭著的“铲共法院”或“惩共法院”。特种法庭审讯时，视基本人权和法律程序为无物，实施严刑拷打，秘密审讯，律师根本没有辩护的机会。

安徽高等法院对任弼时开庭审理时，何维道出庭担任辩护人。法官照例查明被告人的基本情况后，便大声喝道：“胡少甫，你图谋作乱，危害民国，从实招来！”任弼时答道：“我是个本分的生意人，平日遵纪守法，说我图谋作乱，危害民国，这从何谈起？”此时，何维道立刻起身驳斥：“这图谋作乱，危害民国的罪名，何其大啊，有什么证据？”接着，何维道雄辩高谈，强烈谴责了南陵县党部滥抓无辜，将伟伦纸庄学徒当成共产党嫌犯抓入监狱，又严刑拷问，这是严重侵犯人权的非法行为。最后，请求法院先要调查核实胡少甫的身份，以证明其无罪。

开庭后，安徽高等法院果然派人赴长沙核查被告“胡少甫”身份，而任弼时则被继续关押。其实此前，何维道早有准备，嘱咐陈琮英回长沙做好应对法院核查取证的准备。当安徽高等法院的调查人员来查核取证时，陈琮英便以伟伦纸庄东家的身份，证明了胡少甫是自己纸庄的学徒，案发时，确实为纸庄去南陵打理生意上的事，并出具了证明书。1928 年底，安徽高等法院最终认定此案证据不足，宣告任弼时无罪。被营救出狱后，任弼时回到上海继续领导革命工作。

在上海期间，任弼时又一次被捕，也经律师参与营救而脱险，这个事件已另文介绍。

（参考文献：中共中央文献研究室编 章学新主编《任弼时传》）

十八、爱国君子王造时律师

反驳梁启超

王造时（1903—1971），江西安福县江南乡人，出生在一个小商人之家，少时聪慧好学，过目成诵，有“神童”之誉。1917年，王造时以江西省前五名的优异成绩考入北京清华留美预备学校。在清华学校八年求学期间，王造时是一位爱国思想强烈、追求进步的青年学生，1919年积极参加五四运动，是运动中先锋分子，曾两次被捕入狱，后任清华学生会评议会主席和干事会主席。1921年，王造时组织了以联络友谊、砥砺学行为宗旨的仁社。

王造时

1923年10月10日，清华园举行了“双十”节国庆大会，学校特请在清华担任国学讲座的著名学者梁启超来演讲。梁启超演讲的题目是“我对于十二周国庆纪念的感想”，借题发挥，乘机攻击孙中山先生及其领导的国民党，说中华民国之所以闹到这样乱七八糟的地步，革命党人是要负重大责任的，因为革命党人不择手段，时常暗杀行刺，运动军队，所以现在军阀专权，兵匪横行……当时的王造时对孙中山在南方进行反对北洋军阀的护法运动十分关心，把国民革命胜利的希望寄托在孙中山和国民党身上，听了这些言论，非常气愤，认为简直是在颠倒黑白，混淆是非，欺骗和毒害不明真相的青年学子。他挥笔疾书，写了一篇反驳文章，在《清华周刊》发表了《梁任公讲学的态度与我听讲的态度》。文章的开头和结尾都用了下面两句话：“对于讲学问的梁任公先生，我是十二万分的钦佩，对于谈政治的梁任公先生，我是十二万分的怀疑。”尖锐地指出：“在混混沌沌、黑白不分的中国，我们纯洁无辜的青年，已经不知受了多少这些造谣生事者的暗示。在腥风血雨、麻木不仁的北京，我们纯洁无辜的青年，已经不知受了多少这些颠倒是非者的压迫。”王造时根据历史事实，针锋相对揭露梁启超一贯反对孙中山领导的民主革命。辛亥革命后，梁启超回国纠集立宪派、保皇党成员组织“进步党”，拥护袁世凯，并出任司法总长。袁世凯倒台后，他又组织宪法研究会，出任段祺瑞政府的财政总长，进一步驳斥：“中华民国之所以闹到这样乱七八糟的地步，绝不是孙中山和国民党，而是梁任公先生和那些勾结北洋军阀以及热衷于搞派系的保皇党人物。”这篇文章被国民党人在北京办的《时言报》转载，标题改为“研究系包办华北教育的反响”，用特大号字排在第一版，加了编者按语，这使梁启超非常难堪。

梁启超很是懊恼，认为王造时只不过是小小的学生，竟然如此放肆，他便以辞去讲座相要挟，对清华校长曹云祥施压，要他处罚王造时。曹云祥为了挽回梁启超面子，三番五次找王造时谈话，要他写悔过书，并由他陪同去向梁启超赔礼道歉。王造时拒不认错，说：在学校我是学生，在社会我是公民，梁先生可以谈论国是，我也可以谈论国是；梁先生可以批评孙中山和国民党，我也可以批评梁启超和研究会。如今不是提倡科学与民主嘛，当学生的难道就没有写文章辨是非的权利吗？尊敬的校长先生，我就是要碰碰梁启超这位大人物！我无过可悔，也不愿意被开除，如果校长开除我，我向法院起诉，向社会呼吁，要校内发起罢免校长运动！曹云祥听他言之有理，又有相当的活动能力，在同学中有很大的号召力和影响力，也怕事情闹大不好收拾，此事就不了了之。不久，梁启超辞去了清华大学国学讲座的聘请。

曝光“黑名单”

1925 年 8 月，清华学校毕业后，王造时被公费保送赴美国威斯康辛大学留学，先后取得学士、硕士和博士学位。1929 年夏，王造时在美国威斯康辛大学毕业后，去英国伦敦大学经济学院做研究员，跟拉斯基学习，继续攻读十个月左右。1930 年返国，定居在上海。其间，先后任光华大学教授、政治系主任、文学院院长，兼任大夏大学、中国公学等校的教授。

九一八事变后，祖国的大好河山沦于敌手，中华民族面临亡国灭种的危险，全民抗日救亡运动空前高涨。他参加、组织救亡团体，办刊物，发表文章与演说，呼吁对内团结、对外抗日。王造时不顾个人安危，先后发表了《由“真命天子”到“流氓皇帝”》《安内必先攘外》《救亡两大政策》以及《国民党怎么办》等一系列重要文章，抨击蒋介石政府的“攘外必先安内”的反动政策。王造时的反蒋爱国活动及其巨大的社会影响，引发了反动当局的仇视、痛恨和反扑，他们一边查封王造时所办的《自由言论》《主张与批评》等刊物，钳杀舆论阵地，一边罗织罪名要追究王造时的所谓“危害民国罪”，企图人身迫害。反动当局甚至指令上海光华大学校长张寿镛解聘王造时，毫无人性地断绝他的生活出路。面对威胁和陷害，王造时毫不退缩。反动当局见硬的不奏效，就来软的一招，便请来CC派骨干、王造时的家乡老师周利生当说客，请他去南京国民政府当官，以高官厚禄相拉拢，被断然拒绝。王造时软硬不吃，反动当局认为他实在不识“时务”、不识抬举，只好对他搞阴谋了。

1933年4月23日，王造时参加一个会议回到寓所，接到一个邮包，上面写着“王造时先生亲启”，王造时拆开一看，里面竟装着一枚小型定时炸弹和三发手枪子弹，还有一张小纸条，上写“小心你的脑袋”。那段时间，王造时当时住处上海报司斐尔路的中振坊附近，总有一些补鞋的、卖仁丹的、拉黄包车的，鬼鬼祟祟地出没。一日，夫人朱透芳发现有几个彪形大汉，似乎在侦察地形，她担心王造时的安全，便安排他暂住在朋友家里。解放后，参加行动的特务徐正荣在逮捕后交代，他与两个特务接受指令，领了手枪与子弹，去王造时家附近埋伏，执行暗杀任务，因王造时没有出现，才免于罹难，后来不知何故，暗杀被取消。

不久，住在上海马斯南路的国民党元老李烈钧差秘书来找王造时，李烈钧给他看了一份盖有骑封印的蓝衣社暗杀黑名单，责备道：风声这么紧，你还不离开上海，还在到处跑，多危险呀。接着，李烈钧劝他去香港避一避。王造时看到名单上列50余人，自己也在其中，每个名字的后面还有个莫名其妙的代号，满腹狐疑地问道：李老，这是真的吗？哪来的？李烈钧回答：我是从程潜那里得到的，他也榜上有名，这绝对不会是假的，你千万要小心啊！王造时回到家里，心绪很是不安：蒋介石不是也高喊抗日救国么？自己一介书生，毕生研究政治法律，一不索官，二不图利，日夜奔波，为的是抗日救国，爱国难道真的有罪，还要招来杀身之祸?！6 月 18 日，王造时惊闻噩耗，中国民权保障同盟总干事杨杏佛及儿子杨小佛在上海亚尔培路中央科学研究院上海办事处门前遭特务枪杀，杨杏佛当场殒命，杨杏佛也是名列暗杀黑名单的。王造时想到自己不但上了黑名单，还是中国民权保障同盟的宣传委员，感到问题的严重性，敌人已经下毒手了。6 月 20 日，在上海胶州路万国殡仪馆追悼杨杏佛大会上，宋庆龄、蔡元培、沈钧儒、刘海粟、王造时等百余名知名人士齐集，沈钧儒以命令似的口吻对王造时说：你要赶快离开上海，越快越好，有什么困难我帮助你。

王造时经过反复思考躲避不是长久之计，唯一的出路只有横下一条心，进行针锋相对的斗争，即使死了也能让世人知道是怎么死的，决定把暗杀黑名单在报纸上披露，公之于众，以“阳谋”对付阴谋。而当时上海的报纸，大部分为国民党当局所控制，不可能发表黑名单，王造时决定去找美国人办的《大美晚报》的总编辑张似旭。张似旭与王造时是旧交，他虽是个亲美人物，但对蒋介石政府倒行逆施素有不满，答应冒险刊登黑名单。第二天，《大美晚报》在头版醒目位置披露了黑名单，53 人的名字赫然在目，其中有共产党领导人陈绍禹、秦邦宪、赵容、陈云等，有国民党反蒋派李济深、陈济棠、李宗仁、邹鲁等，有文艺界鲁迅、茅盾、田汉、胡愈之等，有中国民权保障同盟的杨杏佛、王造时，等等。1933 年 7 月 14 日《中国论坛》杂志第 3 卷第 8 版以“勾命单”为题，在中英文版刊出，舆论大哗，震惊了上海，轰动了全国，人们纷纷遣责，弄得国民党政府十分狼狈。上海市长吴铁城匆匆地发表“辟谣”谈话，坚称“绝无此事”，企图安定人心。同时，上海市政府向国民党中央报告，提出异议，如果这样大规模地暗杀，势必造成人心动荡，并使中国的国际形象受到损害。就这样，蓝衣社的暗杀计划停止执行。

王造时敢于公开斗争，毅然披露暗杀黑名单，将反动当局的阴谋暴露于光天化日之下，引发社会舆论，使暗杀计划不得不有所收敛，使他自己与黑名单上绝大部分人免于被害，不能不说是一个大胜利！

执业律师

王造时虽然保住了生命，但反动当局并未停止对他的迫害，以王造时有“共党嫌疑”为借口，强令光华大学校长张寿镛解除了王造时担任的文学院院长、政治系主任和教授的职务，又密令上海各大学，不许聘请王造时任教，使王造时不能继续在大夏大学、上海法学院兼课。这样，王造时不仅被剥夺了以教授身份在各大学讲课的权利，而且因为没有薪金收入，全家的生活陷入困顿。当时，王造时全家九口，有年迈的父母、妻子及四个孩子，还有一个老保姆，全靠王造时一人的收入维持生活。

王造时的本兼职都被解聘之后，毫无经济收入，朋友们非常同情关心，并慷慨相助。章士钊当时在上海主持一个律师事务所，他得知王造时已经领取了律师证书，支持王造时挂牌担任律师，并派自己的助手过去帮忙。1933 年 8 月，王造时在报纸上刊登了《执行律师职务启事》，宣布：“本律师于 8 月 14 日起，在上海各法院管辖区域，执行律师事务，律师事务所设在小沙渡承裕村 B 字 12 号 3 弄。”为了养家糊口，政治学博士、名教授王造时执行律师业务了。

律师的经济收入多少，完全取决于律师本人开业目的和办案原则，因人而异。有的律师在办案时乘机敛财，发家致富，也有的律师为了主持正义，收入甚微，生活贫寒。王造时的办案原则是：打抱不平，为贫苦无靠的同胞主持公道；不接办对社会有害无益的案子，不为贩卖鸦片及贪官污吏辩护；不能恃强凌弱，依附外国人压迫中国人，也不依附有权势的中国人压迫无权势的中国人。由于王造时开展律师业务坚持正义，不以牟利为目的，而是恪守这些办案原则，人们又知道他一贯反对国民党的贪污腐败，常常得罪当局，在政府、司法机关中并无人脉资源可用，他办案立场公正，是非分明，绝不勾兑求情，因而，除了无依无靠的贫苦群众外，没有其他客户上门。王造时的律师业务虽然十分辛苦，但律师费收入却微乎其微，入不敷出。朋友、同乡担心王造时一家生活困难，纷纷介绍业务。曾任国会议员的同乡汤漪介绍王造时做杜月笙的顾问，每月薪酬四五百元，王造时不愿与所谓的闻人大亨为伍，谢绝这番好意。国民党元老李烈钧深感王造时具有崇高爱国民主思想，学识渊博、才干出众、胆略过人，是不可多得的人才，对其十分器重，倍加爱护。为了增加王造时的律师业务收入，李烈钧介绍中国殡仪馆和久兴纱厂聘请他为法律顾问。商务印书馆总经理王云五也约请王造时为该馆翻译外国名著，增加收入。

王造时在执行律师职务的同时做起了翻译，他把翻译工作与其从事的救国活动结合起来。他先后为商务印书馆翻译了《近代欧洲外交史》《现代欧洲外交史》《美国外交政策史》等著作，大力宣传欧美各国政府和人民不向强权屈服的独立外交活动和爱国主义的精神，以及对当时中国抗日救亡运动的启示和教益。在《现代欧洲外交史》的译著序言中，王造时写道“各国内政与外交不能分开，做一个国家的公民应该有相当的外交常识，尤其是属于国际风云险恶的中国人，更不能不了解国际的背景与现在形势。因此，我打算多介绍几本关于近代外交史的书籍”。

虽然他的律师办案收入低微，但有法律顾问的报酬和商务印书馆的稿酬，每月的收入都在500元以上，解决了家庭生活问题。

七君子之一

1933年11月20日，李济深、陈铭枢、蒋光鼐、蔡廷锴等人以国民党第十九路军为主力，决定共同抗日反蒋，在福建福州南校场召开大会，决定成立中华共和国人民革命政府，并发布了内外政策。因1932年一二八淞沪抗战期间，王造时曾代表上海大学教授抗日救国会积极支持十九路军抗战，与蔡廷锴有过交往，1933年冬末，应蔡廷锴、蒋光鼐的秘密邀请，王造时到福建共议反蒋抗日事宜。1934年春，应冯玉祥通过李烈钧邀请，王造时去泰山讨论国是，促进抗日爱国力量的团结，发展抗日救国的民众运动。1935年夏，应李济深、陈铭枢之邀请，赴香港共议反蒋抗日。8月，应李宗仁、白崇禧之邀请，去广西参观，实为共议抗日救亡之计。12月12日，由马相伯领衔，王造时与沈钧儒、邹韬奋、章乃器等280余人联名，发表《上海文化界救国运动宣言》，提出坚持领土与主权完整、坚决反对在中国领土上成立任何由外力策动的特殊行政组织等八项主张，并声援“一二·九”北平爱国学生的正义行动。12月27日，王造时出席上海文化界救国会成立大会，在会上发表了长篇演说，当选为常务委员。1936年5月31日，全国各界救国联合会在上海成立，王造时被选为常务委员和宣传部长。7月15日，沈钧儒等人联名发表《团结御侮的基本条件与最低要求》，响应中共关于停止内战、组成抗日民族统一战线的主张，要求国民党停止剿共。11月12日，王造时与沈钧儒、章乃器联名打电报给李宗仁，呼吁他：请求政府停止剿共，出兵援绥，反对妥协秘密外交，援助日本工厂罢工工人。

王造时坚持反蒋抗日的爱国活动，触怒了反动当局，决意镇压。早在 1936 年 2 月，国民党特务密报："文化界救国会为王造时、沈钧儒、李公朴、邹稻奋等所主持。"决定非予以制裁不可，并"请中央密令政府警备司令部，缉捕反动首要王造时"。11 月 23 日凌晨，王造时和沈钧儒、章乃器、李公朴、邹韬奋、沙千里、史良同时被捕，这就是现代史上所称的"七君子"事件。

"七君子"被押在上海租界的巡捕房，不久转送到苏州的"江苏高等法院"看守所，史良系女性，另外关押。王造时在"七君子"中年纪最小，刚过三十三岁。在狱中，王造时被推举为文书部主任。他和其他几位君子无话不谈，有时也谈到如果把他们几个人绑出枪毙，他们应该怎么办，大家回答是应该一致地从容就义，临刑的时候一致大呼："打倒日本帝国主义！民族解放万岁！"

经过长达半年的羁押，江苏高等法院决定于 1937 年 6 月 11 日下午 2 时开庭审理，审判长为朱宗周，检察官是翁赞年。法庭审问了沈钧儒、章乃器，即传王造时到庭。

法官问：被告王造时，你们的联合会宣言有句话说：各党各派代表进行谈判，建立一个统一的抗战政权，这是不是不要现政府呢？王造时答：法官先生，你们把政府与政权混为一谈了，看来你们并不知道政权为何物。政府乃国家行政机关，是国家机构的组成部分。政权，则是指国家的权力，亦即统治阶级的权力，由军队、警察、法庭、监狱等暴力来保证其实现……政府是具体的，政权是抽象的。你所问的问题本身就是逻辑混乱、概念错误。王造时居然当庭以教授的架式讲解政治学概念，神情镇定，声音洪亮，语带嘲讽，旁听席上传来了笑声，法官们尴尬不安。

审判长朱宗周改变话题再问："你们为什么要鼓动上海日本纱厂工人罢工？"王造时并不否认鼓动罢工这一事实，说：审判长先生，日本纱厂的工人，也是我们的同胞！同胞辛勤劳作，却食不饱、衣不暖，我们不应该援助他们吗？他们也是审判长先生的同胞，审判长先生为什么对自己的同胞毫无同情心，而为日本资本家说话呢？朱宗周厉声再问道：被告王造时，你们主张联苏容共、建立统一政权么？王造时答：联合，是指与日本利益相反的各国联合，包括英、美、法、苏，不单单指苏联；主张联合各党派，也非单独联共，还有其他党派。建立并不是改组，统一政权是政府和全国民众一致的愿望。王造时不仅就字面、涵义上给予解释，而且举出大量事实来比较说明，他的答辩头头是道，井井有条。此刻，王造时虽然是法庭上的被告，但他是一位名教授，又是出了名的演说家。他的立场和观点，坚持团结抗日的主张，和慷慨激昂的演讲，令旁听席上不时传来阵阵掌声，人们为他这位义正词严的斗士喝彩！

“七君子”事件，激起全国人民的公愤，中共中央为此发表宣言，要求国民党政府放弃错误政策，释放政治犯，国内外进步人士开展了广泛营救运动，宋庆龄、何香凝等十六人发起抗日入狱运动，以实际行动声援“七君子”。1937 年“七七事变”后，国民党政府于 7 月 31 日被迫释放了王造时、沈钧儒等七人，王造时恢复了人身自由。

对斯大林说不

全面抗战时期，王造时积极投身抗战工作。1937 年 8 月 3 日，王造时等“七君子”应邀去南京，与国民党中央和国民政府代表商谈抗战问题，王造时提出，在这民族生死存亡关头，非全国一致，不分党派、不分阶层，团结一致，全民族抗战不可。出于合作抗日的目的，王造时任挂名的南京大本营政治部国民组训部委员。12 月底，江西省召开全省抗战总动员会议，应熊式辉的邀请，王造时回江西出席会议，并在会上发表讲话。1938 年 3 月，熊式辉在南昌创办江西省政治讲习院，培训战时的基层行政干部，熊式辉自己兼任院长，王造时任教务主任。6 月，王造时和沈钧儒、邹韬奋、史良等作为救国会代表，被国民党中央聘请担任第一届“国民参政会”参政员，同时被聘为参政员的还有共产党人毛泽东、周恩来、秦邦宪、董必武、吴玉章等。王造时在 1938 年至 1941 年，任第一届、第二届“国民参政会”参政员，积极就抗战到底、反对妥协投降，结束一党专政、民主改革两个方面进行提案。1939 年 4 月 22 日，王造时发表《望远镜与显微镜的抗战观》一文，纵论了抗战的必胜信念。

1939 年春，中共中央南方局书记周恩来受中央委托，由重庆前往皖南新四军军部和华东沿途各省传达六届六中全会精神，视察和指导党的抗日救亡工作，周恩来此行曾两度访问吉安。4 月中旬，周恩来从上饶铜山绕道再次来到吉安，得知王造时住在城内的栖凤巷内，便亲自登门拜访，赞扬了王造时“宁为玉碎，不为瓦全”的精神气节。周恩来向他介绍了中共六届六中全会精神，当他得知王造时在吉安创办抗日报纸的设想后，立即表示支持，向他介绍了重庆《新华日报》的编辑、出版情况，鼓励他要积极利用报纸这一宣传工具，有理有利有节地开展抗日民族统一战线的宣传工作。5 月 9 日，王造时创办的《前方日报》在吉安问世了。1940 年 1 月 24 日，王造时亲自为《前方日报》撰写题为“举国同愤”的社论，揭露汪精卫卖国行径。1 月 29 日，继续撰文痛斥汪精卫，题为“汪逆怎样把我们卖了？——请看卖国协定的分析”，至 2 月 25 日连载完毕，不仅再次揭露汪日密约的实质，而且还盛赞中国共产党的抗日态度。王造时主持下的《前方日报》，坚持宣传团结抗战，反对分裂投降，主导着吉安抗战舆论的正确方向。

1941年春夏之交，正值中国抗日战争的相持阶段，抗战军民处于最艰难困苦的境地，国际上英、美对日本采取了浓厚绥靖主义色彩的妥协政策，酝酿着“日美妥协牺牲中国”的远东慕尼黑新阴谋。4月13日，当时世界上唯一的社会主义国家苏联与已经占据大半个中国的日本，在莫斯科签订了《苏日中立条约》，其中关键的一条是“倘缔约国之一方成为一个或数个第三个敌对行动之对象时，则缔约国之他方，在冲突期间即应始终遵守中立”。同时签订的《共同宣言》声称：“苏联誓当尊重满洲国之领土完整与神圣不可侵犯性；日本誓当尊重蒙古人民共和国之领土完整与神圣不可侵犯性。”全世界都知道，宣言中所说的“满洲国”即我国东北三省。这等于说“满洲国”是合法的，其“领土”完整神圣不可侵犯，中国人民要推翻“满洲国”、收复东三省，反是破坏了它的“领土完整与神圣不可侵犯性”。真是岂有此理！

《苏日中立条约》与《共同宣言》公布后，国际舆论哗然，国内民众普遍感到震惊，议论纷纷。当时在重庆的全国救国联合会领导人认为救国会是因为主张抗日救国而建立的抗日团体，中国抗战就是为了收复失地，维护国家的领土与主权完整，苏联虽是我们最好的友邦，但是《苏日中立条约》与《共同宣言》对中国抗战实在是一个沉重打击，救国会有必要公开表明自己的态度，于是，便一致推举王造时起草一封致斯大林的公开信。王造时接受任务后很快写出初稿，经开会修正通过，信中说：“今贵国于四月十三日与我们的侵略者日本帝国主义订立中立协定，并发表宣言相互尊重所谓‘满洲国’及‘蒙古人民共和国’之领土完整与神圣不可侵犯性，显然妨害我中国领土与行政的完整，我们不能不表示莫大的遗憾。故对于我政府宣布其无效的郑重声明，绝对拥护，而深信这是我国四万万同胞的公意。”

自愿在信上签名的有沈钧儒、章乃器、史良、李公朴、沙千里、王造时等九人。救国会委托王造时起草的这封公开信，基于抗日救国的立场，王造时欣然接受，他确实是想反映中国的民意。但因此，王造时被贴上“反苏”的标签，对他的政治生涯与个人命运产生了重大影响。

平反昭雪

解放后，王造时任华东军政委员会下属的文教卫生委员会委员，并兼上海市政协委员、常委，复旦大学教授，又担任上海市法学会副会长，上海市历史学会、国际关系学会、律师协会的常务理事或常务委员，他既参加政府工作，又忙于教学和各种学术活动，仍然十分活跃。

1957 年 2 月，王造时与中共上海市委统战部部长刘述周被上海市政协推选，列席全国政协二届三次会议，进京与会，听取了毛泽东关于正确处理人民内部矛盾的讲话。3 月 27 日，周恩来总理在百忙中抽空请他吃饭，与他亲切交谈。周恩来说历史上的事说清楚就好了，向他征求是否想恢复救国会，并希望他来京工作。散席时，周恩来总理还亲自送王造时上车。这次接见，王造时受到极大的鼓舞，决心在中共领导下，为国为民尽可能多做工作。4 月 11 日，他写给沈钧儒的信中表示：“此次在京，承慰备至，私衷感幸，无可言喻。今是非已明，此后至当益加奋发，为祖国的社会主义建设而努力。”

但在随后的整风运动中，王造时受“知无不言，言无不尽，言者无罪，闻者足戒”之感召和鼓舞，破除顾虑，放胆为言，他三次在会议上发言，提出我们的民主生活一定要日趋丰富美满，现在党内各级干部中像唐太宗的可能很多，党外像魏征的倒嫌其少，他希望党外人士发扬“魏征精神”不计个人安危，知无不言，言无不尽，帮助党整风，克服主观主义与官僚主义。鸣放运动重点应放在基层，让群众与干部互相沟通，就能搞好工作。由此，在反右运动中，王造时被定为“右派”，1957 年底他打报告申请下乡劳动改造，经过三年多的“改造”，1960 年 9 月被摘掉“右派”帽子，重返复旦大学讲台。“文革”开始后，王造时受到迫害，1966 年 11 月被捕入狱，长期关押在看守所一间阴暗潮湿的囚室内，受尽折磨。1971 年 8 月 5 日，王造时病危，经抢救无效，含冤逝世。

1978 年党的十一届三中全会后，恢复了实事求是的思想路线，纠正长期以来“左”的错误政策，大量平反“文革”中的冤假错案，王造时的冤案得以昭雪。12 月 31 日，上海有关部门做出了《关于王造时的平反决定》，1979 年 3 月 18 日，有关部门做出了《关于右派问题的复查改正结论》，撤销原对王造时的右派处理决定，恢复政治名誉，做好善后工作。1980 年 8 月 20 日，上海市政协和复旦大学在龙华革命公墓大厅召开追悼会，悼词指出：“我们怀着沉痛的心情悼念著名的爱国人士、复旦大学历史系教授王造时同志。”接着概述了王造时对中国革命的作用及功绩，并做了应有的评价。会后，王造时的骨灰盒安放龙华革命公墓中厅。历史是公正的，王造时终于获得客观公正的评价，恢复了历史本来面目。

（参考文献：姜平、姜伟著《爱国君子·民主教授——王造时》，中国人民政治协商会议江西省委员会文史资料研究委员会编秦建君著《七君子之一王造时》，《文史精华》1997 年第二期，何新春主编《红色吉安丛书》）

十九、从反清到反蒋的查人伟律师

反清斗争

查人伟（1887—1949），字仲坚，浙江海宁袁花人。海宁查姓原籍徽州婺源，系出春秋查子，以地为氏。元至正十七年（1357）查瑜因避兵乱迁居海宁袁花。自第三世，分南、北、小等三支，明清以来是“文宦之家”。明代查约、查秉彝、查继佐，清代查慎行、查嗣僳、查升、查揆等著名文人学者，及近现代著名人士查猛济、查济民、查良钊、查良鉴、查良铮（穆旦）、查良镛（金庸）等均为其族人。查家祖上及同辈族人的高风亮节，影响着查人伟的人生。查人伟的曾祖镐，字同春，号雨岩，为太学生；祖世溥，字周夫，号客槎，晚号悔庵，为州庠贡生，试用训导，著有《师竹庵文稿》《师竹庵诗集》；父宗瀚，字枚臣，号吉父，为州庠贡生；母陈氏（1855—1900），海宁盐官人氏；兄人伊（1881—1940），原名人仪，字庄伯，号猛飞，为州庠生，江苏巡警学堂毕业。

1904 年，查人伟 17 岁时以童生资格应院试，中秀才，为州庠生。时值废科举、创新学之际，1905 年，查人伟入杭州理科讲习所，接受新学教育，认真钻研严复翻译赫胥黎的《天演论》，接受资产阶级改良派的变法主张。1907年，从杭州理科讲习所正科毕业。同年，迎娶海宁范漱真。1908年春，东渡日本留学，考入东京法政大学，专攻法律，在日本与褚辅成、沈钧儒等交往，并结识章太炎，以师礼事之，经章太炎介绍加入同盟会。留学期间，因反对日本学监对中国学生实行奴化教育，遭到校方开除。回国后，在海宁达才高等小学堂任

查人伟

教。1910年，迁居杭州，进入浙江私立法政学堂教书，与沈钧儒、张宗祥等共事。1911年10月10日，武昌起义，辛亥革命爆发，上海与浙江相继光复。查人伟参加了江浙联军进攻南京的战役，但浙江新军军火匮乏。11月3日，查人伟获悉袁花镇民团有德制七九步枪子弹，买通内线，用计取得子弹4000发，密运硖石，以支援浙军。当晚夜半时分，雇船装运，但其妻范氏分娩在即，牵其衣尼行，查人伟裂襟诀别，跳入船中疾驶而去。为此他曾写道："绝裾而去，非太上之忘情；投袂以兴，唯苍生之是念。"11月5日，女儿查凤清降生。同日，杭州新军举行起义，查人伟不顾女儿新生，参加了起义。11月下旬，浙江军政府组成攻宁支队，举兵攻打南京，朱瑞任队长，吕公望任参谋长，查人伟参加了这次战役。1912年，加入南社。南社，是一个在中国近现代史上产生过重要影响的资产阶级

革命文化团体，1909 年成立于苏州，其发起人是柳亚子、高旭和陈去病等。南社受孙中山领导的同盟会的影响，取“操南音，不忘本也”之意，支持资产阶级民主革命，提倡民族气节，反对清王朝的腐朽统治，为辛亥革命与反对袁世凯斗争给予非常重要的舆论支持。

1913 年 7 月，孙中山、黄兴兴师讨伐袁世凯，“二次革命”爆发。7 月 15 日，黄兴进入南京宣布兴师讨袁，宣布江苏独立。随后安徽柏文蔚、上海陈其美、湖南谭延闿、福建许崇智和孙道仁、四川熊克武亦宣布独立；浙江朱瑞、云南蔡锷宣布中立；7 月 18 日，陈炯明响应孙中山号召宣布广东独立。袁世凯派大军镇压，部分讨袁军被袁世凯用金钱收买，发生哗变，甚至临阵倒戈，讨袁军作战失利。7 月 28 日夜，黄兴见大势已去，在当时也参加“二次革命”的查人伟等人掩护下，离开南京到上海。“二次革命”失败后，孙中山、黄兴再次流亡日本。查人伟则赴平湖县任法务承审员，后转任桐庐县专审员，清理积案。1914 年 7 月 30 日，发妻范漱真卒，终年 29 岁。

身陷囹圄

1919 年 8 月，卢永祥署浙江省督军后，查人伟当选为浙江省第三届参议会议员。同乡青年、从子查猛济与浙江省立一中几位进步同学创办《浙江新潮》，提倡新文学、鼓吹新思想，12 月初，当局查禁该刊物，查猛济被列入黑名单，将遭逮捕。查人伟闻讯，让查猛济住进自己家中，躲避风头。1921 年 6 月，浙江省督军卢永祥发通电，主张各省制定省宪，实行地方自治，9 月 9 日公布了《中华民国浙江省宪法》，称为《九九宪法》。次日，查人伟与浙江第三届省议员共计 84 人，认为刚公布的《九九宪法》不适合省情，指出省宪法会议在组织时所依据的法律手续不完备、所制定出台的宪法文本“于军财两政重大问题，均无适当之规定，设官之冗，支出之滥，有过目前”，并且援引杭州总商会“非经人民总决，誓不承认”之语，联名发表反对意见。

1922 年 5 月 8 日，议长沈定一在浙江省议会第十二次临时会议上质问省立贫民工厂厂长违法侵权犯法各事项，查人伟等 11 位省议员联署之。5 月 14 日，查人伟在浙江省议会会议上质问前图书馆长钱恂不将补钞《四库全书》及余额移交事项，沈定一等 10 位省议员联署之。9 月 25 日，与杭辛斋等在杭州三元坊大街创办《新浙江报》，朱采真任主笔，查猛济任编辑。1923 年 8 月，《新浙江报》对英国人梅藤更在杭州专横跋扈提出严厉指斥，梅藤更诉诸省警察厅长夏超，夏超勒令将《新浙江报》封禁。同年，因浙江省继续征收漕米附加税，查人伟在省议会上表示坚决反对，遭到御用议员的凶殴，引起社会公愤。湖州、嘉兴两地的省议员相约不出席省议会，以示支持查人伟的意见，最终省议会通过了逐年递减漕米附加税的折中方案。10 月 10 日，曹锟经贿选就任总统职务，向国会提名由杭州籍的著名外交家孙宝琦组阁。曹锟贿选事件，举国哗然，一致强烈反对。孙中山以广州政府大元帅名义下令讨伐，段祺瑞亦攻击。查人伟于 11 月 2 日在《申报》刊登致孙宝琦公开信，劝其不要组阁，内有“阅报载北廷有任公为内阁总理之讯，两浙舆论，以数日来未见公有所表示，较之闻叔鲁长财部消息时，尤为激昂……故乡有大好湖山，足娱晚景。归来归来，为浙人全人格，为自身留晚节，何幸如之？”之语。

1924 年 1 月，孙中山在广州主持召开中国国民党第一次全国代表大会，提出“联俄、联共、扶助农工”三大政策，查人伟看到了政治希望。随后，浙江省成立国民党临时省党部，他加入了中国国民党。1926 年 3 月 6 日，为挫败国民党右派的分裂行径，根据中共上海区委、杭州地委的指示，报请国民党中央批准，共产党员宣中华以各县市党部联席会议的名义，在杭州公众运动场召开了与浙江国民党右派针锋相对的“国民党浙江省第一次代表大会”，查人伟出席代表大会。3 月 10 日，以宣中华等中共党员与国民党左派力量为主导的国民党浙江省党部成立，推动了浙江的国民革命运动，查人伟任省党部监察委员会常务委员。10 月 28 日，北洋政府任命的省长夏超发出通缉令，悬赏 10 万元，缉拿马叙伦、许宝驹、宣中华、黄人望、韩宝华、查人伟、黄强等七人。稍后，夏超受国民革命军北伐战争节节胜利的影响，宣布脱离北洋政府并誓师北伐，通缉令遂成废纸。

1927 年 2 月 18 日，北伐军攻克杭州，浙江省政务委员会会议推举褚辅成为主席，主持全省政务，下设秘书处及民治、司法、教育、建设四科，沈钧儒任秘书长，褚辅成兼民治科长，魏伯桢为司法科长，朱兆莘为教育科长，查人伟为建设科长。3 月底，蒋介石、张静江先后抵达上海、杭州，加紧了反革命政变的步伐，右派势力嚣张一时，十分猖狂。当时浙江有两派工会组织，一个是中共和国民党左派领导的杭州总工会，另一个是国民党右派操纵的职工联合会。职工联合会在右派掌权的杭州市公安局支持下，拟在 3 月 30 日召开大会，并示威游行，举打倒宣中华、反对杭州总工会的标语。省党部获悉后，函请省政府转饬公安局封闭职工联合会，杭州总工会亦请愿省政府解散职工联合会。3 月 28 日，省政务委员会认为职工联合会组织不符合工会条例，也未登记注册，应责令公安局解散，但杭州市公安局不仅拒不执行，反而支持职工联合会开会、游行，以致两派工会冲突，50 多人受伤。后经褚辅成、沈钧儒、查人伟等人出面调解，形势趋于缓和。

由于国民党右派反共气焰日益嚣张，而查人伟与褚辅成、沈钧儒等人，思想左倾，同情革命，并向中共靠拢，遭到国民党右派的忌恨与报复。4月11日凌晨，即“四一二”反革命政变的前一天，浙江国民党右派就奉蒋介石密令率先动手，杭州市公安局长章烈下令全城戒严，率警卫队逮捕了查人伟、褚辅成、沈钧儒、陈伯年、丁眉苏等32人，宣中华一度隐蔽脱险，旋即被逮捕杀害。查人伟被捕后关押在东路军留守处，一周后，移押钱塘门陆军监狱。4月19日，国民党政府发布“秘字第1号令”，通缉共产党员和国民党左派人士，通缉令上包括陈独秀、瞿秋白、李立三、毛泽东、周恩来等198人，查人伟位列通缉名单第108名。在狱中，查人伟早已置生死于度外，蒋介石为首的国民党右派见威胁不成，继以利诱，许以高官厚禄收买，查人伟不为所动，遂赋诗述怀明志。

5月9日，查人伟41岁生日，在狱中赋诗曰：

百年尘世总蹉跎，事业勋名一刹那。
论世不愁知己少，识时枉诩阅人多。
中年尽有沧桑感，豪气相随岁月磨。
寸草春晖难报答，于今顶首礼维摩。

6月4日，同囚一室的狱友陈柏年以端阳即事诗见示，查人伟则赋诗回赠，互相鼓励，曰：

南冠憔悴天中节，读罢南华读楚词。
解粽今朝传益智，沉江终古有余悲。
紫萱竞佩忘忧草，彩线长萦续命丝。
底事高明遭鬼瞰，镇邪到处挂神馗。

7月15日，适逢秋瑾遇难二十周年，则赋诗以吊唁之：

浩气英风贯斗牛，湖山埋骨未埋愁。
谁知革命成功日，犹有同仁作楚囚。
是非功罪盖棺休，取义成仁二十秋。
若使鉴湖今未死，定教风雨怅同舟。

夏末秋初，友人许行彬来探监，将其去年被捕羁押时所作《丙寅狱中记》赠送给查人伟，以作鼓励。许行彬（1874—1953），名祖谦，海宁周王庙人。清末秀才，后考入浙江高等学堂，曾在杭州、温州两地的师范学校任教。后在杭州创办《浙江白话报》，协助杭辛斋办《浙江白话新报》和《农工杂志》，1906年加入同盟会，曾多次秘晤孙中山；民国初年一度出任浙江省议员、财政厅秘书长，又先后办《汉民日报》《西湖报》《良言报》《杭州报》等。历任浙江省议会一至三届议员、省政府咨议、浙江财政委员会秘书长等职。在袁世凯、孙传芳统治时期以及国民党张静江主浙时，曾因直言遭忌，4次被捕下狱。

9月6日，查人伟由庄崧甫、许行彬保释出狱，共关押149天。张元济闻查之节操，书赠一联："曾辱胯下，不入彀中①。"张元济（1867—1959），浙江海盐人，我国杰出的出版家、教育家、爱国实业家。他用两个历史典故，赞许查人伟陷入囹圄，身心受辱，却不

① 胯下：汉代开国功臣韩信，少时家贫，受人欺负。后来，韩信做了楚王，他召见了当年让自己从他裤裆下钻过的那个青年人，提拔他做了楚国的中尉，说：这个人是一位壮士。当初他侮辱我时，我难道不能杀了他吗？但我忍耐下来，而成就了今天的功业。彀中：比喻圈套、陷阱。李世民说天下英雄入吾彀中矣。

屈不挠，坚持斗争的情操与气节。

出狱后，查人伟宣布退出国民党，随即又将狱中所作50首诗结集，冠名《牢骚》，拟印赠友人。查猛济读罢，为其慷慨之气与不屈斗志所感动，遂作《狱中诗跋》。查猛济以从子的名分，尊称查人伟为仲父，曰：“仲父岂有意为诗人哉？然天下必有因仲父之人而重及其诗者。……余十年来与仲父出入相随，毁誉辄分。录其诗，不特识其于幽忧困阨之中，有以涵泳其心灵，使动静语默之间，无失其常度，即当日患难与共之情，亦且穆然如见焉。”

律师生涯

查人伟于1917年在杭州挂牌执行律师事务，之后在认真履行律师职责，为社会主持正义外，还以律师的合法身份，积极投身民主运动和进步事业。1918年在杭县律师公会定期总会上，他倡议成立全国律师公会联合会。查人伟还以律师、省参议会议员身份积极推动地方区域自治。1925年5月24日，查人伟与徐光溥两人代表海宁出席太湖流域联合自治会成立大会，共有环太湖18县50余名代表出席会议。12月13日，查人伟与褚辅成等应邀出席江浙两省县议会联合会议。查人伟1926年1月1日出席省自治法会议，并任庆祝大会主席；1月4日，与褚辅成等14人，组成自治同志会筹委会。

1927年9月出狱乡居不久，即去上海，设立查人伟律师事务所。在上海，查人伟与沈钧儒过从甚密，建立起死生与共、患难相依的友谊，参加了由宋庆龄、蔡元培、鲁迅和沈钧儒发起成立的“中国民权保障同盟”，从此，他更自觉地以法律为武器，献身于人民革命事业。

兹举数例：

营救陈馥。1928 年，中共党员陈馥在杭州从事地下工作，因掩护共产党机关而被捕入狱。在白色恐怖下办理这类政治色彩浓烈的案件风险很大，其他律师畏难而退，查人伟得知后，却不顾自身的安危，以律师名义，疏通关系，把她保释了出来。1931 年，他又为陈馥同志在上海进行地下斗争提供方便，让她寄居在自己家里。陈馥虽然出身宁波名门，家境优渥，但信仰坚定，革命意志坚决。1939 年 7 月，在上海陈馥付了 1500 块银圆，以每月 140 元法币的租金承租了景华新村 22 号的一幢三层楼房，作为江苏省委的秘密机关。陈馥的女儿陈修良是杰出的女性革命家，曾任南京地下党市委书记，解放战争时期为配合大军过江、解放南京做出重要贡献。女婿沙文汉是一位资深的共产党员，解放后曾任浙江省长。在革命生涯中，陈馥像对待儿女一般呵护革命青年，被革命者亲切地称为“众家姆妈”。2021 年 4 月，宁波市甬剧研究传习中心举行了以陈馥为原型的大型红色原创甬剧《众家姆妈》的开排仪式。

《新生》周刊案。杜重远，吉林怀德人，早年留学日本，1923 年回国。九一八事变后，他积极投入抗日救亡运动，鼓动民众抗日救国。1934 年 2 月，杜重远在上海创办《新生》周刊，任发行人和总编辑，倡导发动“一场自己的反帝抗日的民族革命战争”。1935 年 5 月 4 日，该周刊刊登了艾寒松用“易水”笔名撰写的《闲话皇帝》一文，提到的日本天皇是位生物学家，如果不做傀儡皇帝，必能在生物学研究有很多建树。日本帝国主义竟借题发挥，趁机挑衅，日本驻上海总领事以“侮辱天皇，妨害邦交”为由，向上海市政府及南京政府提出抗议，要求向日本“谢罪”。案发后，在江西的杜重远赶来上海，一面劝说作者暂避，一面准备出庭和国民党当局斗争。7 月 9 日，江苏高等第二分院第二次开庭审理《新生》案件，法官只草草问了几句，即退入内室评议。日本驻沪总领事特派员竟蛮横地闯进内室监视法官评议，法院屈服于日本的压力，当庭宣判杜重远犯“散布文字共同诽谤罪”，判处有期徒刑一年又两个月。宣判后，杜重远妻侯御之不服，提起独立上诉控告，又被高二分院刑庭裁定驳回。“新生”事件，震惊中外，面对这一起冤案，沈钧儒、查人伟等十分悲愤，强烈要求司法院命令高二分院纠正对于杜重远案之违法判决，以维法权，而保人权。查人伟更是挺身而出，公开登报声明为杜案做义务辩护，撰写并自费印发了《关于“新生案件”意见书》，向社会呼吁爱国无罪，影响甚大。在沈钧儒、查人伟及其他各方面的正义抗争和竭力营救下，迫于舆论的压力，最高法院于9月下旬宣布撤销高二分院杜重远案不许上诉的裁定。1936年春，杜重远被移到上海虹桥疗养院软禁，后刑满出狱。

“七君子”案。1936年1月28日，上海松沪抗战4周年纪念日，上海农、工、商、学等各界代表共800多人，在总商会礼堂举行纪念大会，一致通过成立了由沈钧儒、史良等发起的“上海各界抗日救国联合会”，查人伟积极加入。为了将全国各地的救国力量团结起来，促进国内各党派停止内战，一致抗日，共同救国，1936年5月31日，马相伯、宋庆龄、何香凝、沈钧儒、章乃器等人在上海宣布成立全国各界救国联合会，通过《抗日救国初步政治纲领》。7月15日，沈钧儒等人联名发表《团结御侮的基本条件与最低要求》，呼应中共关于停止内战、建立抗日民族统一战线的主张，要求国民党停止“剿共”。11月23日，南京国民政府以“危害民国罪”在上海将沈钧儒、章乃器、邹韬奋、史良、李公朴、王造时、沙千里等七名著名抗日民主人士逮捕并投入监狱。这一事件激起全国人民的公愤。中国共产党和国内外进步人士开展了广泛营救运动。七七事变爆发后，在全国人民的压力下，南京国民政府宣布具保释放沈钧儒等七人。查人伟不仅积极参加救国会活动，而且在“七君子”案发后，奔走呼号，不遗余力参加营救工作。

共赴国难

从“一·二八”淞沪抗战起，国难当头，大敌当前，查人伟更积极投入抗日救亡斗争，为了支援十九路军的抗战，他把自备的一辆小轿车亲自开去捐献。“七七”抗战爆发，国共合作形成抗日民族统一战线，国民党迫于形势，在其常会上通过决定，恢复查人伟等20多人的党籍，查人伟闻讯笑道：“蒋介石真是太看得起我了！”1937年8月，淞沪会战爆发，查人伟一度回海宁袁花老家小住，并曾前往永康与吕公望共同筹划战时生产，支援前方，因辛苦奔波，喘疾发作。1940年3月，汪伪南京政府成立，汪精卫派沈尔乔、褚民谊为说客，查人伟断然拒绝，设法摆脱。随后，前往浙江，出任省赈济会常委。1941年冬，因时任浙江省赈济会主任吕公望屡电招往，暂居永康，协助吕公望经营浙江省赈济会难民染织工厂，收容难民，生产布匹以供军需，他的儿子查济咸任染织二厂总务科长。1942年日寇南侵，金华兰溪防务告急，5月，设在永康方岩的浙江省政府南迁至庆元。查人伟随吕公望率队迁移难民工厂，大队人马自永康、缙云、丽水、宣平、松阳至龙泉，到达庆元，而难民工厂则迁至云和县赤石镇。其时，妻子韩镜依尚留在上海，大儿子查济咸在丽水，二儿子查济震在入闽途中，女儿查凤清在重庆，大儿媳带小孙子则走避附近山中，一家星散，相互牵挂，令人揪心。曾在撤退途中遭遇日军，幸亏同行的查济咸以日语应对，查人伟、吕公望等未暴露身份，日军则挟持查济咸去当翻译，后查济咸在前行途中以身患肺病，易传染，又不通当地方言而无法翻译为由，被放回。抵达庆元后，浙江省政府主席黄绍竑各汇2000元赈济委员特别费给查人伟与吕公望，两人都推却不受。1942 年 5 月，一批来自上海、杭州等地的司法人员来到金华罗芳桥村避难，当时他们就在村里如水禅寺和胡氏宗祠办公，其中金华地方法院院长陆宝铎、检察官陶亚东、学习推检颜佩箴、书记官李聪谋、上海特区法院庭长吴廷棋、主任书记官吕世扬等，惨遭日寇杀害。查人伟闻讯以诗记曰：

虑遭威胁去春申，法统尊严不辱身。
闻道此来罹惨劫，惺惺相惜悼同仁。

查人伟又委托邑人张惠衣书挽联以悼，曰：“青史昭垂后有千秋指此墓，白刃可蹈岿然八婺凛其风。”1942 年 8 月 13 日，民国政府发布公报对“罗芳桥惨案”中殉难的司法人员进行褒扬，称他们“被执不屈，同罹于难殉职，忠殊堪嘉尚。应予明令褒扬，用昭激劝”。抗战胜利以后，国民政府把他们的墓地移到祝丰亭，建立了“浙江金华战时殉难司法人员公墓”，设立了拜台，由国民党元老、司法院院长居正撰写碑文，举行隆重公祭。

1943 年，因浙南瑞安友人许乐在家乡逝世，查人伟亲往为之送葬，并在许墓旁手植罗汉松两株，以留永念。年末，因迁徙途中，透支体力而引发喘疾，遂接妻子同往温州。之后，在永嘉、乐清虹桥养病、避难，直至抗战胜利。

迎接解放

1945 年秋后，查人伟离浙返沪，设立“率正法律事务所”，继续执行律师业务。1946 年 2 月，上海市保险业同业公会成立，聘请查人伟为法律顾问。7 月，沈钧儒从重庆回到上海，两位老战友劫后重逢，格外亲热。沈钧儒告知中国民主同盟已在重庆成立，查人伟欣然响应加入，沈钧儒又以民盟总部领导人的名义委他负责浙江盟务，他即与姜震中、仇岳希等赴杭州筹建浙江民盟组织。

国民党政府为了打内战，竟不顾广大农民死活，宣布增加田赋征。查人伟一闻此讯，不禁义愤填膺，为反对国民党当局横征暴敛、鱼肉百姓的政策，撰文《田赋征实万不可使其再行继续》。因国民党控制舆论，此文无处发表，查人伟自印了数百份，分发全国各界人士。1947 年 10 月，国民党悍然宣布民盟是“非法组织”，称民盟是“中共之附庸”，“应以乱党视之”，明令解散。民盟被迫转入地下，沈钧儒决定民盟总部由上海迁往香港，史良在沪领导地下的民盟华东执行部。沈钧儒嘱咐查人伟，在史良的领导下，负责建立和发展浙江杭州市民盟组织工作。从此，查人伟以病弱之躯，奔波于沪杭道上。在上海，他出资设立“懋迁贸易公司”做开展革命工作的掩护；在杭州，他不顾姜震中等同志已被捕入狱的恶劣政治环境，积极地秘密领导浙江的盟员贯彻盟中央的指示开展各项活动。1949 年 1 月，民盟浙江省支部筹备委员会宣布成立，查人伟被推为主委。2 月、4 月，浙江民盟先后两次在查人伟律师事务所秘密刻印《告全省各界同胞书》。解放前夕，查人伟还劝说浙江政界耆宿吕公望，金融界的金润泉、张忍甫等，留在大陆，迎接解放。5 月 3 日，杭州解放，民盟浙江省支部立即发表致中国人民解放军的贺电。

杭州和上海相继解放，已在北京的民盟中央来了指示，要求省市盟组织登记盟员，整理组织，协助政府完成接管等。这时，在北京的沈钧儒写信给查人伟，希望他先去北京，周恩来同志想见他。但他却决定先把浙江盟组织的工作搞出个头绪来再去北京，以无负老友之托。1949年7月11日，他乘运河小火轮由沪来杭，15日主持了浙江省市民盟举行的李公朴、闻一多追悼会。由于工作劳累，会后哮喘病发作医治无效，当晚与世长辞，享年62岁。

（参考文献：查玉强整理点校《查人伟诗文集》，浙江省政协文史委编《浙江文史资料选辑（50）》，周天度、孙彩霞著《沈钧儒传》）

二十、营救江上青烈士的胡显伯律师

创作《亡国泪》

1909年10月，日本帝国主义利用在日俄战争中获胜的有利形势，派曾四任首相的伊藤博文到哈尔滨，与俄国财政大臣可可夫切夫密谋吞并朝鲜半岛、进一步干涉中国内政、划分日俄在中国东北势力范围的事宜，朝鲜义士安重根决定抓住这一天赐良机，除掉伊藤博文。10月26日上午9时30分，安重根在哈尔滨火车站冲过俄国仪仗队，用手枪对相距几步的伊藤博文连开数枪，伊藤博文胸部、腹部中弹，20分钟后命绝。被捕后的安重根在六次庭审中，揭露了伊藤博文侵略朝鲜半岛、破坏东亚和平的十五条罪状。1910年3月26日上午10时，在旅顺监狱，安重根被处以绞刑。安重根刺杀伊藤博文事件震惊世界，在事件发生仅仅17天后，以箫史撰文、张树培绘图的小说《亡国泪》就在上海《图画日报》上发表，小说以安重根的事迹为原型，揭露日、俄的侵略野心，唤醒民众的斗争意识。《图画日报》逐日连载，每期一节，连刊了28期，在民众中引起强烈反响。《亡国泪》的文学价值与社会影响，在晚清小说史上有一定的地位，华东师大教授谢仁敏在《明清小说研究》2009年第二期发表《晚清小说〈亡国泪〉考证及其他》一文，给予中肯的评价："《亡国泪》虽以时事为创作题材，但作者在遵循基本史实的基础上突破时事'写实'的樊篱，进行大胆的想象和虚构，使得文章更具韵味和独特魅力，故事曲折动人，基调悲壮慷慨，白玉清、安重根等人物形象的塑造尚属鲜明；一些细节的描写也给人留下深刻印象，如'出亡'一节，既凸显了梦莲的深明大义，也表现了她对丈夫的款款深情，为此后千里寻夫埋下伏笔。其后，中、朝文艺界出现了不少以此事件为题材的文学作品，而《亡国泪》无疑占了风气之先。"那么，箫史者，何许人也？是革命青年胡显伯的笔名。

胡显伯（1881—1947），名震，字显伯，号竹溪，以字闻世。胡显伯祖籍安徽歙县，祖上姓程。道光年间，因歙县连年兵荒天灾，其曾祖父移居江苏扬州，承继给胡氏，遂改姓胡。其父胡寿培业中医，为扬州城里名医，但生性耿介，不事权贵，乐与百姓交往，家境清寒。胡显伯在七个兄弟姐妹中排行老大，家中对他寄托殷切期望，胡显伯更是自小认真学习，打下了扎实的国学基础，16岁时考中秀才。其时，他受到康、梁资产阶级改良思想的影响，抛弃了以科举求仕途，寻找新的人生道路，就读于新

胡显伯

式学校，初步接触了西方学说。1901 年辛丑之变后，清政府被迫顺潮流，废科举、办学堂，胡显伯怀着法治梦想，走出扬州小巷，考入南京两江政法学堂，较早地成了新式知识分子群体中的一员。在校时，胡显伯不仅全面系统学习了西方资本主义的社会政治学说，而且接受了孙中山的三民主义。1905 年后，胡显伯相继参加过革命团体光复会、同盟会的秘密活动，为鼓吹共和政体、推翻封建统治，奔走于宁沪之间，来往于大江南北。

1911 年 10 月，辛亥革命爆发。11 月 7 日，扬州工匠孙天生带领清军定字营起义部队，打着“光复大汉”“还我河山”的旗帜冲进扬州城。次日，孙天生以扬州军政府都督名义，用大汉黄帝纪元年号张贴布告，宣布扬州“光复”。三天后，孙天生被盐枭徐宝山捕杀。徐宝山夺取革命胜利果实，为扬州军政分府军政长，他听取其妻孙阆仙的意见，军政分府礼贤下士，延揽名流贤达。一时间，赞成光复的地方名流，吴次皋、吴召封、吉亮工、方尔咸、周谷人、李涵秋、陈含光、周无方等纷纷供职。胡显伯则以扬州唯一受过正规教育的法律专家身份，受聘回乡，任军政分府的政法科长。他意气风发，为收复泰州、东台、兴化、盐城等，甘冒矢石；为修筑从瓜洲到宝塔湾的古运河堤，四处奔走，不辞劳苦。1912 年，胡显伯加入国民党，当选为省议员。1913 年之后，胡显伯积极参加了二次革命及护国运动，强烈反对袁世凯窃取革命胜利果实、复辟帝制以及与日本签订“二十一条”，并且不畏强暴，执笔痛斥同乡刘师培等复辟帝制的筹安会六君子。为此，胡显伯被北洋政府列入乱党黑名单，实施拘传，由于拘票将胡震之“震”误写成“镇”，胡显伯抓住这一漏洞与之周旋，赢得时间乘机逃脱，免遭一劫。

胡显伯从信仰孙中山的三民主义开始，虽历经奋斗，依然看不到国民革命前途，对国民党逐步丧失信心，1927 年愤然烧毁党证，自动脱党，誓不出仕做官。此后，胡显伯与国民党划清界线，不受其利诱。解放战争期间，国民党当局为了拉拢人心，粉饰太平，曾力邀胡显伯恢复党籍，竞选国大代表，遭到严词拒绝。

营救江上青

江上青（1911—1939），原名江世侯，江苏扬州人。1927 年考入南通中学高中部，受同学顾民元及其姨表兄刘瑞龙的革命思想影响，经顾民元介绍，加入中国共产主义青年团，走上了革命道路。1939 年 8 月 29 日，江上青遭到地主反动武装袭击，壮烈牺牲，时年 28 岁。2009 年，他被评为 100 位为新中国成立做出突出贡献的英雄模范之一。江上青在从事革命斗争中，先后两次遭到反动政府的逮捕，胡显伯以律师身份不遗余力地积极营救。

1928 年 12 月，江上青在江家桥家中被捕，后押解到苏州，羁押在司前街监狱。扬州东关街一带的商家，纷纷上书联名保释无果，江上青父亲江石溪便求助大律师胡显伯。原来，江、胡两家皆为徽籍的杏林世家，以医术医德闻名；江石溪、胡显伯两人又皆擅诗善文，是“冶春后社”的诗友，两人都有爱国民主思想，志趣相投，堪称莫逆。江上青遭受迫害，胡显伯岂能袖手旁观，遂不畏牵连，亲赴苏州省高等法院，出庭辩护。胡显伯探监时，年仅 17 岁的江上青虽身陷囹圄，却豪情万丈，说：“坐牢没得关系，放出去再干。”胡显伯为晚辈的坚定革命意志所感染，于是他一面利用自己的影响力，呼吁正义，疏通渠道，广为联络，对反动当局形成强大舆论压力；另一方面，凭借丰富的办案经验，在法庭上理直气壮地发表辩护词，抓住江上青尚未成年这一关键点，与控方反复较量，推翻了对江上青“共党叛逆”的指控。1929 年 5 月，江上青“无罪”释放出狱，两个月后在上海直接转入共产党。1929 年 12 月，江上青在上海北四川路粤商酒楼参加党组织会议时，再次被反动当局逮捕，关押在上海提篮桥监狱，化名张玉清。胡显伯义不容辞，再次开展营救工作。1930 年 1 月，反动当局在证据不足的情况下，判处江上青一年苦役，后被押到苏州，关在第三监狱。在狱中，江上青充满信心，豪情迸发，文思如泉涌动，写下了《赤裸着身体》《冷漠的世界》《饿是武器》《缝衣人》《我重新来到了这里》《八个人了》等诗篇，表现了共产党员不屈不挠的斗争精神。1930 年 12 月，江上青被押回上海开庭审讯，在律师的有力辩护下，庭后释放，即回扬州，继续革命斗争。1939 年 8 月 29 日，时任中共皖东北特委委员的江上青，在协助张爱萍等做国民党地方实力派的工作后，与盛子瑾等率部返回司令部，途经泗县小湾村时，遭到柏逸荪、王铸九等反动地主武装袭击，壮烈牺牲，时年 28 岁。噩耗传来，人们无不悲愤惋惜，胡显伯更是痛心不已。

胡显伯从不对人提起营救江上青的事，但江上青的战友、亲属却没有忘怀。江上青的亲密战友，原中共皖东北宣传委员，建国后任江苏省文化局长的周邨在《江上青烈士传略》中写道："后来，经过他父亲好友胡显伯律师的辩护和营救，才得到释放。"江上青的侄媳杨淑英在《江上青烈士的革命生涯》中写道："他的父亲邀请了著名的扬州律师胡显伯为他出庭辩护，终使法院关押半年后予以释放。"江上青的七弟、曾任扬州市政协副主席、扬州师院外国文学研究室主任、中国诗词学会学术委员会副主任的江树峰在《忆先兄上青》一文中说："开庭审理时，父亲请了胡显伯律师为上青辩护。胡显伯先生是父亲的诗友，他出庭辩护后，法院以上青年幼无知，关押半年予以释放。"1991 年秋，时任兴化市长、胡显伯的三子胡鍊在京参加全国人大会议期间，江树峰作诗并书赠胡鍊存念："风雨同舟日，难忘故伯情，板桥欣旧里，何日叙乡心！”此处“故伯”，即指胡显伯，怀念之情，跃然纸上。1993 年，江树峰的学生、胡显伯二子胡镕赴京拜见老师时，江树峰又将所著《梦翰诗词钞》，签上“胡镕学弟惠存”相赠，世交情谊，绵延不绝。

胡显伯还出于正义，营救过中共地下党员黄亚成。黄亚成早在 1929 年上海法学院法律系学习时就加入了中国共产党，他积极组织和动员群众，做了大量的宣传工作。1931 年在白色恐怖下，党组织遭到严重破坏，黄亚成曾被捕入狱，关押在国民党的苏州反省院，他在狱中仍坚持与反动当局进行机智勇敢的斗争，经胡显伯营救出狱。解放初期，黄亚成为首任扬州市副市长时，特意地到旧城胡宅，拜望胡老先生，物是人非，不禁感慨垂泪，对着老人的遗像深深地鞠了三躬。

其实，胡显伯是扬州学习、掌握现代法律的第一人。他怀揣以法治国的梦想，先在仪征县当过检察官，后因验尸受污致病而辞职，开始律师执业，在当时的江苏省会镇江设立“胡显伯律师事务所”总部，在苏州、扬州设分所。胡显伯曾任全国律师协会常务理事，镇江律师公会会长。作为扬州律师业的奠基人，他在律师执业中，坚持真理，追求公平正义，为弱势群体撑腰。胡显伯对贫苦百姓极富同情心，穷人委托他代理、辩护，他常不收费用。当时有个名叫刘明斋的人，其子死后，儿媳孤苦伶仃，无职无业，唯靠家人抚养，而刘明斋为人刻薄，竟欲甩掉儿媳，弄得儿媳生活无着，走投无路。胡显伯得知此事，免费出庭，为这妇女争得继承权，讨回公道，使贫弱者生活有了依靠，在百姓中传为美谈。1934 年，江苏省教育厅编审主任、作家易君左在上海中华书局出版了《闲话扬州》，书中对扬州人恶言恶语，尤其涉及对扬州妇女的侮辱，朱自清说“将扬州说得太坏”，引起公愤，七县妇女代表赴扬集会，请各界人士共商对策。妇女首领郭坚忍发起了声势浩大的“扬州人民追究易君左法律责任代表团”，并由首席律师戴天球和韩国华、胡显伯组成三律师代理诉讼团，在江苏地方法院控告易君左、中华书局侮辱扬州人人格，诉讼最终以易君左撤职、《扬州闲话》销禁而终结。一场官司，孰是孰非，见仁见智，姑且不论，但是胡显伯律师热爱家乡，善于以法律为桑梓维权，而且深受家乡父老信赖，足见一斑。

与陈毅结交

1937 年 7 月，全面抗战爆发，12 月 14 日，扬州沦于敌手。胡显伯率全家逃难到东台八灶。扬州城内老宅所遗财产被日寇洗劫一空，又遭乡间兵匪谋财害命，强抢细软，结发妻子王氏被害，胡显伯集国仇家恨于一身，对日寇侵华暴行恨之入骨。其时，泰州正在与胡显伯同是老同盟会员的李明扬控制下，尚属安全，胡显伯举家迁进泰州城，以避寇锋，保全身家性命。谁知在泰州，胡显伯有幸结识了陈毅将军，陈毅将军雄才大略，团结了一批开明士绅，胡显伯受中共统一战线政策所感召，为陈毅将军的人格魅力所折服，乐意从事团结抗日工作，成就了他终身引以自豪的一段民族大义佳话。

1939 年春，为了贯彻周恩来代表党中央与新四军领导人商定的“向南巩固、向东作战、向北发展”的战略方针，时任新四军第一支队司令员的陈毅从苏南北渡过江，三进泰州，以争取驻扎在泰州的国民党鲁苏皖边区游击总指挥李明扬、副总指挥李长江，孤立顽固派韩德勤。当时的苏北是敌顽天下，形势凶恶，为了团结抗日，陈毅遵循政治先行、军事后盾的原则，孤身涉险，宣传团结抗日，大力开展统一战线工作，争取韩国钧、胡显伯等爱国士绅的支持，使李明扬严守中立，粉碎了韩德勤企图拉拢“二李”组成苏北反共大联合的阴谋。此间，因为胡显伯既是辛亥革命元老，又是名律师、实业家，陈毅两次去水仓巷秘密造访。年过花甲的胡显伯见陈毅虽为司令员，却谦逊平和，饱学多才，一派儒将风范，深为敬佩，慷慨相告：将军饮马江淮，抗敌苏北，胡某定竭力相助，唯马首是瞻。陈毅枉驾二顾茅庐，说明了他政治上远见卓识，成了后来推动全局的预设。

1940 年 6 月，郭村保卫战后，陈毅东进黄桥，着手建立苏中抗日根据地，各项建设工作蓬勃开展起来。但国民党顽固派却误判形势，认为局部形势有利于其，加紧制造新的反共摩擦。韩德勤更是蠢蠢欲动，他接受蒋介石严令，在与日寇达成默契之下，调用十万兵力，采用围剿堡垒政策，步步为营，企图将兵力不足万人，又立足未稳的新四军围歼于黄桥。为了停止内战，团结抗日，也为了防止为顽固派发动反共高潮提供口实，陈毅请胡显伯等爱国士绅出面调停，罢息兵戈。于是，从 9 月下旬开始，到 10 月 4 日黄桥决战，胡显伯奔走呼号，着力争取团结抗日的局面。

9 月下旬，胡显伯与黄逸峰、黄辟尘、朱履先、季方等社会名流士绅，应邀齐集黄桥丁家花园和黄桥中学，与陈毅一起分析局势，研究对策。在取得一致意见后，胡显伯等代表转赴海安，争取 84 岁的晚清名臣、原江苏省长、江淮名流韩国钧（号紫石）的支持。胡显伯与隐居海安北乡的紫石老人本为忘年交，双方一拍即合，大家商议后当即以韩国钧领衔，胡显伯、朱履先等各界代表分别联名，发出三道函电：第一封电函致苏北各方面军事长官，呼吁息战停争，合力对外；第二、三封电函致重庆战地党政委员会黄炎培并转蒋介石和国民党军政诸要员，控诉韩德勤“不能收复失地，扫荡敌气”“排斥异己，虐待民众”“抢掠村舍，强迫借款”等罪行，言辞激愤，主张驱韩，要求“即派大员来苏坐镇，力求改善，挽救危局”。

9月26日，胡显伯等士绅前往姜堰，十分为难地向陈毅传达，韩德勤坚持关于新四军必先退出姜堰以示和平诚意的政治条件，姜堰是素有“金姜堰”之称的富庶之地，税赋丰沛，这条件十分苛刻。为顾全团结抗日大局，次日，陈毅在军民代表会议上慷慨陈词，宣布率部退出姜堰。胡显伯、朱履先等非常感动，表示：贵部退出姜堰，如韩某还来进攻，则是欺人太甚，不但欺骗了你们，也欺骗了我们，必遭苏北人民共弃！

9月30日，新四军撤出姜堰，胡显伯等人拟赴曲塘筹备和平会议时，韩德勤却开出了新四军必须“开回江南”的恶毒条件，并扬言歼灭新四军是不可动摇的政策。胡显伯等士绅顿时觉得被欺骗、愚弄，愤慨之极，再次致电省府，叹息和平无望，盛赞陈毅胸襟开阔、顾全大局，强烈谴责韩德勤“贼子无信，天必殛之”。陈毅也深为爱国士绅不平，曾在致韩国钧信中写道：“即到姜代表、黄辟老、胡显老、黄委员诸公，亦然有受人愚弄之伤感。”虽然胡显伯等人的努力无果，调停失败了，但却彻底暴露了国民党顽固派的卖国嘴脸，赢得了民心，争得了中间势力，为黄桥战役大胜奠定了政治基础。黄桥决战大败而归的韩顽缩进兴化城时，迁怒于调停的士绅，在《战报》上将胡显伯等诬为“无聊的政客”，“要当汉奸论”，给予通缉，胡显伯只得藏于泰州友人家中避难多日。

陈毅在黄桥大战后，曾在紫老船厅内对胡显伯笑谈，等苏北回到人民手中，请显老当法院院长！并当场挥毫褒赞抗日民主统一战线中的开明士绅：“杖国抗敌，古之遗直；乡居问政，华夏有人！”后李长江投降日军，泰州沦于敌手，胡显伯潜回扬州。日寇为收买人心，多次引诱他出任伪职，均遭拒绝，坚持民族气节。为摆脱日伪纠缠，胡显伯中止律师业务，闭门谢客。

实业救国

胡显伯大律师“法律治国”的梦想，在北洋军阀、国民党反动政府的专制统治下不可能实现，被残酷的现实一次又一次地粉碎了，他进行了“实业救国”的实践。

辛亥革命后回到扬州，为了抵制洋货、不再使用“洋火”，1920年，胡显伯在扬州南门外宝塔湾创办了“江都耀扬火柴公司”，申请了注册商标。除振扬电厂外，江都耀扬火柴公司是扬州第二家近代工业企业。他不但是扬州近代工业的先行者，还是苏北近代农业的开拓人。他构思以资本主义企业模式经营农业，便于30年代前后以每亩1元银币地价，向江苏省官产厅购得新团滩官荒地2000亩地产权，取得部照，实行民族资本运作，以股份制形式吸收民间资金，成立了新式私营农场——春生茂农场。农场荒地实现条田化，分成框、排、块，每块为营造尺22亩，招佃开垦，有佃户60多户。新垦地以植棉、养蚕、养蜂为主，采取了当时实属新颖的经营、生产、管理办法，进行了农田水利建设，改良土壤，引进了较先进的棉花栽培技术，使用新式犁和播种机等先进农机具，并在分配制度上采取了远比封建地主剥削份量轻的3.75比6.25的业佃分成租制。这是胡显伯以资本主义企业制度和经营方式创建现代农场的有益尝试，也是苏北沿海滩涂垦荒新经营模式的开端。

上世纪20年代，胡显伯等有识之士敏锐地看到，晚清以来扬州南楫北辕的传统运输优势已丧失殆尽，交通落后制约着扬州发展，开始投资经营交通运输业。1923年，他出资入股由宝应绅士卢殿虎创办的扬州第一家商办汽车公司——江北（镇扬）长途汽车股份有限公司，并参与投资修筑了六圩至扬州的土质公路，这是扬州史上的第一条公路。1931 年前后，朱干臣在镇江成立了福运轮船公司，胡显伯也踊跃筹划并且入股，这个公司航行镇清线，拥有轮舶为苏北之最。由于车旧船破，路面差，河道窄，又迭遭战火，胡显伯参与的近代运输业，处于风雨飘摇之中，苦心经营，勉强支撑。

胡显伯还在江都振扬电气股份有限公司担任过董事长兼总经理。该公司是扬州仅有的“两爿半”近代工业企业之一，前身是无锡民族资本家祝大椿创办的江都振明电灯公司，后吸收扬州本地资金，胡显伯积极参股。抗战时期，日寇占据电厂，改为中日合资华中水利电力公司。日寇投降后，祝大椿之子祝伊才以汉奸罪被判刑，伪经理吴士行逃逸。公司资金枯竭、煤炭缺乏、生产停滞，经营陷入困境，股东们鉴于胡显伯的声名和信誉，尽管他只是一个小股东，仍一致推举他为董事长兼总经理，胡显伯为了尽快恢复战后地方生产生活用电只得临危受命。但反动政府好战腐败，扬州驻军用电从不付钱，动辄以刀枪威逼；地方苛捐杂税重不堪负，煤炭又全都控制在经济部手中，电厂燃料供应毫无保障；不能正常发电，每月亏损达 5000 万元（旧币）以上；通货膨胀，又使电厂工人生计维艰，群情激愤。就在这内外交困中，苦苦支撑了 5 个月后，胡显伯终因心力交瘁突发脑溢血病逝了，这成了他生前勉力而为的最后绝唱，令人唏嘘不已。胡显伯为实现“实业救国”的理想，在近现代经济中的开拓与实践是难能可贵的，时人称之为“扬州的张謇”。

社会名流

胡显伯为人一身正气，爱国爱乡，终生行善，热心公益，重视教育，好学不倦，是德高望重的文人雅士、社会名流。

胡显伯乐善好施，凡是地方公益，他无不竭力倡仪，带头捐资。

小秦淮河上的“板桥”，就是胡显伯出资建成的木桥，如今珍园东侧仍留地名；自办粥厂施粥，寒冬散衣送米，使贫困者有了温饱；为接济穷苦知识分子，每在除夕让家人悄悄将红包塞进他们的门槛，顾全了他们的面子。1931 年伏秋，江淮并涨，堤决屋塌，一片汪洋，350 万人受灾，7.7 万人死亡。反动政府则忙于内战，无心赈灾，亲眼目睹这场特大天灾人祸的江上青在《饥寒交迫着灾民》诗中痛斥：“防水的金钱用去内争，运堤的款费豢养私人!”胡显伯大声疾呼当局真心抗洪治淮，救济灾民，对失职者追责，铸铁跪像向百姓谢罪；同时，付诸行动，组织扬州商绅捐款赈灾救荒，使灾情得到缓解。之后，胡显伯认为应当建立防治水灾的长效机制，而里下河低洼圩区若不能消除水患，人民安居乐业就没有保障，便发起成立了民间组织“江都县水利协会”，被推为执行常务理事。胡显伯四处奔波，筹集资金，修坝建闸，筑堤排涝，邵伯坝便是他与韩国钧等合力建成。1946 年，应国共双方邀请，胡显伯深入考察了扬淮段运河大堤，推动当局加强水灾防范，他还被民众推为“扬州红十字慈善会”总会长。胡显伯慷慨行善，自己则十分节俭，不抽不赌不嫖，一张白纸必正反两面全部写过；吃饭时，子女若把饭粒掉在桌上，要拾起吃下，不得浪费。

胡显伯重视教育事业，积极投资创办学校，曾任震旦中学的校董，对于家贫无助的亲友子女，不分亲疏，一概竭力培育。胡显伯国学底子深厚，善文工诗，是冶春诗社社员，与江石溪则是同社诗友，曾针对袁世凯与日本签订二十一条卖国条约，愤撰小曲多支，给予声讨。1913 年，他在萃园桥观赏雪景，见有一人立桥玩雪，遂吟：“鸟飞天未烟，人立桥头雪。”十四年后，他在此处建“眺雪楼”一座。胡显伯热爱家乡，重视乡邦文化建设，1936 年，他策划并捐资出版了《扬州揽胜录》，这是继清李斗《扬州画舫录》之后，又一本研究扬州历史风物、园林文化及旅游资源的珍贵史料。

1947年底，胡显伯因患脑溢血谢世，享年68岁，国民党元老于右任先生以“高风亮节”挽之，评价颇高。胡显伯生有四子，名铸、镕、鍊、钧，一女名锦，后虽遭极“左”路线干扰，曲折坎坷，但都能自强奋发，建树不俗。

（参考文献：扬州市政协学习和文史委员会编《扬州文史资料（23）》，张自强著《江上青》，石言、吴克斌著《陈毅北渡》，谢静著《从晚清名臣到抗日楷模——韩国钧生涯》，中共中央党史研究室著《中国共产党历史》，《明清小说研究》2009年第二期）

二十一、揭露“田中奏折”的爱国女律师纪清漪

一位民国时期开始执业的女律师，早在北京大学求学时，冒着极大的风险、以极大的勇气，愤然公开“田中奏折”，向全国人民揭露了日本帝国主义的侵华阴谋。她有坚定的民族立场、强烈的爱国情怀，一生的经历充满传奇色彩。20世纪90年代，已届耄耋之年的她仍笔耕不辍，继续从事中国古代法学研究，并积极撰写回忆文章，以亲身经历的重大历史事件教育青年，启迪后人，可谓“生命不息，奉献不止”。她就是爱国女法学家纪清漪律师。

志向远大

纪清漪（1904—1998），出生于河北沧县崔儿庄，是清代著名学者、《四库全书》总编纂纪晓岚的第七代孙女①。纪清漪出生时，家道中落，三四岁时随父亲纪钜理投奔在黑龙江省任黑河县电报局局长的祖父。纪钜理到东北后，与友人设立公司到漠河淘金，一次开掘出一块巨型金矿矿石，俗称狗头金或马蹄金。黑龙江省督军吴俊

① 一说纪清漪是纪晓岚第六代孙女。

升闻讯后，派人来交涉，要加入官股。遭到拒绝后，吴俊升滥用手中大权打击报复，派人到公司查账，硬说公司账目不清，将纪钜理投入监狱。纪钜理设法找回已返山东家乡的原任会计，重新核对账目，结果并无任何差错。在事实面前，当局不得不将纪钜理释放，但公司却无法继续经营了，遂宣告倒闭。这一冤狱，在纪清漪幼小的心灵上刻下军阀专横贪婪和社会黑暗腐败的烙印。

纪清漪

七岁时，纪清漪随两个姐姐一起在黑河第一小学上学。当时地处边陲的黑河教育落后，教学设施简陋，纪律松弛，三姐妹稀稀拉拉地读了五年小学。后来到了齐齐哈尔，三姐妹都进入了第一女子师范，学费食宿费全免，管理严格。除了文化课，学校还每周安排两次手工劳动课。纪清漪在这里完成了四年学业，取得了毕业证书。

纪清漪在中小学时代，学习刻苦，成绩优异，口头表达能力和写作能力尤为突出。在小学和女师的手工劳动，培养了她勤俭朴实、热爱劳动的优良品质。她在东北度过了青少年时期，耳闻目睹了日本、沙俄两个帝国主义国家对东北的侵略和掠夺，又遭遇家庭变故，自然而然地从小仇恨帝国主义、封建主义，立志为国为民做一番事业。

爱国学子

女师毕业后，在“五四”新思潮的影响下，纪清漪决定到北京继续求学深造，父亲苦于经济上无力承担没有答应，纪清漪生性刚强，一天下午趁家中无人，一口气喝下足足有半瓶多烈性白酒伏特加，立即被酒呛得剧烈咳嗽，引起大量吐血，昏厥过去，倒地不省人事，幸被救治脱险。父亲看到女儿求学心切，心生爱怜，答应了她的要求，筹措了路费和学费。1923 年秋，纪清漪只身来到北京。

由于在东北接受小学、中学教育，文化基础较低，纪清漪到北京先进行一年的数学、英语等功课补习。第二年，她顺利地考上了北京师范大学预科。纪清漪心目中最为向往的是“五四”发源地北京大学，所以考上师大后，并未遂愿，而是暗下决心，一定要考进北大，1925 年她终于实现了梦寐以求的愿望，考上了北京大学预科，1927 年预科结业，进入北大政治系学习。那时能够考上北大的人很少，纪清漪这届政治系才十几个同学，便和法律系常常一起上课，纪清漪对法律系的课程感兴趣，常去旁听。

在北大校园，纪清漪常能见到胡适、李大钊、周作人等著名教授，其中印象最深的是李大钊先生。李大钊当时担任北大经济系教授兼图书馆馆长，他的《庶民的胜利》《布尔什维主义的胜利》《青春》等著名文章，影响广泛深远。李大钊先生没有一点知名教授的架子，十分平易近人，他关心、爱护学生。一次，纪清漪在楼道里见到李大钊，她很有礼貌地向他鞠了一躬，然后说：“李先生，您好！”李大钊先生立即停住了脚步，一边仔细打量这位女学生，一边连说：“好，好。”然后亲切地询问纪清漪的学习、生活情况，叮嘱一定要多看一些课外书，特别是政治理论方面的书籍，还要注意锻炼身体，做到健康、求学两不误。李大钊的谆谆教诲，一直牢记在纪清漪心中。

纪清漪一直与主张抗日救国的东北同学保持书信联系，参加了由东北学生在齐齐哈尔组织的进步团体新东北学会，纪清漪与杜春晏、于毅夫、崔鸿吉、李荫干、马毅等人是其中的骨干。1928 年暑假，纪清漪回到齐齐哈尔，参加了新东北学会发起的呼吁东北和平易帜活动。新东北学会发动学生和民众，呼吁张学良和平易帜，统一于中央政府。学会委派彭震到奉天（今沈阳）面见张学良，委派纪清漪到北平，会同东北籍绅士田见龙一同晋见驻守在北平的北伐军将领白崇禧，恳请北伐军暂缓向东北推进，以免给日本关东军以可乘之机。与田见龙面见白崇禧时，纪清漪慷慨陈词，剖析时局，陈说利害，白崇禧听了认为言之有理，予以采纳，暂缓进军东北。新东北学会发动的这次活动，在一定程度上促使张学良最后下决心易帜。

1925 年 3 月 12 日，孙中山先生逝世，纪清漪参加了在中央公园举行的隆重追悼会，怀着对这位伟大革命先行者的深深敬仰，她决心继承孙先生的遗志，牢记“革命尚未成功，同志仍须努力”的教导，不久，纪清漪加入国民党。在活动中，结识了国民党左派成员谭慕愚（即谭惕吾）、曹孟君、刘清扬、赵荣璇、张挹兰。张挹兰（1893—1927），湖南醴陵人，1922 年考入北京大学，是北大女生中的杰出人才。她思想进步，坚决拥护孙中山先生的联俄、联共、扶助农工的三大政策。她在学生中享有很高的威信，纪清漪和她比较熟悉，也非常敬佩她。1927 年 4 月 6 日，奉系军阀张作霖统治下的京师警察厅出动数百名军警，逮捕了李大钊、范鸿、谢伯俞、谭祖尧、杨景山、邓文辉、张挹兰等共产党员和国民党左派。4 月 28 日，李大钊、张挹兰等 21 位革命志士被秘密杀害。噩耗传来，纪清漪陷入了巨大悲痛之中，她痛心自己失去了敬爱的师长和亲爱的同志，痛心中国失掉了一批优秀儿女。她打听到张挹兰的母亲就住在北大女生宿舍附近，就和同宿舍的学友、经济系的杨宜春（解放后在天津市图书馆工作）商量后，冒险去慰问张挹兰的母亲，使烈士的亲属感到同志的关心与温暖。

1929年12月11日，北京大学全校学生抗日演讲比赛会上，纪清漪荣获了第一名。纪清漪的演讲抨击国民党的妥协外交政策，针对南京政府要员吴铁城去东北视察后的讲话“真是不到东北不知中国之大；不到东北不知中国之富；不到东北不知中国之危……”义正词严地反诘道：“身为国家股肱之大员，竟然不知中国多大、多富、多危，还能代表中国说话吗?”她的演讲观点鲜明，言辞犀利，博得了热烈掌声，评委们一致给她打了最高分。演讲前，纪清漪曾在胡适教授家试讲，胡适认为她的语调、姿态都很好，只是言辞过激，出于爱护，劝她把内容改得缓和一些为妥，以免牢狱之灾。纪清漪当即表示不怕坐牢，为宣传抗日即使坐牢也值得。陈大齐代校长很佩服她的勇敢精神，拍板说：“你是好样的，是真正的北大学生，就这样讲吧!”纪清漪在这次演讲比赛中勇夺魁首，广受赞誉，演讲稿曾在《晨报》上发表。她获得了一面蓝底白字，上面写有“可以立言”的三角形奖旗，还得到一册有陈大齐校长亲笔签名的法国速写画集，这两样奖品，纪清漪一直完好无缺地珍藏着。

揭露“奏折”

1927年6月，日本首相田中义一在东京召开了所谓东方会议，会上制订出全面征服中国的计划《对华政策纲领》，7月25日呈报天皇，其第一步是在东北建立“满洲国”；第二步勾结中国腐败的官僚政客，各个击破，成立各种形式的自治政府；第三步是逐步向中国内地推进，直到最终占领全中国。这就是所谓“田中奏折”，它是日本对华提出“二十一条”的继续，内容比“二十一条”更加周密和完备，还有具体行动步骤。这份秘密文件，由张学良将军以重金从日本得到一个副本，复制了很少几份，在极少数东北籍高级将领中传阅。

纪清漪在北大读书期间，曾参加新东北学会主办的《新东北》半月刊的编辑工作。这个刊物旨在揭露日本帝国主义侵略东北的具体事实，同时抨击国民党政府对日妥协的外交政策，是《华北日报》的副刊之一。1929 年 5 月一天傍晚，纪清漪到华北日报社送稿子时，总编辑安怀音正在聚精会神地阅读一份文件，只见他神情激动，满脸怒色，两手颤动。一见纪清漪进来，就指着文件说：令人气愤，这是日本要征服全中国的计划。你是研究东北问题的，应当看一看，知道它的内容。纪清漪刚接过这份文件，安怀音马上补充道：这是内部密件，你只能在这儿看一下，要绝对保密。纪清漪简单地翻阅了一遍，立刻意识到这是一份非常重要的文件，需要仔细加以研究。便对安怀音说：“能不能让我拿回去看一看？因为现在时间太晚了，我回宿舍至少要半个小时，而学校宿舍大门要是已经关上，就不好进去了，我明天早晨 7 点以前一定送回来。”安怀音听后略为踌躇了一下，勉强表示同意，但再三叮嘱，这是绝密文件，千万不要给第三个人看。

纪清漪拿到文件，出门骑上自行车，飞奔回到北大女生宿舍，立即找了几位知心的同学连夜分头抄写，整整抄了一个通宵才抄完，她赶紧把文件送回华北日报社。同时，纪清漪的同学杜春晏等人把刚抄好的稿子立即送到和平门外的京华印刷厂，按紧急快件赶印出 5000 份，印好后又立即到邮局，寄往全国各机关、团体、学校、图书馆以及一些大商店。纪清漪在这本小册子的扉页写着："首先我要向借给我'田中奏折'的人表示歉意，我违背了诺言。但这关系到中国存亡的大事，我只能失信于朋友，不能对不起国家。读者啊，如果你的心还在跳，如果你的血还在流，你就应该把这个小册子一字一句地读完。你就应该想一想：你作为一个中国人，你有什么责任？你应该做些什么事情！"臭名昭著的田中奏折经纪清漪愤然揭露后，广为传布，使日本帝国主义侵略中国的狼子野心大白于天下，对凝聚中国人民的爱国主义精神，加强抗日活动起了很大作用，沈钧儒先生称之为"一件惊天动地的大事"。

事隔60多年之后，北京现代国际关系研究所的高殿芳居然找到了一册保存完好的田中奏折。他在复印本的扉页上写了几句话："这份田中奏折是纪晓岚的七代孙纪清漪等四人于1930年10月（按：此是第二版，第一版应为1929年5月）集资出版的。他们当时以爱国学生的身份，勇敢地在北京散发宣传，激起了北京爱国人士的抗击日本的热情。借来阅读之功，复印之力，出自王俊彦、赵旭东，特资纪念。"这册田中奏折的复印本于抗日战争胜利50周年前夕，由纪清漪亲自捐献给北京卢沟桥中国人民抗日战争纪念馆，是一件见证日本侵华阴谋的历史文物。

执业律师

1931年，纪清漪在北大毕业后，先到东北同乡王之相任校长的北平俄文法政学校工作，任教务处文书课课长，一年多后转到北平市立第二女子中学教国文，学生中有后来著名的古典文学学者叶嘉莹先生，师生之情绵延不绝。同时，她在北大教务长、法律系教授何基鸿的资助下，于1932年1月，就在自己住所北平西城小沙果胡同2号开设了律师事务所，开始律师执业，后来还在天津兼任律师。抗日战争时期，纪清漪律师在重庆、西安两地执业。

纪清漪律师生涯第一案，是一件为妇女维权的离婚案。男方是政府机关的一个姓王的科长，因另有新欢，要与原配妻子师大附小教师庄淑贞离婚。男方先请了一位律师，想压服女方；后来庄淑贞也请了一位律师，经协商双方签订了离婚协议书，双方当事人、律师签字，约定："自签字之日起，一年之内，庄淑贞必须离开北平，迁往外地居住，不得再留在北平，两个孩子归庄抚养，由王某负担孩子的生活费。"事届一年，王某催促庄淑贞于一周内迁出北平，并声言已在天津替她租好了房子，当晚，两个孩子在门外玩耍时忽然不见了，显然是王某弄走了两个孩子。第二天，庄淑贞来到纪清漪律师事务所，哭诉了案情，要求男方立即归还两个孩子，并请北平地方法院重新审理此案，纪清漪答应接办。纪清猗是北平第一位女律师，出庭时，引人注目，引来一群男律师围观，旁听席上更座无虚席。审判长爱惜法律同行晚辈，故意翻检卷宗几分钟，有意让纪清漪先冷静、放松，才宣布正式开庭。纪清漪很快进入角色，神态自若，引经据典，侃侃而谈，条理清晰，用词简洁，引用法条准确适当，说服力强。她抓住中华民国临时约法明文规定公民有居住自由权，原协议让庄淑贞迁离北平违宪，当属无效。最后，法庭判决：原离婚协议无效；庄、王离婚，王某必须把孩子交还庄淑贞，并应立即补足原来所欠的抚养费。这时，旁听席上人们向纪清漪投过钦佩的目光，掌声热烈，那些围观的男律师们也都对纪清漪刮目相看，纷纷上前与她热情握手，表示祝贺。庄淑贞则激动得痛哭失声，千恩万谢。

纪清漪初试锋芒，首战告捷，声名鹊起，之后在平津两地接办了许多大案要案。1936年为马占山代理"马鸿认子"案，更是为爱国抗日英雄维权。当时，著名东北抗日将领马占山寓居天津，一个自称叫马鸿的七十余岁老者受人指使声言自己是马占山的亲生父亲，指控马占山遗弃尊亲，企图讹诈，败坏马占山的名声。原告马鸿称与马占山是亲子关系的依据是，他记得马占山的生理特征是耳后长有一小肉桩，纪清漪抓住这个所谓的依据与事实不符，法庭判原告败诉。此案因马占山的身份与影响轰动一时，是所谓的“名案”，纪清漪义务为抗日英雄代理胜诉，表现了凛然正气和爱国热情，提升了知名度与业界地位。

著名东北抗日将领马占山

纪清漪从事律师工作期间，住宅门前挂着律师事务所的牌子，各色人等来来往往，有利于掩护，便是中共地下党员理想的落脚点。解放后曾任辽宁省副省长的王梓木，早先受党组织派遣在冯玉祥的西北军从事秘密工作，抗日战争时期在武汉、重庆的中共中央南方局军事组和统战委员会工作。九一八事变后至七七事变前，王梓木在中共中央北方局负责联络工作，往来于北平、天津一带。他来北平时，经常吃住在纪清漪家里。有一次，他由北平去延安时，因没有路费而发愁，纪清漪慷慨解囊，送给他 100 元钱，以解燃眉之急。

通过王梓木的介绍，纪清漪还结识了当时中共北方局负责人之一的杨秀峰。有一次，杨到纪家找王梓木，见到纪清漪的丈夫马毅。马毅在中国大学教哲学，并兼任图书馆主任，而杨秀峰以中国大学教授的合法身份作为掩护，两人早已认识，但彼此不了解真正底细。马毅见杨秀峰来找王梓木，就明白了他的真实身份，但双方心照不宣，马毅介绍纪清漪与杨秀峰认识。在杨秀峰和王梓木的引导下，纪清漪先后参加了北平各界救国会、华北各界救国会、和平促进会、华北妇女救国会等抗日救亡团体，以执业律师身份，积极参与各种救亡活动。

1936 年 11 月 23 日，上海救国会的爱国领袖沈钧儒、章乃器、邹韬奋、李公朴、沙千里、史良、王造时等七人被国民党政府非法逮捕入狱，造成震惊中外的“七君子”事件，激起了全国人民的公愤和抗议。上海著名律师、法学家张志让、江一平、江庸、张耀曾、李文杰等 21 人挺身而出，组成“律师团”，义务为“七君子”担任辩护律师。当时北平成千上万的爱国学生积极行动，涌向车站，要求到南京请愿，甚至采取卧轨行动，以示决心。

一天，华北各界救国会在北平慈慧寺胡同地下党员张晓梅家里，召开紧急会议，讨论如何营救七君子。张友渔、邢西萍（徐冰）、邢赞亭、张申府、刘清扬、张晓梅、孙文淑、孟宪章、马毅和纪清漪等数十人与会。主持人杨秀峰建议由纪清漪起草营救七君子的通电稿，他对纪清漪说：你是律师，这个任务交给你最合适。你考虑还能发动哪些团体参加通电营救七君子的工作，同时，你还要做些发动群众的宣传讲演工作。纪清漪建议用“新东北学会”和“北平律师公会”名义各发一个通电，并很快拟好两份通电稿。在以“新东北学会”名义发出的通电稿上签名的有：王之相、杜春晏、于毅夫、李天根、杜超杰、马毅和纪清漪，通电内容以九一八事变以来不抵抗主义的惨痛教训为中心论点，要求立即释放“七君子”，呼吁团结抗日，一致对外。在以“北平律师公会”名义发出的通电稿上签名的有：刘煌、蒯晋德、金炼、谢道仁、董玉珏、王善昌等部分律师公会理事，还有北大教授和兼职律师何基鸿、黄觉非等。通电中申明法条中并无“爱国有罪”的规定，发出正义的呼声，并表示愿意为“七君子”担任义务辩护律师。纪清漪还将两份通电稿特地寄上海江一平律师一份，以便直接联系。

不久，杨秀峰决定让纪清漪去参加赴南京“和平请愿团”的活动，领队是山西人杨集贤。临行时，杨秀峰交给纪清漪等人“和平请愿团”的名片和请愿书。到南京后，纪清漪等先后见到了孙科和白崇禧，他们都只是敷衍了几句，草草结束“接见”便进去了，而其他大员只是由秘书一类的人员出面“代为转达”，或者有传达室人员挡驾，纪清漪等还去找最高法院石志泉大法官、国民党中央党部的王星舟，均无实质性效果。尽管南京之行没有取得明显成效，但请愿是伸张正义的行动，纪清漪经受了一次很好的锻炼。

抗战前后

七七事变后，纪清漪的丈夫马毅已经先期去了重庆，纪清漪与孩子留在北平，临分手时，两人相约，一旦北平形势吃紧，纪清漪带着孩子先到天津，找一位担任东洋毛线公司经理的朋友，然后再设法去重庆相聚。不久，一位伪警察悄悄来到她家，说纪清漪已经被列入日军搜捕的黑名单，因为敬仰她的正直人品，特意冒险前来告知。纪清漪谢过后，立即携带年仅 8 岁的长子马纪龙，雇了一辆人力车到朋友家中躲避，再辗转逃到天津。那位经理朋友很热情，立即给纪清漪在天津法租界 59 号租了一间住房，这是一所法国人的小洋楼，比较安全。安顿下来后，纪清漪又设法和一位中共地下党员老李联系上，并通过他，纪清漪与当时担任天津师范大学教授，也是中共地下党员的著名学者吴承仕取得联系。吴承仕很关心纪清漪的处境，让她仍以私人开业律师的身份暂时住下来，一方面可以解决生活来源，同时又不至于引起敌特的注意。就这样，纪清漪在天津中共地下党组织的帮助与掩护下，租房开了一个私人律师事务所，还请了一个保姆照看马纪龙。

后来吴承仕托老李转告纪清漪，有两名思想进步的女青年准备去延安参加革命，但暂时没有适当的人护送，想先在纪清漪家住几天，纪清漪立即答应下来。这两位女青年都是天津师大的学生，年龄在 20 岁上下，她们分别以纪清漪的侄女和外甥女的名义报了临时户口，她俩在纪清漪家住了三四天，和纪清漪相处得真如同一家人一样。在纪清漪的掩护下，这两位进步女青年平安地度过了等候出行的几天后，由天津地下党组织派人护送她俩离开了天津。到延安后，她们还托老李转告纪清漪，报了平安到达的信息，并向纪清漪表达了深深的谢意。纪清漪在天津住了将近两年时间，马毅自重庆来信，托那位经理朋友帮忙，纪清漪母子乘客轮先到香港，又转道越南，由越南乘运货卡车辗转到达重庆，一家人在重庆得以重聚。在重庆，她曾担任过国民党军事委员会政治部设计委员，并与邓颖超、张晓梅、刘清扬等妇女运动领袖保持密切联系，为动员、组织妇女投身抗战尽心尽力。抗战时期，纪清漪先后在天津、重庆、西安，以律师为职业，积极投入抗日救亡运动的洪流之中。

抗战胜利后，纪清漪一家回到北平。1946 年，她出席全国律师大会，同年，作为妇女界和法学界知名人士被推举为国大代表，出席国民大会制宪会议，后又当选为立法委员。一次，她参加立法委员会议，会场门口军警林立，查验代表证件，限制出入，原来这次会议是为了通过所谓的“宪法”文本。纪清漪本来就不同意这一欺世盗名的伪宪法，于是她借口去上厕所，中途离席，拒绝参加投票表决，显示了她不与反动政府同流合污的决心。回到北平后，一次应朝阳大学之邀去做演讲，纪清漪慷慨激昂的情绪不减当年，她尖锐而形象地揭露国民党政府强行通过的“宪法”，是罩在腐朽肮脏桌子上的一块漂亮的桌布，博得了热烈掌声。1947 年初，她为“美军强奸北大女生沈崇”案的受害者奔走呼吁，主张严惩凶犯，废除治外法权。1948 年北平“七五”惨案中，纪清漪以律师身份挺身而出，仗义执言，为受害东北学生伸张正义，和国民党反动当局进行了针锋相对的斗争，在社会上引起很大反响。解放大军兵临城下时，纪清漪在叶剑英、冯基平、苏开元等人领导下，积极参加了北平和平解放工作。

奉献不已

解放后，在董必武的关怀下，纪清漪先到政务院宣传组工作，后到新法学研究院学习一年。1950 年随工作队到湖北省纸坊县参加土改工作，半年后返京，协助最高人民法院副院长马锡五从事华北、华东地区的司法改革工作，具体负责北京市法院清理积案，还到天津筹办司法展览。1953 年，纪清漪调到新成立的法律出版社工作。1957 年，被内定为“右派分子”，从此长期受到不公正的待遇。纪清漪以她坚毅的性格、坚定的信念支撑着，没有怨言。“文革”中，纪清漪一家更受到严重冲击，被抄家揪斗，遭到百般折磨和侮辱。

“文革”结束后，她的历史问题得到澄清，恢复了名誉，以法学界元老的身份当选为中国法学会第一届理事，参加了张友渔主编《法学词典》的编纂工作，担任编委，又负责撰写《大百科全书·

法学卷》中“洗冤录”等条目，在《法学研究》（1981年第6期）上发表了论文《中国古代法医学初探》。1984年纪清漪离休后，被聘为北京市文史馆馆员，曾撰写《纪晓岚故居遗址》《阅微草堂笔记前言》等多篇文章。纪清漪在法律出版社工作期间，通读了《列宁全集》，花费了很多精力时间，精心摘编了一册《列宁论法制》的书稿，撰写了《清史稿·刑法志注释》和《中国古代赎刑》两部专著书稿，在当时的政治背景下没能出版，而经十年浩劫，这几部书稿均已没有了下落，十分可惜。

纪清漪于1998年1月11日逝世，享年94岁。纪清漪拥护中国共产党的领导，在党组织引导下，终生献身民族解放事业。她的律师生涯充满爱国热情，坚持正义，坚韧不拔，百折不挠，决不与反动势力妥协、屈服，值得我们学习与缅怀。

（参考文献：诸天寅著《爱国女法学家纪清漪》、颜仪民著《北平第一个女律师纪清漪》、吴东平著《追寻古代名人的后代》）

后　记

今年正值中国共产党建党一百周年，党史学习教育活动方兴未艾。我思考着新民主主义革命时期，活跃着红色律师群体，他们始终与中共及其领导的进步力量站在一起，参加革命斗争，发挥了其他阶层不可替代的作用，做出了独特贡献，我们应当赓续红色基因，发扬光荣传统，推动党史学习教育不断走深走实走心，于是，有了挖掘、整理、写作的愿望和行动。从今年4月开始，除了收集史料、查阅文献，还实地考察、走访了武汉、鄂州、常州、北京、天津、杭州、嘉兴、丽水等地，瞻谒红色律师的故居、陵墓，参观纪念馆、史料陈列厅，访问红色律师的后人，联系当地党史、民政、旅游部门和律师协会，多方收集、求证红色律师事迹。写作成篇后，在浙江嘉瑞成律师事务所公众号分二十期连续推送，有关司法行政部门、律师协会的公众号同时转发，其中十篇被《民主与法制》周刊选登，并上了“学习强国”平台。

这本《中共历史上的红色律师》在写作过程中得到全国律师协会、浙江省司法厅、浙江省律师协会、温州市司法局、温州市律师协会的关心、指导与大力支持，并得到天津市律师协会、丽水市司法局及律师协会的协助。更要提及的是，《民主与法制》周刊给予热情鼓励，使我提高了写作信心。温州大学图书馆王莉同志，我的年轻同事朱瑾燚、张晓琴、张国珍、沈志超、杨雨露等同志，在提供参考文献、查对资料、编发公众号等方面给予帮助。中国文史出版社的工作人员，为本书的顺利出版付出了辛勤劳动。在此，一并表示衷心感谢！

由于本人是执业律师，并非专业文史研究者，水平有限，时间匆促，错误在所难免，敬请读者指正。

写于温州亨哈大厦“边吟斋”

2021年12月

图书在版编目(CIP)数据

中共历史上的红色律师 / 童洪锡著. -- 北京 : 中国文史出版社, 2021.12

ISBN 978-7-5205-3446-8

Ⅰ. ①中… Ⅱ. ①童… Ⅲ. ①传记文学-作品集-中国-当代 Ⅳ. ①I25

中国版本图书馆 CIP 数据核字(2021)第 263222 号

责任编辑：薛媛媛

出版发行：**中国文史出版社**
社　　址：北京市海淀区西八里庄路 69 号院　邮编：100142
电　　话：010-81136606　81136602　81136603（发行部）
传　　真：010-81136655
印　　装：北京新华印刷有限公司
经　　销：全国新华书店
开　　本：720×1020　1/16
印　　张：17.5　　　字数：207 千字
版　　次：2021 年 12 月第 1 版
印　　次：2021 年 12 月第 1 次印刷
定　　价：59.80 元

文史版图书，版权所有，侵权必究。

文史版图书，印装错误可与发行部联系退换。